# 大江东去

张恨水作品典藏

小说十种

DA JIANG DONG QU

张恨水 著

APGTIME 时代出版
时代出版传媒股份有限公司
安徽文艺出版社

图书在版编目（CIP）数据

大江东去/张恨水著. —合肥：安徽文艺出版社，2018.10（2024.1重印）
（张恨水作品典藏·小说十种）
ISBN 978-7-5396-6461-3

Ⅰ. ①大… Ⅱ. ①张… Ⅲ. ①长篇小说－中国－现代
Ⅳ. ①I246.5

中国版本图书馆CIP数据核字(2018)第201062号

出 版 人：朱寒冬
责任编辑：姜婧婧　张　乐　装帧设计：丁　明　张诚鑫

出版发行：时代出版传媒股份有限公司　www.press-mart.com
安徽文艺出版社　www.awpub.com
地　　址：合肥市翡翠路1118号　邮政编码：230071
营 销 部：(0551)63533889
印　　制：合肥皖科印务有限公司

开本：700×1000　1/16　印张：13.5　字数：270千字
版次：2018年10月第1版　2024年1月第2次印刷
定价：58.00元

# 总序

## 精进不已与现实主义

谢家顺

安徽文艺出版社拟出版“张恨水作品典藏”，这是一件十分有意义的事。安徽文艺出版社与张恨水有着很深的渊源，在20世纪八九十年代就曾先后出版过“张恨水选集”和“张恨水散文”两套丛书，对张恨水小说和散文的代表作进行了精心的整理和呈现，产生了广泛的影响。时光流逝，然读者对张恨水作品的欣赏和阅读热情仍在。为了传承经典，也为了给读者呈现更多的精品图书，安徽文艺出版社策划了此套“张恨水作品典藏”。首辑精选了张恨水小说十种，合集出版。嘱我作序，幸甚之际不胜惶恐，谨以以下文字，与读者交流。

1944年5月16日，是张恨水五十寿辰。时在重庆的抗敌文协、新闻协会、新民报社等单位联合发起为其祝寿的活动。而重庆《新民报》《新民报晚刊》，成都《新民报晚刊》等报则于当天刊发“张恨水先生五十岁寿辰　创作三十年纪念特辑”。“精进不已”四字是时任重庆新华日报社社长的潘梓年为祝贺张恨水创作三十周年而做的精辟总结，他在贺词中说：“恨水先生所以能够坚持不懈，精进不已，自然是由于他有他的识力，他有他的修养，但更重要的，恐怕还是由于他有一个明确的立场——坚主抗战，坚主团结，坚主民主。”

当天，重庆《新华日报》发表消息《小说家张恨水先生创作三十年纪念　重庆新闻界和文艺界打算举行茶会庆祝，张氏谦不肯受》并刊发短评《张恨水先生三十年》，以示祝贺。短评说：“他的小说与旧型章回小说显然有一个分水界，那就是他的现实主义道路。”并指出他的创作倾向是“无不以同情弱小，反抗强暴为主要的‘母题’”。

随之，“精进不已”“现实主义”也就成了学术界评价张恨水小说创作的两个重要关键词和标杆。

面对社会各界的祝贺，张恨水撰写了《总答谢——并自我检讨》一文，刊登在1944年5月20至22日的重庆《新民报》上，以表感谢。他在文中做了如下表述：

> 我觉得章回小说，不尽是要遗弃的东西，不然，《红楼》《水浒》，何以成为世界名著呢？自然，章回小说，有其缺点存在，但这个缺点，不是无可挽救的（挽救的当然不是我）。而新派小说，虽一切前进，而文法上的组织，非习惯读中国书、说中国话的普通民众所能接受。正如雅颂之诗，高则高矣，美则美矣，而匹夫匹妇对之莫名其妙。我们没有理由遗弃这一班人，也无法把西洋文法组织的文字，硬灌入这一批人的脑袋。窃不自量，我愿为这班人工作。有人说，中国旧章回小说，浩如烟海，尽够这班人享受的了，何劳你再去多事？但这里有个问题，那浩如烟海的东西，他不是现代的反映，那班人需要一点写现代事物的小说，他们从何觅取呢？大家若都鄙弃章回小说而不为，让这班人永远去看侠客口中吐白光、才子中状元、佳人后花园私定终身的故事，拿笔杆的人，似乎要负一点责任。我非大言不惭，能负这个责任，可是不妨抛砖引玉（抛砖甚多，而玉始终未出，这是不才得享微名的缘故），让我来试一试，而旧章回小说，可以改良的办法，也不妨试一试。我向来自视很为渺小，失败了根本没有关系。因此，我继续地向下写，继续地守着缄默。
>
> 为了上述的原因，我于小说的取材，是多方面的，意思就是多试一试。其间以社会为经，言情为纬者多，那是由于故事的构造，和文字组织便利的缘故。将近百种的里面，可以拿出见人的，约占百分之七八十，写完而自己感觉太不像样的，总是自己搁置了。也有人勉强拿去出版的，我常是自己读之汗下，而更进一步言之，所有曾出版的书新近看来，都觉不妥，至少也应当重修

庙宇一次。这是我百分之百的实话。所以人家问我代表作是什么,我无法答复出来。

关于改良方面,我自始就增加一部分风景的描写与心理的描写,有时也写些小动作,实不相瞒,这是得自西洋小说。所以章回小说的老套,我是一向取逐渐淘汰手法,那意为也是试试看。在近十年来,除了文法上的组织,我简直不用旧章回小说的套子了。严格地说,也许这成了姜子牙骑的"四不像"。由于上述,质是绝不能和量相称,真是"虽多亦奚何为"?

这段文字可以看成是张恨水对自己三十年小说创作的总结与对读者的回应。为了表达的方便,我们选取张恨水十部具有代表性的小说做一梳理——

1.《春明外史》:1924年4月16日至1929年1月24日在北京《世界晚报》副刊《夜光》连载。

这是张恨水第一部有影响的长篇小说,全书百万字,是一部以《二十年目睹之怪现状》为蓝本的谴责小说。小说通过新闻记者杨杏园与青楼雏妓梨云、才女李冬青的爱情故事,描写民国初年,北洋军阀政府时期的逸闻遗事和社会风貌,其中有些片段可看作民初野史,在一定程度上暴露了当时政治的黑暗。这是张恨水的成名作,而他自认为是一部"得意之作""用心之作"。

《春明外史》单行本第一集共十三回,由其弟张啸空主持印刷,发行一千余册;第二集十三回。1927年,《世界日报》经理吴范寰合并一、二集出版。世界日报社于1929年出单行本三集,三十九回。现在看到的较早版本是1931年世界书局出版的八十六回本,分上下函,共十二册。

2.《金粉世家》:1927年2月13日至1932年5月22日在北京《世界日报》副刊《明珠》连载。

该小说连载五年,一百一十二回,共两千一百九十六次,百万言。这是张恨水又一代表作,奠定了他在小说创作界的地位。小说描写北洋军阀统治时期,国务总理的儿子金燕西与普通人家姑娘冷清秋由恋爱、结婚到分离的故事,表现了豪门的盛衰过程，也在一定程度上反映了上层社会的腐败，被誉为“民国《红楼梦》”。

1932 年 12 月，上海世界书局初版单行本，正集五十六回，续集五十六回，加楔子和尾声，共计二函十二册。单行本中，删去了上场白，加上张恨水自序。

3.《啼笑因缘》：1930 年 3 月 17 日至 11 月 30 日在上海《新闻报》副刊《快活林》连载。

《啼笑因缘》共二十二回，约二十四万字。小说通过平民化的阔公子樊家树与唱大鼓书的女子沈凤喜的爱情悲剧，揭露军阀罪行。该书是一部以言情为经，以社会为纬，旨在暴露的作品，于爱情纠葛之中穿插封建军阀强占民女及侠客锄强扶弱的情节，富有传奇色彩，体现了“社会”“言情”“武侠”三位一体的艺术大融合。张恨水曾说：“到我写《啼笑因缘》时，我就有了写小说必须赶上时代的想法。”小说注意映照现实，也注意到了读者群文化意识的变化，因此在《啼笑因缘》里，“才子佳人”角色被普通民众所取代，反封建思想和平民精神得到了张扬。

《啼笑因缘》是张恨水打通南北的一部作品，曾产生了广泛的社会影响，被誉为“言情传奇”。

1930 年 12 月，上海三友书社初版单行本，有插图八幅（其中作者像、手迹各一幅，明星公司所摄制的《啼笑因缘》影片的剧照六幅）、李浩然先生题词、严独鹤序、作者撰写的自序以及《作完〈啼笑因缘〉后的说话》。

为防止此书被盗版，张恨水被迫续写了十回，续集由三友书社于 1933 年 1 月初版。而《啼笑因缘》的续书之多更是民国小说中之最。小说至今再版三十余次。

这部小说入选 20 世纪“百年百种优秀中国文学图书”。

4.《北雁南飞》：1934 年 2 月 2 日至 1935 年 10 月 18 日在上海《晨报》连载。

小说描写了辛亥革命前至北伐战争时期，女主人公姚春华的一段不自由的婚姻悲剧。张恨水在单行本自序中称：“这部书的命意，很是简单，读者可以一望而知。这不过是写过渡时代一种反封建的男女行为。”在现实主义精神的承继、浪漫的才子情调、佛的空寂幻灭、侠义精神的弘扬及礼教的坚持与维新等方面,《北雁南飞》均体现了张恨水鲜明的文化立场。该书被称为“中国版的《伊豆的舞女》”。

1946年、1947年山城出版社出单行本,二册,共三十八回,三十四万字。

5.《燕归来》:1934年7月31日至1936年6月26日在上海《新闻报》副刊《快活林》连载。

1934年5月,张恨水携北华美专工友小李,离开北平,前往西北考察,历时近三个月,途经郑州、洛阳、西安、兰州等地,足迹遍布西北地区,并在西安拜会了杨虎城和邵力子。这次西北之行,张恨水目睹盘踞在西北的封建军阀的种种恶行——横征暴敛,抓丁拉夫,弄得民不聊生,亲耳听见了西北人民的痛苦呻吟,思想上受到很大震动。

他曾写道:“在西北之行之后,我不讳言我的思想变了,文学也自然变了。”

《燕归来》描写了三个男学生陪同一个女学生杨燕秋回西北寻亲的故事,记述了旅途中所见的风土人情及人物间的情感纠葛。作品让读者目睹了一个不幸家庭一步步被饥饿、战乱逼向毁灭的过程,呈现了西北人民的苦难和坚韧。作品还以游历者的角度,对历史文化古迹遭到践踏进行反思。

《燕归来》艺术上的独特之处有二:一是打破了章回小说写一件事的发展单线直下的手法,采用插叙的叙述方法,在情节发展中拦腰插进有关人物身世的章回,读来跳脱有致,富有机趣;二是在人物塑造方面,作家注意对人物性格、行为的刻画,并运用大量细节点染,使小说中人物的神貌、性格,更加生动,栩栩如生。[①]因此,这部小说成为张恨水创作转型期的标志性作品。

6.《夜深沉》:1936年6月27日至1939年3月7日在上海《新闻报》副刊《茶话》连载。

---

① 杨义主编《张恨水名作欣赏》,中国和平出版社,1996年,第181页。

小说描写马车夫丁二和与卖唱姑娘杨月容的爱情生活及不幸遭遇，是张恨水所写的最后一部纯言情的著作。此书将主要人物——车夫丁二和与卖唱女杨月容的情致与心理处理得十分委婉、细腻而动人，与《啼笑因缘》并列为张恨水两大言情著作。《夜深沉》最动人的是对人物情感、情致与情绪的刻画。

小说先后创作于南京、重庆，单行本于1941年6月由上海三友书社初版。

7.《八十一梦》：1939年12月1日至1941年4月25日在重庆《新民报》副刊《最后关头》连载。

小说约十八万字，以散文体形式，采取“寓言十九，托之于梦”的手法，对国民党统治下的“陪都”腐败的官场和社会上的种种黑暗现象进行了无情揭露和有力鞭挞。由于书中人、事均有所指，所以受到了进步人士的欢迎，也引起了国民党特务的注意。

除了楔子和尾声，只有十四个梦。其原因，作者在楔子中有交代，说是因为稿子上沾了一点油腥，“刺激了老鼠的特殊嗅觉器官”，因而老鼠钻进这些“故纸堆”中“磨勘”一番，结果只剩下一捧稀破烂糟的纸渣，但“好在所记的八十一梦是梦梦自告段落，纵然失落了中间许多篇，于各个梦里的故事无碍”，暗示小说因揭露黑暗的社会现实而触犯了当局，引来了麻烦。

《八十一梦》运用“寓言十九，托之于梦”的手法，笔酣墨畅，恣意挥洒。全书充满了诡谲玄幻的悬念，上下古今，纵横捭阖，犀燃烛照，对那些间接或直接有害于抗战的社会现象痛加鞭挞。文学界盛赞该书是“梦的寓言”，是一部现代文学史上的“奇书”。

该书1942年3月由重庆新民报社初版（《新民报》文艺丛书之一），简称“新民报社十四梦本”。1955年1月，北京通俗文艺出版社经作者删节后再版，简称“通俗文艺版删节本”。

8.《傲霜花》（又名《第二条路》）：1943年6月19日至1945年12月17日，长篇小说《第二条路》在重庆、成都《新民报晚刊》连载。

1947年2月，上海百新书店初版，易名《傲霜花》。小说描写抗战时期陪都重庆的一群文化人歧路彷徨的种种行状与心态，对战时知识分子的行为与心态做了深刻的文化反思和人性自省，被誉为“张恨水笔下的《围城》”。

9.《大江东去》：1940 年在香港《国民日报》连载，1947 年 1 月 24 日至次年 7 月 21 日被北平《新民报》转载。

小说约二十万字，以抗战时期军人家庭婚变的故事为主线，并在其中详细记述南京保卫战与南京大屠杀的内容，抗战、言情兼而有之，是“中国 20 世纪小说史上唯一记录了南京大屠杀惨况的小说”。

《大江东去》既有对人物形象、心理的细致刻画，又有宏大的历史场景；既展现出国家的灾难、人性的裂变，又能抚慰创伤，振奋民族精神。其创作技巧也在张恨水小说中独树一帜，采用双视角的叙述手法：一是从男性视角描摹战争，交代故事发生的客观环境；一是从女性视角抒发缠绵之情，反衬战争的残酷。不足的是，作品中的抗战与言情未实现有机结合，有疏离、浮泛之憾。

1942 年冬，重庆新民报社出版单行本时，删去原稿第十三至十六回及第十七回的一部分，增加了有关南京大屠杀和保卫中华门战斗的片断及对日军屠城惨状的描写。全书一册，二十回，近十六万字。

10.《巴山夜雨》：1946 年 4 月 4 日至 1948 年 12 月 6 日在北平《新民报》副刊《北海》连载。

小说以抗战时期的重庆为背景，以大学教授李南泉一家的生活为中轴，描写小公务员、教员、卖文为生的知识分子们生活的清贫困苦，达官和奸商们生活的豪华奢侈，老百姓痛苦不堪的日常生活和种种社会现象。这是一部带有自传性质的小说，也是张恨水病前创作的最后一部小说。小说富有浓郁的生活气息，以文人李南泉的生活见闻为主线，把抗战时期生活艰辛的文人、醉生梦死的太太们、堕落荒唐的伪文人、卑微多劫的女伶、发国难财的游击商、飞扬跋扈的公馆子女以及狗仗人势的副官串联起来，构成了一幅抗战时期的社会风俗画。

“巴山夜雨”源于李商隐《夜雨寄北》：“君问归期未有期，巴山夜雨涨秋池。”以此为题，隐含着作者抗战时期生活困苦、漂泊无定的家园之思。《巴山夜雨》是张恨水"痛定思痛"之后的"探索之作"。作者以冷峻理性的笔触,在控诉日寇战争暴行的同时,对民族心理进行探索,解剖国人在抗战中表现出来的"劣根性",人物栩栩如生,语言幽默犀利,在小说的描写功力上达到了炉火纯青的程度。台湾学者赵孝萱称该书"是张恨水的最重要代表作,也是他一生作品最高峰"。

小说单行本于1986年3月由四川文艺出版社首次出版发行。

通过对上述十部小说的梳理,我们可以从以下三个方面发现张恨水作为小说家的特点:

第一,他的职业是报人,是报人作家。他以报人开阔的眼光、丰富的阅历和敏锐的感觉来洞察社会,追求和表现社会现象的新闻性,描述和评判社会风气的变幻性,以一种形象的方式展示了20世纪上半叶中国社会的奇闻逸事、风俗习惯、民间疾苦、民族情绪,具有较强的社会历史价值。

第二,在小说文本的表现样式上,张恨水成功地实现了对中国传统章回小说的继承和改良,形式上由"章回"变为"章"。他以特定的身份,从特定的角度,对传统文学智慧加以继承和点化,对新文学智慧(包括外来文学智慧)做了一定程度的借鉴和吸收。他精进不已地使自己从旧文学营垒中探出头来,迈出脚来,最终走到可以和新文学相比较的探索者的地步。(杨义语)

第三,他的小说故事性、画面感强,极具现实表现力和艺术穿透力,小说文本实现了从报纸连载到单行本,再至影视等其他艺术形式传播的良性循环。

我们从这十部小说里,还可以窥探到张恨水小说创作模式与风格的转变,这就是,以1931年九一八事变为界,前期为"言情+社会",后期为"社会+言情"。这不仅仅是创作侧重点的转变,而且是从过去的"叙述人生"上升到自觉地"要替人民呼吁"的现实主义新境界。我们可以这么认为,1931年九一八事变后张恨水创作意识发生大转变,1934年西北之行后张恨水的创作发生了思想、文字大变迁。正如汤哲声先生所言:"他的前期小说展示了他作为一个作家的文学魅力,后期小说展示的是作为一个作家的人格魅力。"

有鉴于此，张恨水自20世纪20年代至40年代创作的这十部小说，可看作他小说创作黄金时代的典范，代表了作为小说家的张恨水的最高创作成就，值得我们永远品鉴与珍藏。

戊戌初夏书于池州寒暄斋

（谢家顺，池州学院文学与传媒学院教授、通俗文学与张恨水研究中心主任，安徽省张恨水研究会副会长）

# 目　录

# 序

民国二十八年冬,友人陈君,将有东战场之行,予小饯之于一酒楼。杯匙之间,畅谈大时代友朋之聚散,更及于男女之离合,甚为喟然。旋陈君更述一故事,以助余兴,则为一军人困于失陷之南京,虽得生还,而有破镜难圆之叹。予曰:此故事良好,然以之配合京沪线战争之烈,及南京屠城之惨,将不失为一时性之小说。陈曰:然则君竟为之如何?予虽笑诺之,然以未有火线经验,固置之未用也。半年后,有两军人为邻,暑夜于星光中移榻纳凉,闲话天下事,亦尝问及战争。耳食人余,颇能补常识之不及。时《国民日报》出版于香港,约予为长篇,并望故事能在抗战言情上兼有者。此项要求,正与予准备之小说材料,若相符合。乃更加以三分之渲染,与四分之穿插,并所有之材料作为三分,融合而成为一篇二十万言之章回小说,名之曰《大江东去》。书零碎书于业余,凡积一年而成。香港人读之作何批评,予初无闻如,后以内地有转载者,予乃相信当可一读,然以是时英日国交未曾决裂,港报文字,例不得斥责日寇,予所谓京沪线之战及南京之被屠,固未能畅所欲言,意实未尽惬也。

民国三十年冬,友人刘君召饮于酒楼,先二日以函约,告以当有奇遇。予闻之,及时欣然往。至则座上有一少年军人,风姿英爽,侃侃而谈。刘君笑曰:此君与君所书《大江东去》主角,正二而一,而其在南京守城之战时,且参与光华门之役,此君若以材料相告,则不啻使君入火线矣。此君闻言,初无难色。乃慷慨唏嘘述南京失陷惨状。及予询及光华门之役,彼则告以某班长一手榴弹挽救危城之壮举，绘声绘影，令人兴奋。至于男女问题，此君似存忠厚，少所谈述。且曰：予今固有美满眷属，且生子矣。予虽对故事本身无所收获，而于屠城及光华门两事，乃证实较多。乃告某君，予果将《大江东去》出版者，必增人此二事。某君亦首肯。一席之会，又一年矣，近新民报社促予以此稿出书。予将存稿校阅一遍，乃割去原稿十三至十六回及十七回之半回，而易之以今稿。原文盖写京沪线战争，及略述屠城消息，自视固不如今稿之能现实也。至书中主角陪客，其人物姓名，固尽虚构，而新写一段，则其地名人名，即虚构亦不写出。因吾人尚未回南京之前，此等地名人名，或亦有未便写出者。纪念某班长之壮烈，国家将来自有恤典在，彼决不与草木腐。此间不实亦无妨。更就整个小说言，正如舞台上之戏剧，自不同于社会事实。若必一一加以索隐，则如伦敦小儿向某街索福尔摩斯而访之矣，不亦可笑乎？校稿之时，予初欲改写章体，以白话作题。及检查原来回目，文题尚切，亦不隐晦，乃概存其旧。并新稿亦以新题领之。书成之经过如此，盖纪实也。

**三十一年岁除前五日张恨水序于重庆南温泉桃子沟茅屋油灯之下**

# 第一回　付托樽前殷勤双握手　分离灯下慷慨一回头

是一个阴沉的天气，黑云暗暗的，在半空里，结成了一张很厚的灰色天幕，低低地向屋顶压了下来。一所立体式的西式楼屋，前面有块带草地的小院落，两棵梧桐树，像插了一对绿蜡烛似的，齐齐地挺立在楼窗下。扇大的叶子，像半熟的橙子颜色，老绿里带了焦黄，片片翻过了叶面，向下堆叠地垂着，由叶面上一滴一滴地落着水点，那水点落在阶沿石上，卜笃有声，很是添加着人的愁闷。原来满天空正飞着那肉眼不易见的细雨烟子。在阵阵的西北风里，把这细雨烟，卷成一个小小的云头，在院子上空只管翻动着。楼上窗户向外洞开着，一个时装少妇，乱发蓬松地披在肩上，她正斜靠着窗子向外望着。向东北角看了去，紫金山的峰头，像北方佳丽披了挡飞尘的薄纱一般，山峰下正横拖了一缕轻云。再向近看，一层层的高楼大厦，都接叠着在烟雨丛中，在这少妇眼里，同时有两个感想：第一个是好一个伟大的南京；第二个是在这烟雨丛中的人家，恐怕不会有什么人快乐地过着日子。

她痴痴地站立着，她听到墙外深巷里有一阵铿锵的声音，由远而近，她立刻喊着仆妇王妈去开大门。她的丈夫孙志坚，是一个在前方作战的军官，这雨天，正因有了公事回京，顺便来家看看。他穿着制服，踏着马靴，马靴总是照例夹着一副白钢刺。平常听到这种叮当叮当的马刺碰了地面声，就觉得既不骑马，这马刺在靴后跟夹着，就失去了“马刺”两个字的意义，徒然一步一响，增加人的烦恼。然而到了现在，这马刺就给予了她自己一种莫大的安慰。所以马刺响到门口,立刻心里一阵高兴。

王妈去开大门了,她也就跟着追下楼来,在楼梯上便笑道:"志,你怎么这时候才回来呢?你走后不多久,我就在楼窗户上望着,直望到现在。"口里说着,人奔下楼梯到了小客堂。门口一个穿呢制服的人,正脱下了雨衣,搭在朝外的窗户台上,他转过脸来,这少妇却是一怔。他约莫三十岁,圆圆的脸,笔挺的胸襟,是一位很健壮的少年军人。

他行过礼,取下了帽子,放在茶桌上,笑道:"我是江洪,和志坚是极好的同学。你是孙太太吧?"她哦了一声,笑道:"是的,是的,我常听到志坚提起江先生。他是昨天晚上回来的,明日早上就要到前线去。今天是连在家里吃碗饱饭的工夫都没有,大概快回来了。"江洪道:"是的。志坚在今天早上已经和我会面,谈了很久,还约着我这个时候到府上来畅谈呢。"他说着,回头看到墙角落里的一张小沙发,便退两步坐下去。可是等着她向他望了一眼时,他又站起来了。孙太太笑道:"江先生,你不必客气。天气这样坏,要你大老远的路跑了来。"江洪又坐下了,笑道:"那不算什么。在前方的弟兄们,还不是在泥里水里滚着,和敌人拼命吗?"孙太太一笑,在对面椅子上坐下。

江洪很少和妇女界交际。这时对了这位年轻太太,颇觉得手脚无措。自己又是不吸纸烟的,女仆敬过了一遍茶烟,依然无事可以搭讪,便昂头向屋子四周看看,对于墙上挂的山水画与对联,都赏鉴了一会儿。孙太太心里倒暗笑了,一个当兵的,倒对着妇女有点害臊,因便故意找了一些问题来说话。由于问他读书的学校,知道他有个姐姐叫江苇,在北平教会女中念过两年书,彼此正是同学。孙太太又自己介绍着道:"我的学名叫薛冰如。"江洪听了这话,才不觉引起笑容来,点着头道:"这样说,我们在若干年以前,一定是见过的。舍下在北平的房子,很是宽敞,家姊的同学,凡是感情还好的,都喜欢到舍下来玩。"冰如笑道:“是的,我们同学们常到府上去玩的。江小姐有个弟弟穿着童子军制服的,大概就是你了。”江洪微笑了一下,接着又叹了口气道:“光阴迅速,不觉我们都是中年人了。我们也想到过,国际战争,总会在我们手上发生,倒没有想到发生得这样快。”冰如随了这话,也就发生了不少感慨。

客堂门一推,主人孙志坚进来了。冰如立刻迎上前,代他接过了雨衣。他约莫三十岁,瓜子脸,腮上带了红晕,证明他是个多血男儿,身体细长,若不穿了军服,他竟是个文人。他和江洪握着手道:“失迎失迎!我在这两天之内,要办许多事情,随便一耽误,就迟过了一两小时,现在好了,我把所有的事情已结束了。冰如,家里预备一点菜,我请江兄在家里喝两杯呢。”江洪两手互搓着笑道:“不必费事,我们久谈一会子,倒是无所谓的。”冰如为了丈夫在家里只有两日,他要办什么,就替他办什么,以免他失望。自听这话以后,就到厨房里去,督率着女仆,预备晚饭。

这个时候,上海的战事,已经发生了两个月,南京城里,为了防空的关系,普通住户,已经没有了电灯。在细雨纷飞的秋夜里,窗门都已紧紧地关了,但还可以听到隔户的檐溜,不住地滴着。客堂中间的圆桌上,白铜烛台,点了一对红色的洋烛,烛影摇摇地照着两个穿黄呢制服的军人,对面而坐。一个是主人,白皙的面孔,目光有神。一个是客人,圆胖而平润的面孔,粗眉大眼,透着忠厚。下方坐了女主人,她穿了紫绸长衣,上有葡萄点子的白花。长头发梳了两个五寸长的小辫,各系着一朵绿绸辫花,这觉着薛冰如活泼泼的还是一位青春犹在的少妇。烛光下陈设了酒杯菜碟,主人是很丰盛地办着晚饭,招待这位客人。

两位军人脸色红红的让烛光照着,酒意是相当浓厚了。男佣工又送了一瓶酒到桌上来,江洪却用手心来接住了杯子,面向志坚道:“我们弟兄今天一会,很有意义。当军人的随时都预备为国牺牲,在对外战事已发生了两个月之下,我不能断言,我明天还存在着。有酒当然是喝,但我们也有我们正当责任,不能为喝酒误了大事。”志坚手握着桌上放的原来那个酒瓶摇撼了两下,笑道:“就尽瓶里这些个喝。”江洪笑道:“假如不是有责任,我和你喝醉了拉倒。”志坚道:“谈了半天,我还有一句最要紧的话,不曾对你说。是你所说的话,军人是随时都预备为国牺牲的。我不得不趁今天我们还可以痛快喝几杯,把这句话对你说了。在说这句话之先,我自然应当敬你一杯酒。”江洪把手按住的杯子放开,端起来先喝干。然后两手举了杯子,送到志坚面前,郑重地道:“我先接受你这杯酒。”志坚将他的杯子斟满了,然后拿了瓶子举着向冰如道:“冰如,你也陪我敬一杯。这杯酒是为着你敬江兄的。”冰如笑道:“既是这样说,我就勉力陪上一杯。”也两手端着杯子,接了酒。志坚把三杯酒斟完了,放下酒瓶,向客笑道:“江兄你看我们这样,不是相敬如宾吗?”江洪微笑着点了两点头。志坚道:“我们虽已结婚三年,但我们依然像在新婚期中,我们的感情是很好的。”冰如手扶了杯子,正等他说要喝这杯酒的理由。听他说的是这些,便向他笑道:“客人没醉,你倒先喝醉了吗?”志坚笑道:“不,这话应该这样远远地说来。江兄,我们老同学,你当然很知道我。我这生命交付了祖国,但我还有两件事放心不下,第一是我的老母已经六十岁了,只有一个快结婚的妹妹陪伴着,现时在上海。第二便是内人,嫁了我们这样以身许国的军人……”冰如笑着插嘴道:“我不因为你是一个军人,我才嫁你的吗?嫁一个以身许国的男人,那是荣誉的事呀。”志坚笑道:“冰如,你等我说完。江兄你想,我这次能回南京来看一看,那是极不容易的事。而这次再上前线,我想激烈的斗争,也许要胜过以前的两个月吧?我不敢说还一定能回到南京来。”说着,他把胸脯挺了一挺,接着道,“这是无所谓的,当军人就不顾虑到生死。不过我既在难得回南京来的情形下,终于得一个机会回来了,我应当把内人的事情安排一下。至少,是最近的将来,可以计划计划。我昨日已和她商量了,教她搬到汉口去住,她虽未加可否,我是决定了这样办。现在你既要到汉口去,那就好极了,有便船的时候,请你带她走,而且向后一切……”江洪不等他把话说完,举起酒杯子来道:“你的意思,我完全明白了。我到汉口去的时候,一定护送嫂子一路去。就是到汉口以后,生活方面发生了什么问题,我也当尽力而为。”志坚端起杯子来,向冰如笑道:“你也陪一杯。”冰如道:“陪吃一杯酒,那是可以的,不过我不愿到汉口去。因为那就彼此相隔得更远了。”志坚道:“且不管,你先喝了这杯酒再说。”于是三人在烛光下高举了杯子一碰,然后各把酒饮干了。冰如道:“住在南京,不就为了怕空袭吗?经过了两个月的空袭,我也觉得这件事很平常,何况我们屋后就有一个很好的防空壕。”志坚道:“不是这样简单。这回战事,也许有个十年八年,南京兵临城下,那是绝对可能的事。你没看到报上载的西班牙内战,马德里是一种什么情形。无论什么事,我们要向极好的一点去努力,可是又要向极坏的一点上去准备退路。要不,政府为什么极力地做疏散工作呢?”冰如道:“你这话是对的。不过总还没有到那种时候,而且我到汉口去了,你再有这样一个回南京的机会,我们也会不着了。”志坚道:“在前方的军人,哪里常有回到后方来的机会?这一回有了例外,还想一个例外吗?”冰如道:“我也知道不会再有例外,不过我总舍不得离开南京。”说着皱了两皱眉头。江洪道:“这样好了,这件事,暂且就算谈定了。我要离南京的时候,一定来和嫂夫人商量,志坚兄放心就是了。”志坚道:“我看你也不会在南京多久了吧?这件事要立刻决定才好。到了你要走的时候,而她还不肯走,以后再托别的朋友,不能说没有,但是我已不能回南京来面托,那成分就差得很远了。”他说着话,端起酒杯子来要喝,却又放到桌上去,刚放到桌上,却又端了起来。江洪道:“嫂夫人,我以第三者的资格,从中插一句话。纵不打算到汉口去,也可以决定一个别的比较安全的地方。这让我们志坚兄他就在前方安心服务了。”冰如道：“志坚，你果然为这个放心不下吗？但你要相信我，我是一个自己能维持自己的妇女。”志坚道：“这一点我是完全了解的。不过你在南京住下去，于我无补，于你自己，也不见有什么好处。说到对国家吧，当然不会需要你在南京。”冰如笑着摇摇头道：“用不着抬出这种大题目来和我说话。但为了我在南京，让你在前方不能安心作战，那倒是我的责任。你既约了江先生到家里来，深深地托付了他这件事，那我就勉从你的意思吧。”志坚笑道：“你答应到汉口去？其实我们说了两天这个问题，也应该得一个结论了。”冰如道：“你是一个出征军人，我能骗你吗？”孙志坚说了一声“好”，把两只空杯子斟满，笑道：“我们俩也对干一杯。”他说时，举起了杯子，向冰如道：“祝你健康。”冰如脸红了，眼睛向他一瞟，笑道：“我们还来这一套？”志坚道：“为了坚定你这个允诺，当着我所重托的朋友，我们应该对干一杯。这也无非表示我们郑重其事的意思。”冰如笑着，也就陪他喝过了。志坚将空杯子移过来向江洪照着，笑道：“这问题算解决了。”

江洪见话说到了这种程度，就不肯再饮酒。他又觉得志坚是个前线回来的人，夫妻会谈的时间，是十分宝贵的，匆匆地吃过饭就告辞。志坚夫妇，亲自送到门口，冰如先伸过手去和他握着，笑道：“有劳江先生了。在中国，妇女们能伸着手和朋友握的，那已是有知识而很文明的人了。”江洪在冰如那嫩软的手轻轻一握之下，便自愧交际的手腕，大不如她。而志坚倒有这么一个摩登夫人。他一刹那的感想不曾完，一只肥厚的手就伸了过来。那手是紧紧地握着，又摇撼了一阵。志坚道：“江兄多年的老同学，而且我们的性情又十分相投，我只有把这种事拜托你了。”江洪摇撼着手道：“孙兄，你很安心地回前方去吧。我一定帮助嫂夫人到汉口去。”他收回手去，很庄敬地向孙氏夫妇行了个军礼，然后转身走了。

天上虽不飞着雨丝了,但阴云密布着,半空依然没有一粒星光。冰如握了志坚的手道:“你的手很凉,进来加上一件衣服吧。”志坚便携着她的手,一路上楼,冰如叫道:“王妈!今夜天气很坏,不会有警报的,把那盏大灯给亮起来吧。”可是走进房里时,桌上已经点了一盏很亮的白瓷罩子煤油灯。王妈在屋外答道:“先生在家里,当然要点亮灯了。”

冰如将志坚推在一张小沙发上坐着,自己在沙发的扶手上,半坐半靠着,手搭了志坚的肩膀问道:“你不出门了吗?”志坚笑道:“虽然还有两件小事没办,但我为着陪伴你起见,不去办了。我丢下两封信寄给朋友们就是了。”冰如道:“那么,我来替你脱马靴。”志坚道:“上面很多的泥,我自己来吧。”冰如也不再说什么,蹲下身子,两手托起志坚一只脚,拉了靴子就向后扯。扯下了一只靴子,又去脱那一只。志坚笑道:“你看,弄脏了手。”冰如笑道:“不说私人关系,就算你是一个普通出征军人,伺候你,那还不是应当的事吗?”她脱下了靴子,在床底下掏出一双拖鞋放在志坚面前。然后在洗手盆里洗了手,见王妈打了洗脸水来,就擦了一把热手巾,两手托着,送到志坚面前。志坚要站起来,冰如两手将他推着坐了下来,笑道:“你就好好地坐着,让我好好地伺候你吧。”志坚笑着坐下来,两手捧着手巾擦了脸,笑道:“冰如,你不要对我太好了。”冰如站在他面前,倒是一怔,因问道:“那为什么?”志坚道:“你让我回到了前线,会格外地想你。”冰如接过他的手巾,笑道:“那我就不管了,终不成你回得家来,难道我倒是对你爱睬不睬的?”志坚笑道:“到今天,才想起以往我们在一处马马虎虎地过着日子,未免可惜。你看,我们现在相处着,不是一分一秒钟都很有意思吗?”

冰如且不答复他的话,在洗脸架上洗过脸,将桌上那盏煤油灯移到梳妆台上来,然后背对了志坚,脸朝着镜子,又重扑了一回脂粉。脂粉扑好了,又打开了衣橱,脱下身上的紫绸衣服,把一件粉红色的丝棉袍子穿了起来。衣服牵扯得好了,把亮灯依然放在中间桌上。志坚道:“外面没有街灯,又泥滑难行,你还打算到哪里去?”冰如笑道:“我哪里也不去。”说着,坐在他对面的椅子上。志坚道:“打扮得像个新娘子似的就为了陪我吗?”冰如笑道:“就说陪你,又有何不可呢?”志坚叹了一口气道:“你的用心,是很可感的,只是我没有什么可以使你满足的。”冰如道:“你做了你军人所应做的事,你就使我很满足了。”志坚点点头道:“你是个有志气的女子,你看,你尽管对我满腔儿女情怀,却不露一点儿女子态。”冰如笑道:“我们不像夫妇两个。”志坚靠着沙发坐着,却突然坐了起来,正色向她道:“那我们像什么?”冰如走过来,又坐在沙发扶靠上,手搭了他的肩膀笑道:“我们这样文绉绉地说着话,像两个演员在台上演着话剧。”志坚不由得哈哈大笑起来,手挽了她的手道:“长夜漫漫,我们静坐着谈天,也很是可惜。”冰如道:“那么,你说我们做一个什么消遣呢?”志坚道:“下一盘围棋。”冰如鼻子里哼了一声道:“我也安不下这个心去。”志坚道:“拿牙牌来接龙。”冰如道:“无聊得很。”志坚道:“那么,你高高兴兴唱两个歌,我来吹洞箫。”冰如道:“假如不是戒严时间,我早就唱了,不必想这样想那样了。我去把汽油炉子搬上楼来煮咖啡给你喝,我们喝着咖啡,还是随便谈着过这个长夜。”志坚道:“喝了咖啡,我就睡不着了。回到后方来,我应当好好地睡个两晚。昨晚上我们已经谈得很夜深了。”冰如道:“你明天早上几点钟走?”志坚顿了一顿,却是紧紧地握了她的手,因道:“我不等天亮就要走。可以叫王妈先和我预备一点茶水。”冰如向梳妆台上看去,那一只小钟,还是针指在七点半钟上,因道:“你们的汽车几时走?”志坚将手指了钟面,笑道:“这钟上的长短针,第二次再走到这个位置,我就离开南京了。”冰如默默地想了一想,突然站起身道:“我和你煮咖啡去。”志坚看到夫人这种艳妆,又是这个柔情似水,他也就不拦阻着她,随她去预备了。

梳妆台上的钟,本来不过茶杯大小,平常是不怎样令人注意。假玉石做的钟框子,不过像夫人的一种化妆品装潢而已。今晚上却不同,那小钟里面的机件,吱咯吱咯,不住地把那响声送进耳鼓里来,让对时间注意的人,格外觉得时间容易过去。因为如此,那小小的两根长短针,支配着这屋子里的空气,时时变换。

长短针指着九点的时候,桌上是拥挤了咖啡壶、咖啡杯、糖果碟子。笑嘻嘻的谈话声,不断地发生着,把小钟的针摆声都盖过去了。

时针指到十二点钟的时候,这笑嘻嘻的声音,改了低小的。咖啡杯子、糖果碟子,还放在桌上灯光下。灯光照出两个人影相并地映在白粉墙上,人影下面,是椅子黑影的轮廓。时针指到两点钟的时候,灯光微小了,那件女红袍子和一套黄呢制服,都挂在衣服架上,正面的床帐,低低地垂下了。帐子下面,并拢了男女两双拖鞋。三点钟的时候,咖啡杯子、糖果碟子,依然放在桌上灯光下,灯光格外微细了。时针指着五点,到七点半那一个间隔是很近了,灯光突然发亮,男女主人翁都起来了。志坚对了梳妆台上的镜子,整理着自己的制服,挺了胸脯笑道:“假如我是一个书生,这样倒是相称的。然而我是个军人。”冰如也在旁边挺了胸道:“是呀!可是你有丈夫气概,并不带一点儿女态。”志坚回转身,提着放在屋角的马靴,坐到椅子上来穿着。冰如又走过来,弯了腰代扯了靴筒子。志坚见她的头落在怀里,便将手轻轻抚着她的头发道:“冰如,我走了,你不感到寂寞吗?”冰如道:“不!天天在报上看到我军浴血抗战的消息,我只有兴奋。因为我有一个丈夫也在这浴血人群之中。”说着话,马靴穿起来了。那马刺接触着楼板,又在铿锵作响,志坚笑道:“你现在不讨厌这马刺的声音了吗?”冰如道:“我根本就不讨厌。我以为这声音代表了军人步伐的前进声。”志坚道："好！我们的步伐是前进的。快天亮了，我要前进了。"说着，在灯下握着冰如的手，很诚恳地道："祝你平安，我要走了。"冰如道："现在还只五点半钟，下楼去喝杯热茶，王妈已经和你预备下点心了。"

志坚在衣架上取了帽子盖在头上。两人手挽了手臂，一同走着下楼。楼下的客堂正中桌上，放了一盏亮灯、一壶热茶、两碟子点心饼干与鸡蛋糕。冰如道："我本来想下碗面给你吃，王妈起晚了，已是来不及了。"志坚道："我也吃不下去，喝点茶就好。"冰如拿起茶壶，将放好的茶杯斟满了两杯茶，然后坐下来笑道："不忙，等着天亮你再走吧。"志坚道："我愿意在天亮之前就走，象征着我们的前途是光明的。"冰如道："我们又来演戏。"志坚坐下道："不是演戏，真话！我们这一别是很有意义的，我们的动作，也要做出一点意义来，使我们别后的印象加深些。"冰如道："我们就是一点有意义的动作没有，我敢断言，别后的印象，也是很深的。"

志坚把那杯热茶喝完了，抬起手来，看了一看表，然后两个手指夹了一块饼干，就站将起来。冰如道："天没亮，什么车子也找不到，你要走到司令部去，是要相当的时间的。"志坚左手把饼干送到嘴里，右手又提茶壶斟茶，他就站在桌子边把那茶喝了。志坚手抚了一下衣领，把搭在椅子背上的雨斗篷取过来，披在肩上，然后伸手握住了冰如的手道："我走了，你一切珍重。"冰如让他执了手，顿了一顿，然后笑道："我想，我们下次见面，应该是东战场吧？我等着身体好了一些，一定到前方去服务。"志坚握着她的手摇撼了两下，笑道："你不愧是军人之妻。"

这时，王妈已开了客堂门，伸头向外看了一看，因道："天还黑着呢。"志坚道："不要紧，越走天越亮。"他随话走到了屋外天井，马刺碰了地面石头，锵锵有声。冰如送出来，看看天上，东方微见有点鱼肚色的天幕，映着人家屋脊的影子,因道:“好! 黎明了,志坚,你正迎着亮光向东去,祝你不久凯旋。”志坚走出了大门,忽然回转身来,立着正,向冰如举手行了个军礼,掉转身去就走了。冰如站在小天井里,听到叮当叮当,马刺向着路面鹅卵石过去,于是追了出来,追到了弄堂口,见晨光熹微中,志坚挺了身子,大开步向前走,情不自禁地叫了一声“志坚”。遥见志坚回转身来,立了一个正,再行一个礼。

他并没有说什么,就这样走了。叮当叮当,马刺碰了地面石头,越响越远,以至于听不到。看看巷口人家窗户里透出来的灯光,已经暗下去,远近人家,在青灰色的晨光里,慢慢呈现出来,军人一步一步地走向了前方,天随着亮了。

## 第二回　匆促回舟多情寻故剑　仓皇避弹冒死救惊鸿

客堂的桌上，放了一盏很亮的煤油灯，灯光下照映着两碟点心、一碟饼干和一碟鸡蛋糕、一把茶壶、两只茶杯。墙上挂的时钟，也正指着六点。这一切和孙志坚离家的时候，没有什么分别。但时钟所指的是下午的六点，日子却退后了一个礼拜了。

女主人翁正招待着客人江洪在谈话。江洪坐在桌子左边，很沉着地向对面的冰如道："嫂嫂，我看你不必犹豫了。后天这只船，是我们三个机关联合包定的，算是最后一批疏散家眷了。若再不去，恐怕以后不会得着这个机会。现在轮船上拥挤的情形，你总也听说过，单是由下关江边，坐小划子到江心上船，很可能是一个人就花上三五十块钱，因为到下关的轮船，早就不靠码头了。至于由南京到汉口这一大截长途水程，现时也像以前，也许四五天，也许六七天。这几天之内，吃喝睡都成问题。不用谈客舱，货舱里都有人挤得只坐着。若坐后天这条船去，这一切困难，都可以避免。"冰如道："我已接到志坚两封信，都是劝我到汉口去的。我若不走，他不放心服务，我也回了他两封信，决定走。只是我对于南京，很有点恋恋不舍，希望能再迟两天走。"江洪道："既然决定走，迟两天，那是徒增自己旅行的困难。"冰如手扶了桌沿，低着头很久没作声，最后，她竟是垂下两行泪来了。江洪见她如此，也只好默然着。冰如在身上掏出手绢来擦了两擦脸腮，因道："并非别的缘故，我总觉今天说离开南京，心里头就有一分凄楚的滋味。"江洪道："足见嫂嫂是个有热血的女子。只要中国人都藏着这么一股凄楚的滋味在心里,我们就永远不会抛开南京。"冰如低了头沉思了很久,只是默然。江洪觉得对了她枯坐着,很是无聊,便站起来道:"嫂嫂可以仔细考量考量。除了后天这只船的话,第二次恐怕要坐火车到芜湖去坐船了。不过我受了孙兄的重托,一定尽力而为,嫂嫂真是后天走不了的话,也不要紧,我们这机关里的人,本来做几批疏散,后天还不算是扫数疏散的一批,依然有几个人留着。"冰如道:"那就太麻烦了,我今天晚上考量考量,明天早上,我一定要有一个答复的。江先生公事忙,自己不必来,只派一个人到这里来一趟就是了,我会预先写好一封信让来人带回去。"江洪答应"是是",便走了。他劝冰如这晚上考量考量,冰如自有她的一番考量。

次日早上七点多钟,还不曾起来,王妈却进来叫着:"太太,那位江先生来了,在楼下等着呢。"冰如只将冷手巾擦了一把脸,抚摸着头发,走下楼来,见江洪两手背在身后,看墙上挂的画,便先笑道:"真是不敢当,这么一大早就让江先生跑了来。"江洪皱了眉道:"上司的命令,明天我是非走不可的,丢了嫂嫂在这里,将来和孙兄见面,我何辞以对呢?"冰如道:"江先生你对于朋友的事太热心,我不能过拂你的盛情,明天决定跟江先生走。"江洪道:"那很感激嫂嫂能原谅我。"说着,微微地一鞠躬。冰如道:"其实我不走也不行了。前几天那个男用人走了,到了昨天晚上,女用人又要辞工。南京城里,已无法找用人了,我不走怎么办呢?江先生倒转过来说,是我原谅你,这不是笑话吗?不是江先生念着志坚的交情,又料定了我在南京无办法,还不肯无早无晚地来劝我呢。"江洪道:"我们那船上,多带一两个人,大概没有问题。嫂子到汉口去,猛然间,或者找不到相熟的人来往,这王妈如愿同去……"王妈便由屋后接声出来了,因道:"那就好极了,我先生我太太,待我都很好,我本是舍不得离开这里的,只是大家都走了,我怕将来走不了。于今江先生能让我和太太一路,将来还可以和我们先生见面，我有什么不干呢？”江洪向王妈道：“既是如此，那就很好。你今天可以和太太在家里收拾东西，不是明天绝早，就是明天晚上，一定要上船。”冰如道：“晚上罢了，若是天早……”江洪道：“嫂子只要把东西收拾好了，在家里等着我就是。我自然会在事先来打招呼，让二位从从容容地上船。”说着，他匆匆走了。王妈道：“我们先生拜托这位江先生，实在是拜托着人了。待自己嫂子，也不过这样周到。”冰如站在屋子里，抬头四面看看，因叹口气道：“说声走，不要紧，要丢了多少东西。”话不曾完结，却见江洪又回身进门来了，他道：“我糊涂，有一件极要紧的事忘记交代。现在满城找搬运车子是很困难的事。嫂子有多少行李，请归并了，预先点个数目，我负责搬上船，至于搬不了的笨重家具，尽管放在屋子里，开一张清单就行，我可以把这单子交给我一个朋友。我们在这西郊乡下租了有一幢房子，这些东西都可以堆到那里去。假如到了最后一着，依旧不能保留的话，那损失也不是任何一个人，就不必介意了。”冰如笑道：“各事全都费江先生的心替我留意。”江洪就在门口站着也没有进来，因问道：“还有什么事要办的吗？我实在一时想不起来。请嫂子不必客气，有为难之处，尽管说出来。”冰如道：“现在办疏散的人，最为难的是一张火车票、轮船票，只要有了船票、车票，还有什么为难的呢？”江洪站着停了一停，笑着点了两点头道：“等我慢慢去想吧。回头见。”说完，这总算是真走了。

这日下午却接连地有了三次警报，最后一次解除，已经是晚上七点钟。还不到十分钟，江洪又来了，冰如在楼梯口上看到，就很快地跑下楼来迎着，因笑道：“真是让我不过意，一天要江先生跑上好几次。”江洪道：“我不能不来告诉嫂子，我们的船，今晚上停在下关上游五里路的地方，天亮的时候，我们上船，八点钟就要开船，有些人今晚上就要上船了。嫂嫂若赶得上今晚上船最好。”冰如道：“我们的东西，从‘八一三’以后就归束了的，要走随时可走。”江洪道：“那就好，我去把卡车押了来。最好我们能在十点钟以前出城。到了城外，就稍晚一点上船，也不要紧。”他见桌上放着茶壶茶杯，竟是自提起茶壶来斟着凉茶喝。冰如见他帽子下额角上，冒出豌豆大的汗珠子，因道：“为了我们的事，把江先生跑坏了。”江洪笑道：“不巧得很。就在座安了高射机关枪的楼下，遇到了紧急警报，在屋檐下站了一个多钟头。希望今晚上不再有警报，交通一断，我们出城是发生问题的。唯其如此，所以我跑来跑去比较着忙。”冰如道：“这样说，江先生定没有吃晚饭。我们就没有吃晚饭，刚才下了两子挂面吃。江先生请坐一会，我们家里还有挂面。”江洪抬起手臂看了看手表，点着头道：“时间不许可，我回头来吧。”一掉头开门出去，可是他走到天井里，又回转身来叮嘱了一句：“嫂子，请你准备着，我八点半钟可以来。”冰如说：“江先生，你尽管处理你的公事，不要为了我，只管来去地忙。”江洪也只说得一句没关系，人就走远了。

果然，在晚上八点一刻钟江洪带着几个壮汉来了。他交代着几个粗人代冰如搬运行李，向巷子里卡车送上去，自己却在手上拿了一大块干面包，一面指挥，一面将面包送到嘴里去咀嚼。冰如道：“直忙到现在，江先生还没有吃晚饭吗？”江洪抽出口袋里的手绢，擦了一擦额角上的汗珠道：“实不相瞒，我由上午到现在，脚步不曾停得一下。要不是这么着，实在也就赶不过来。”冰如自知道他是受着志坚之托，不能不十分卖力。可是自己身受人家的厚惠，总觉心里过不去。因之一切听江洪去调度，并不曾一丝一毫地执拗着。

江洪监督着搬过了一阵，见已是没有什么细软放在面前了，因引着一个穿短衣的壮汉，和冰如相见，告诉她道：“这个黄君是南京人，他在水西门外种地，无论如何，他家是不走的。运不走的东西，我们都托了他运到乡下去。嫂子只交一张清单给他，自留一张清单，将来……”冰如笑道：“整个民族都在为生存忍受牺牲，我们这点家具，还值得介意吗？江先生信得过的人，我当然信得过，就照江先生的办法,请这位黄老板照顾就是了。钟点已到了,我们出城吧。”于是带上了大门,将锁把外面锁了。因为这位姓黄的,要帮着搬运行李上船,也跟了坐上卡车去。江洪因是一辆载重的汽车,特意把冰如引到司机的座上坐着。汽车转了几个弯,奔上最有名而又最长的中山北路。柏油路面,还是那般平整,车轮子很快地滑过去。但眼睛向外看去,情形就大变了,很远的距离,有一两盏电灯,隐在暗空里,且电灯上有黑罩子罩住,那灯光只是猛烈地向路面上照着。路两边的店户,黑沉沉地关闭着,却不见有一家开了门或窗户。除了岗位上的警察而外,行人是很稀少,往日那成串奔跑的汽车,这时全没有了。偶然有一辆汽车过来,却看到两个穿军服的人,很严肃地挺了腰杆子坐在里面,那车子过去了,又可以很久地不遇到什么,冰如心里像火烧一般,说不出是一种什么情绪。糊里糊涂地,觉得车子停在一座城门洞口上,这才知道到了挹江门,电灯下,见一排军警直立着,江洪由行李堆上跳下了车子,和一位宪兵说了几句话。他上了车,车子又开了。冰如觉得车外的路灯,已格外稀少,马路两边,也很宽阔,一阵阵的寒风,由车侧吹了过来,便有了水浪声,原来到了江边了。

车子停在两三棵高大的柳树下,江洪已开了车门,低声叫道:“嫂嫂,已经到了。”冰如推开车门出来,见前后左右,有四五辆车子停着,行李箱子乱七八糟,堆了遍地。这里便是江岸,星光下看到活动的水浪影子渐渐向远,是一片渺茫的景象。星光在天幕上,像一个圆盖,盖在水面上,昏沉沉的看不到什么。江岸下有两三盏灯光,隐约地看到三只小划船系在岸边。岸上人便陆续地将物件向小船上搬。江洪道:“嫂嫂,你可以先上船去,留王妈和黄君在这里看守着行李。东西很多,不到半夜也搬不完,你何必坐在江岸上吹西北风呢?”冰如也正要先到船上去看看,还未答言呢,王妈便道:“太太,你就先去吧。到了这里,我那颗总是高悬起来的心,现在算是落下去了。”江洪是想得很周到,已把随身带的手电筒按亮，走在前面引路。冰如随了这灯光走下江岸来，江洪首先跳上船去，伸过一根竹篙子来，因道："嫂嫂，你仔细着，这小船在江面上，可不像在玄武湖里。"冰如扶了竹篙，顺着电光，上了小船，船上已先有几个人在等着，并不再运上一件行李，就向江心开去。到了这时，冰如也不再有什么顾恋，对着岸上，暗暗地说了一声："南京，再会了。"船在黑暗中飘摇着，眼前看不到什么。船头所对的地方，有三五星灯火在水面闪动，渐近了那灯火，江面现出一个庞大的影子，到了轮船边了。小船靠近了，轮船上掩蔽着的灯火，已缓缓现出，人声也跟着喧杂起来，果然是上船来的人已不少。江洪引着她上了船，见虽是一只航行长江的中型轮船，但所过之处，都是行李堆塞着，人就坐在行李上。她爬过了许多行李堆，走到二楼，江洪却把她引进了大餐间，因道："我对上司说明了，因为孙兄是在前方作战的军人，对嫂嫂特别优待，和几位上司的眷属在一处。"冰如见这大餐厅里，很稀落的，只有七八个人坐着，也没有堆什么行李，靠窗户的长软椅上，有人展开了铺盖，想起来是很舒适的。

江洪正待介绍着她和两位太太认识，冰如看到了舱壁上挂的画，哎呀了一声。江洪道："你有什么事吗？丢了东西？"冰如道："我非上岸去一次不可！那小船没有开吗？"说着，就向舱外走了来。江洪见她面色变红了，想到一定是有了珍贵物品丢在岸上，就跟着她一块儿出来。冰如道："江先生，我一定要进城，趁着明日天亮出城，当然还可以赶上这只船。"江洪道："有什么要紧的东西没带来吗？"冰如道："在别人看来也许是极不要紧的东西，可是我非带出来不可。"她一面走着，一面说。江洪道："既然如此，我护送嫂子进城吧。"冰如道："那不必。我赶不上这只船，我一个空人，坐火车到芜湖去，也许追得上，江先生有公事，赶脱了船，那责任太大。"江洪道："那么，我护送嫂嫂上了岸再说。看看汽车都走了没有？"冰如不作声，只是忙着走。江洪越是看得这事情严重，只好跟了复回到小划子上,催了船夫,赶快拢岸。在小船上,冰如默然无语,船上没灯,江洪看不到她的脸色,却料着她在静默中一定是十分焦躁的。船到了岸边,冰如在船上就叫起来道:“王妈,我那个橡皮布袋,挂在楼上墙上的,你带来了没有?”王妈道:“那个装相片的橡皮袋吗？是呵！里面还有先生留下来的一把佩剑。”说着话,冰如已上了岸,问道:“你带来了没有?”王妈道:“没有带来,这个袋子是太太很留意的,我以为太太总会带着的。”冰如道:“就是心慌意乱,抢了出城,把这东西丢了。”王妈道:“袋子挂在墙上,大门是锁着的,丢不了,我回城去拿一趟吧。”冰如道:“你回城去拿一趟吗？可是拿着了东西,能不能赶上这条船却是问题。”王妈听了这话,就不作声了。

江洪这才知道冰如所要去拿的,不过是一只装相片的橡皮袋,因问道:“那袋子里,除了相片,还有别的吗?”冰如道:“里面还有一柄旧的佩剑。本来他这柄剑是佩带有年了。因为上司奖送了他一柄新的佩剑。他说故剑不可忘,就交给了我。这次回来,他又对我说:‘这剑是军人魂,这个交给你随身保留着,彼此的精神就永远照顾着。’我若丢了这柄故剑……”江洪道:“对的对的,应该取了来。我今晚是不能离开这里,恐怕还有事情和船上人接洽。我可以在明日早上到城里来接嫂嫂。”冰如道:“那不必,若是走岔了路,那更要耽误事情了。不要紧,我赶不上船,我会坐明天十点钟的早车赶到芜湖去。”说到这里,这里停了两辆卡车,都轰隆轰隆地响着机件,预备回到城里去,其中一辆,就是原来坐出城的。江洪便重托了那个姓黄的,护送冰如到家。冰如对于堆在江岸上的十几件行李,都没有介意,只在黑暗中叫了一声王妈,好好地照应东西,车子就开了。

进城回到家门口,和同车的黄君,讨了半盒火柴,下车开着门进去,点了灯。这虽然还是数小时以前离去的旧家,然而楼上楼下东西凌乱,屋子里并不见第二个人影，自己踏着满地碎纸烂布走上楼梯，就听到每一移步，楼板轰然有声，这就反映着这屋子里空气凄然。手举了一盏煤油灯，走到楼上卧室里，首先看到白粉墙上，还挂了只小小的橡皮布袋。那佩剑的白铜柄，在袋口上露出了一截，心里先放下了一块石头，于是将灯放在桌上，把布袋取了下来，就站着把袋里的东西检点一番，正是一样不曾短少。捧了志坚一张武装小照看时，见他向人注视，嘴角正带了三分微笑，心里也就想着：我总算对着这小照不用惭愧了。一场惶急，这时算是消除了。可是这个家里的细软是搬空了的，回了家了，倒反是没有了睡觉的所在，因之提袋捧灯，就下楼在沙发上躺着。这巷子里还有一个岗警，半夜看到这屋里有灯光，他就来敲门。冰如开门出来，他将手电筒对她照了一照，失声道："孙太太走了的，怎么又回来了？"冰如道："我是来拿我们孙先生佩剑照片的，明天一早走。"此话言明，巡警也就走了。冰如东西拿到了手，便又惦记着江边上的事，不知道江岸上的行李可完全搬上了船，又不知道明早出城，能否赶得上这只船，坐着本不舒服，心里又有事，清醒不醒地望了窗子外面天亮。为了免再遗落东西起见，又在楼上楼下巡查了一遍，便提了那橡皮袋子出来，好在锁大门的钥匙，共有两把，已经交给了那黄君一把，锁着大门，便向大街走来。

离家不几步，老远看到江洪跑着迎了上来，自己笑道："还好，还好！没有走岔。"冰如道："哎呀！江先生真是太客气，一定要进城来接着我。"江洪道："嫂嫂要找的东西，大概找着了？"说时，望了她手提的橡皮布袋。冰如微笑道："东西是找着了，我们出城去，还可以赶上船吗？"江洪道："船是赶不上了。我离开船的时候，船已经开走了。"冰如怔了一怔，轻轻顿了脚道："那怎么办？岂不耽误了江先生的大事？"江洪道："不要紧！这船要到今日下午四五点钟才可以到芜湖，我们坐了八点多钟的京芜火车到芜湖去，可以赶上这只船，他们要靠船在那里买米买菜。万一赶不上,还不要紧,芜湖有两只船,在几天之内,要陆续开去汉口,我们总可以搭上一只船的。由此地到京芜火车站,倒是有相当的路,我们这就走吧。”冰如见他很镇定,大概不会发生什么问题,自没有什么异议,走上大街,找了两辆人力车子,就向中华门外来。

这一条京芜路,直到这时,还不曾受着战事影响,所以向芜湖开车的时间,还照常不曾改变。两人到了站,好在是没有带一件行李,很容易地就买得两张二等车票。因为预防空袭,车子就停在站外很远,而且二、三等车,都是疏散开了,相距有几十丈路。江洪引着冰如把月台走尽了,又走了几十步铁路,才找着一列头二等混合车厢。走上去看时,三停座位,已坐了两停人了。隔了车窗向外张望,北边有一带木栏杆,木栏杆外,又有两三幢砖墙人家。南向隔一片空地,有两棵老柳树,树外有一片矮屋,和一个很大的猪圈。向东有两列车子停在铁轨上。向西有几个火车头,也散落地放着,看一看手表,到火车开出的时间,约莫还有半小时。水泥月台上脚步摩擦得沙沙有声,那乘火车的人还正陆续地来。江洪看到车厢里座位无多,将冰如让着和一位太太同坐了。自己也在人群中挤了下去,坐了一个椅子角,自然是不敢移动。

忽然车子里有人叫了一声警报!江洪向窗外看去,车子上已有人们纷纷向下跳,电笛的悲号声,在长空里呜呜地叫着。看车厢里时,旅客们全拥着奔向车门。有几个人挤不出去,就由窗子里向外钻。冰如也被挤落在旅客群后面,四处张望着叫江先生。江洪跳着在座椅上站着,摇摆了手道:“嫂嫂,不要紧,不要紧,才放空袭警报呢。”直等车厢里旅客们完全下去了,江洪由车门先跳下去。冰如一手提橡皮袋,一手抓着江洪肩膀,也向下一跳,看时,旅客像出巢的蜂子,四处纷跑,江洪因站着定一定神,向冰如道:“我们还是向西走好一点,越走是越离开车站。”冰如手提了那橡皮布袋,因道:“我们再向前一点吧。我看到有些人由火车头带跑了。”说着，顺了铁轨外的便道，加紧了步子。几次撞跌着，都扶了江洪站住。约莫走有大半里路，呜呀呜呀，长空又放出了紧急警报。江洪四周看了一看，因道：“嫂子，不必走了，这地方已很空旷，随便找个所在掩蔽了吧。”冰如道：“那前面有道桥，已经有人钻下去了，我们也去。”说着，她便先走，江洪却随在她后面，到了那里看时，是一道干沟，两岸用水泥堆砌着，铁轨架在桥墩上。已经不少的人藏在铁轨下。冰如看到，却一点也不加考虑，就向下一跳，挤到人丛中去，江洪看到不过两丈见方的所在，已经有二三十人塞在一处，就不肯下去。远远看到十几丈路外，有一条土沟，便奔到土沟的沿上站着。就在这一迁延的时间，飞机马达轰轰轧轧的响声，已临到头上，再抬头看时，已经有三架飞机，比着翅膀飞了过来。看那翅膀下面，画着红的膏药影子，便觉有些危险性。立刻身子向沟里一滚，紧贴地伏在沟里头。那轰轰轧轧的声音，由远而近，接着又由近而远，心里念着，或已过去了，便微微地昂起头来看了一看，突然震天震地的两三响，地面都震动着，看时，就在东向一些，两股浓黑的烟雾，冲上了云霄。江洪根据刚才一阵热风，由身上蹿过去，料着中弹的地方不远。接着咯咯咯一阵机关枪响，就不免为了伏在铁路四处的人担心。由土沟里伸出头来，见飞机已去远，便俯了身子，飞奔向铁轨的桥边，口里叫着嫂嫂。那桥洞下的人，也惊慌了，一半蹿出来，四处乱跑，一半却倒在地上动不得，冰如便是在空地上乱跑的一个。一个不留神，被铁路边的石头绊着脚头向前钻着横抛出去一丈来远，人倒在地上动不得。江洪走来她身边，叫了两声嫂嫂，冰如却哎哟了两声。这时，高射炮声轰咚轰咚，高射机关枪声嗒嗒嗒，飞机马达声呼呼呼，加之前面两股浓烟高升，鼻子里充溢着硫黄味，空气十分紧张。江洪抬头四下里看，见有三架飞机，又自西方转了圈直扑过来。这就顾不得嫌疑了，蹲下身去，两手抱了冰如，就向刚才藏躲的地沟里奔了去。头上咯咯咯，已在飞着机关枪弹。于是半蹲了身子，抱住了她就向沟里一滚，但觉咚咚咚几下大响，两阵热风，卷了飞沙由沟上刮过，以后也就声音寂然。江洪断定了江南车站，已经成了轰炸的目标，只好静静地伏在沟里。约莫过了十分钟，才站起身来看了一看，冰如也随着站起来，两手扑了身上灰土，惨笑道："几乎……"她口里说着，看到刚才藏身的桥边，已经有二三十人倒在地面，衣服血泥糊了，把一句话吓着吞了回去。江洪道："这是炸弹碎片炸伤的，我们算是躲过了这一劫，嫂子不必害怕。"冰如不觉伸出手来，握着江洪道："你是我的救命恩人，你是我的救命恩人！"

## 第三回　铁鸟逐孤舟危机再蹈　芦滩眠冷月长夜哀思

江洪与薛冰如重新更生的时候，在江南车站四处避难的旅客，都还没有敢把头伸出来。他们料到飞机已去远了，便坐在土坡沟上一棵树下，那自是打着主意，万一飞机再来了，躲下沟去还不迟。这样静候了约一小时，警报器放着了解除的长声。江洪向冰如笑道："我们经过空袭很多，这次算是身历其境了吧？"冰如站起来拍着身上的灰土，摇摇头笑道："响声倒不过如此，可是那几阵热风向身上扑了来，像一扇大门板压在人身上似的，倒有些怕人。大概车站已没有了吧？"说时，散藏在各处的人，都纷纷地走出来。江洪引了她向东也随了大家走。

四处看去，不但车站，没有一点损失，就是停在轨上的几辆车皮，也一点没有损坏。只是那一带穷人住的矮屋子，连那猪圈在内，却变成了一堆破砖与碎瓦。猪圈那地方，有一摊血，原来的一大群猪倒全不见了。冰如正诧异着，偶然回过头来，却打了个冷战，这对过那砖墙，已是斜歪了一半，还直立着的一半，那大块小块的猪肉，有几百方粘贴在上面。那三棵柳树上，挂了一条人腿，又是半边身体，肉和肠胃，不知是人的还是猪的，高高低低挂了七八串，血肉淋漓，让人不敢向下看。冰如偏着头，三步两步向前直跑。不想停住脚向正面看时，又不由得哎哟了一声。原来面前横着两个半截尸首，一具是平胸以下没有了，流了满地的血与肠肚；另一具，只炸去小半边上身，衣服被血染透了，人的脸也让血和泥涂成黑紫色。吓得她身子向回一缩，转身奔向江洪来，闭了眼道："江先生，怎么办？我不敢看。”她站在江洪面前，真个一动不动，江洪皱了眉一看，觉得车站四周，有千百个旅客散藏着，绝不止炸死这几个人，因道：“这个地方，就是先前我们上二等车的地方，我们在这里等一等，说不定那二等车还会停在这里的。”冰如摇摇头道：“还是站到我们先前躲着的那个地方去吧。”说时，她依然闭了眼，要江洪牵着，孟轲说的有，嫂溺则援之以手，权也。江洪在这急难的时候，当然也不去理会那男女携手的嫌疑，牵着她还到土坡前等着。总算车子并没有受到什么损失，不到一小时，疏散出去了的火车，便开了回来。

当他们赶到芜湖时，所乘的轮船，还未曾靠码头，自然也就从容准备候着船走了。在这船上大餐间里，虽不如平常住大餐间那样舒服，可是难民滋味，这里是一点不会尝到。江洪坐在他的同伴舱里，不便向上司眷属坐的大舱里来探望，冰如出舱来，在甲板上散步的时候，就约着江洪闲谈。

第二日的半上午，船过了马当，船上的人们，纷纷地出来，看小孤山的风景，这已到了深冬，江水低落，江北岸的沙滩露了出来，沿着北岸的山脚，伸到了江心，这一来，却把小孤山和北岸连成了一气。轮船由小孤山的南漕江面行进，远远看到那顺了小孤山山势长的树木，杈杈丫丫地簇拥着树枝，小姑庙白色的粉墙，高高低低的，在树丛里一方一方露出。最顶上露出了一片屋脊，成群的乌鸦，像苍蝇一般，在岛的东北角峭壁边，上下乱飞。南岸的山，稀疏地长着树木，在焦黄的草色上，长出来一团团的青松影子，太阳照着，颜色颇为调和。在那山坡上，迤逦向下沿江流突出几个石头，有一个大礁石上，还支起了一架渔网，时上时下，颇有画意，江洪和冰如靠了甲板的栏杆向江上观望着，指了给冰如看道：“你看这地方多么悠闲，我们在前方来的人，真不相信后方这样自在。这样看来，大概武汉方面，是不带一点战事痕迹的，到了汉口，嫂嫂可以暂时安心住一下子。”冰如淡笑道：“事已如此，便不安心又怎么样？不总也要耐着性子住下去吗?”江洪道:“也不必焦急,只有暂时向宽处着想。你看,在这船上的人,有几个不是生离死别地分手的? 要是一律放心不下,这船上只有哭声,没有人说话声了。”冰如听到,也只有默然着,静静地靠了栏杆望着江景。

她不作声,江洪也不作声,默然的有十来分钟,忽然有人喊道:“飞机来了!”随了这一声喊,甲板上立刻一阵骚动。有一部分人往甲板下走,一部分人又从甲板下爬上来,有的喊着:“三架三架。”有的喊着:“它是由西向东飞,大概是我们的。”有的喊:“怎么办? 怎么办?”冰如是惊弓之鸟了,立刻脸色苍白,手扶了栏杆,有些战战兢兢的,回过脸来向江洪望着,却说不出话来。江洪道:“不要紧的,我们这样一只装难民的船,不成为其目标。”船继续向前进行,说时迟,那船头远处,天空里三架鸟大的飞机,已对了这船直飞过来,而且越飞越低,轰轰轧轧可怕的马达发动声,直临到头上,脑筋灵敏的人,都感到有点危险。但人在船上,无地可跑,眼睁睁地,看着那飞机影子大过桌面,翅膀上的红膏药印子,十分清亮。大家的心房跳着,都要向喉咙眼里跳了来。冰如不知不觉,抓住了江洪的手,连问怎么办怎么办。江洪觉得她的手其冷如铁,急忙中找不出话来安慰她,只连连答应着不要紧不要紧!那时快,那三架飞机,就在大家仰头看去的时候,分开了队形,径直地飞了过去。在甲板上所有的人,连着薛冰如在内,算松了一口气。然而江洪究竟是个军人,他拖住冰如的手道:“快下甲板去。”说着,拉了她便走。她被拉着回到了楼梯口上,回过头来看时,那散开队形的飞机,却在船后面,做了一个半弧形大旋转,呜的一声,飞机翅膀刺激着空气,发了怪叫,分明飞机已向轮船俯冲过来。

二人只下了两三层梯子,早是轰嗵几下响,在离船舷不到几丈远的江面涌出三四起水柱,飞跃着比船顶还高。那水花啪嚓一声,打在船上,船随了这大声,像航海似的,很厉害地颠了几颠。顷刻之间,只听到人叫声、人哭声、东西撞跌声，闹成一片。楼梯口上的人，像倒水似的滚了下来。而那天空里飞机的马达声，哗哗哗，更是响得怕人，咯咯咯、啪啪啪，机关枪扫射着甲板，发出两种可怕的声音。冰如料着这一回是绝对完了，只有让江洪抓住了又跌又跑。所幸自己的神志还是清楚的，只见满眼都是男女旅客滚跌，有几个人慌了手脚，爬出栏杆，却向江心里跳，江洪挽住冰如一只手道："嫂子，我知道你会游泳。飞机还在头上，找一个板子……"这话他不曾说完，轰嗵嗵嗵，又是几下响。在这个大响声里，冰如只知这身子猛烈地让东西颠动一下，就失去了知觉。

等自己已清醒过来的时候，睁眼就看到了一片青天，四周空洞洞的，并不在船上。于是复闭了眼揣想着昏迷以前的事。记得机关枪在头上扫射，船板乱响，炸弹落在身边，水浪高飞，人就什么都不知道了。这样看来，分明是自己不在人世了。于是再睁开眼来看，却见江洪站在身边，因问道："我们现时在哪里？还活着吗?"江洪笑道："当然活着。可是和我们同船的人，已经有五分之四不在人世了。"冰如再定了一定神，四周看去，原来是躺在一片沙滩上，四周都是芦苇，看到同船的人三三五五，散处在这沙滩上，有的坐着，有的来往散步，看芦苇丛外的大江白茫茫的一片，西沉的落日，把那带病态的金黄色光芒斜落在波心，加着微微的西北风，向脸上刮着，颇感到一份凄凉的意味。因为是初醒转来，还不能十分看清四周的事物，又闭着眼养了一会神。

第二次还是人声所惊醒的，已见王妈将手巾包着头，将几根长短不齐的棍子，在沙滩上插着，搭了一个三脚叉的架子。冰如这样看清楚自己，躺在一卷行李上，因问道："王妈，你也逃出了性命，总算难得。"王妈将行李索子网扎着长短棍子，因道："真是难得。太太，你还不知道呢，我们那只船炸沉了，船尾上中了两颗炸弹。总算这船上的船长好，没有死的人都这样说。在飞机追着我们这只船的时候，他自己跑到舵楼上去扶了舵，把船对了这滩上一冲，船头搁了浅，后半截炸沉了,前半截还在水面上。那飞机看到船炸沉了,也就走了。我们在船头这半截的人,只要不撞伤,不跳下水去,总还可以留一条命。”说时,只见江洪身上背了一只大包袱,由江边一只小划子上上了岸。另外还有几个人也都是拿了各种东西上岸来。冰如这才看清楚了,离江岸有三四丈路,浮了半截船头在水面。在那船头向天的舱舷上,还有人爬在上面搬运东西。

江洪到了面前,见冰如已清醒多了,便道:“嫂嫂要喝口水吗?”王妈道:“这江里的冷水可喝不得。我是实在口渴了,勉强喝了两口,有两个钟头了,心里还在难受。”江洪道:“我怎能找冷水给你太太喝?我在破船上,四处找了一周,居然找到一只温水瓶,这里面足有三磅热水。”说着,放下那包袱在沙滩上,打开包袱来,先提出一只热水瓶子,就把瓶盖子当了茶杯,斟了一杯热水,放在地上,笑道:“嫂嫂,你慢慢地拿起来喝。这白铁做的东西,传热不过,仔细烫了嘴。”王妈道:“这位江先生,凡事真是细心不过。”冰如道:“我要不是遇到江先生,江南车站那次逃得了命,今天在船顶篷上,决计是逃不了命的。”江洪笑道:“这些过去的话,我们将来再说吧,天气晚了,我们应该赶快把帐篷支了起来,天色已经很黑,再过一会,就会看不见了。”说着话,他把包袱透开,扯出了床单被褥毡子等,在木架棍上陆续地遮挡着,冰如因围起来就闷得慌,慢慢地由地毡上爬了起来,坐在堆着的一捆芦苇秆子上,王妈立刻弯身上来,将她扶着。冰如推开她的手道:“用不着,我早已清醒过来了。”于是勉强撑住腿站了起来,斜站在帐篷外,身体晃了两晃。王妈便抢着扶了她一只手拐道:“江风很厉害,太太可不要勉强。”冰如笑道:“这倒让我想起了一件事,我在船上撞晕过去了,是怎么上了岸的?”王妈道:“连我在内,还不都是江先生背了上岸来的?”冰如不觉脸红了,摇了头笑道:“那真是有些对不起人。”江洪道:“我想嫂嫂一定能恕我冒昧。当那船初炸沉以后,秩序非常混乱。嫂子那时睡倒在船舷的铁梯口上,我若不把嫂子搬个地方，也许就会让上上下下的人踩坏了。”王妈道：“江先生，你倒是这样客气。我们感谢你也感谢不了，你倒要我们原谅呢。现在我们都困在这荒洲上，进退两难，将来还有许多地方要江先生帮忙呢。”江洪道：“那没有问题，我们逃难逃到这荒洲上来以后，随后来了一只长江轮船。我们这船上的船员，站在船头上和他们打旗语，他们也就在江心停了船，放下一只小船来问消息。看到我们荒洲上有这么多难民，船上还有行李，来人说：他们船上已经连插脚的地方都没有了，荒洲上这些个人不能带去，只能把船上职员带两个到九江替我们想法子。这样，就有两个职员跟了那船去，大概今天晚上，他们可到。明天下午，九江会有船来接我们的。万一没有船，那也不要紧，我可以挑一担行李，步送嫂子到九江去。我们得了性命，就算渡过了难关，以后的事，不必搁在心上，嫂子的伤势大概还没好，还是到帐篷里去躺着吧。”冰如听了他的话，先伸手摸摸头，随后又左右手互相摸着手臂，低头向身上仔细看了一遍，因道：“这倒怪得很，我身上一点没有受伤。”江洪道：“嫂嫂肌肤上，大概没有受着伤，不过轰炸的时候，脑筋受了很重的刺激，身体又受了猛烈的震动，所以人昏昏沉沉的，大概无大关系。治这种病，唯一的方法就是休息。嫂子还是躺着吧。”冰如回头一看天上，已没有了日光，只是西边天脚一带红黄色的晚霞，夹杂云彩，成了青蓝色的斑纹，那一抹霞光，先照到江面上，再反映到这荒洲上，但看到散落在这里的难民，都在苍茫的暮色里飘动着衣襟和头发，便有一种凄惨的景象。望对岸一带不大高的山峰，这时也变成了一带深蓝色的轮廓。那江水为霞光所不曾对照的所在，便是青隐隐的。就在自己这样一赏鉴之下，天色变得更幽暗了，但见东西两头，水天相接，全是一种混茫的青色，其间有三两点发亮的大星，露着光芒，若不是面前有人说话，自己几乎疑心不在这花花世界上了。

江洪倒不知道她在想什么，见她默默无言，四处探望着，因道：“嫂子，你什么也不必想了。谁让我们吃这些苦呢？谁让我们受这些惊吓呢？我们只要把这颗心放在这上面，自然就会兴奋起来。”冰如站了许久，觉得身子有些疲乏，叹了一口气便钻进帐篷里去，可是刚一钻了进去，复又扶着王妈站起来，因向江洪道：“蒙江先生的情，把我们主仆两个都安顿好了，可是你自己怎么办呢？你不也支个帐篷吗？”江洪笑道：“我们当军人的，何必做出一点风霜都不能抵抗的样子来？在前方打仗的武装同志，天上下着雨，身子卧在水泥的战壕里，还不是端起枪来和人家拼命？我们在这荒洲上睡太平觉，怎么也可对付过去，那毫无问题。”冰如道：“虽然那样说，这究竟不是前方，大家都有一个地方安歇，不能让你一个人在荒洲上当打更的孤雁。”江洪笑道：“那也不至于。我在船上找到了一床被，又是一床军毡，我在芦苇丛里把苇秆堆起一堆，就可以睡。当军人的人在战时，这就是享福的事了。王妈，这些都交给你。”说着，送过那只热水瓶，又送了一支蜡烛来。冰如虽觉得江洪辛苦一点，可也无以慰之，只好随他了。

支帐篷的所在，是荒洲比较高的所在，三五步路，就有一个小帐篷，都是架蒙古包似的，用被单或衣服，用棍子支在芦苇丛中。有的找不着棍子，就把芦苇编编，把被单挂在上面。荒洲是沙地，究竟也不敢贴地睡，都是拔了芦苇，在地面铺得高高的当了床，然而这帐篷究竟有限，只能容纳些老弱妇女，天虽黑了，在洲上散步谈话的男子还是不少。好在这不是江洪一个人的事，冰如倒不必十分为他难受，于是安心地钻进了蒙古包，在苇秆上的床上睡着。先是王妈点了一支白蜡，插在泥沙里面。她躺在床上和王妈谈话。到底人是未能清醒复原，谈着谈着，也就睡着了。

醒过来的时候，只听到王妈睡在脚下，鼾声大作，那帐篷外面，呼呼的风声、瑟瑟的芦叶声、淙淙的江浪声，却是有生以来所未听到过的声音，睡在苇秆堆上，身上一动，那叶秆子也是窸窣作响，蜡是已经灭了的，清醒不醒地睁了眼睛睡着，在那帐篷缝里，涌出了几点星光，随了几点星光，却像射冷箭似的，向脸上吹着江风。这些声音，越来越加重，尤其是江里的水浪声，每碰到沙洲一次就哗啦啪嚓几下响。听得久了，心里透着有点害怕，就把毯子披在身上，掀开帐篷走出来看看。这时东角的山峰上，正有镰刀式的一钩残月，在青云影里斜挂着，微微地洒一些混茫的光亮，当顶疏落的星点，在寒风吹过天空的时候，便有些闪动。随了这阵风，咿呀咿呀有几声雁叫，立刻在人心上增加了一份凄楚的情绪。因为遥遥地听到有人的说话声，便索性走出帐篷来几步，向发声音的所在看了去。那里在这帐篷的下风头，是一片荒滩，没有芦苇的所在。当那沙滩中间，生了一丛火，火光熊熊地照着四周一群人影子，围了火光坐在沙上。火光去江不远，残月之下，看到渺渺茫茫，一片黑影，但仿佛又像有些东西，在黑沉沉的境界里活动着，正是那月光照着了江心的波纹，心里想着，还有不少的人向火坐着，大概是没有铺盖分给这些人睡了。

江洪和自己及王妈找了两床被一床毯子来，也不见得还能够和自己再找一份，颇想走到那火焰边去看看他。于是两手将披在身上的毯子紧紧地握着裹了起来，可是只走了几步，那江风夹了洲上的碎沙，向身上扑了来，这身体颇有点摇撼不定。再四周一看各帐篷子里的人，都睡着了在打呼，一个青年少妇，深夜向那荒滩上去找人做什么？于是静静望了那火光一阵，还是缩到帐篷里去睡，叫了王妈两声，她在蒙眬中哼了答应，并不曾清醒，心里就想着，还是她们这样无知识的妇女无所谓感想的好。至于自己，苦恼就多了。现在更觉得发动了战争的人，是世界上最残酷的人。这种人不但是人类的仇人，而且是宇宙的仇人。宇宙想尽了方法生人，发动战争的，却想尽了方法杀人。丈夫在前方打仗也好，把中国人受着的这一股子怨气，代为吐上一吐。想到这里，把生平的经历慢慢想了起来,觉得就为了炮声一响,把所有的好梦,都变成了碎粉。大时代到了,光是逃难,实在不成其为办法。而且就是逃得了逃不了,也很难说。譬如自己,在江南车站遇到了炸弹,在小孤山又遇到了炸弹。尽管满船几百人不向人类含有丝毫敌意,但那几百磅重的炸弹,还是会由千里之外,带到头上丢下来。这样寻思了一遍,真觉怒火如焚,心里头就像有开水在烫着,哪里睡得着?约莫有半小时,却听到帐篷外面,窸窣窸窣,有了脚步声。那声音直走到帐篷附近来。冰如晓得附近各帐篷里的人全不能睡得安稳,不知道有什么人在走着,也不便向人搭腔,只有悄悄地听着。后来那人咳嗽了两声,冰如听出来了,那正是江洪。因为他已去得远了,也不便在深夜去叫他。想他走的脚步,是绕了这帐篷一周走着的,那么,他必然是来巡查这里的情形。不然,他何以悄悄地来了,又悄悄地走开了呢?他虽然是一个青年的男子,可是看他那样子,是很崇尚义侠的,倒不应疑惑他什么。想了一阵,又轻轻地叫了王妈几句,然而王妈睡在脚头,继续打着呼声,并不理会,冰如睁了眼看着帐子缝里的星光,越发地睡不着。那帐篷外的干芦苇叶子,让断断续续的寒风吹刮着,吱咯吱咯,窸窣窸窣,在寂寞的长夜里,反是比较宏大的声音,还要添人的愁思。恰是由北向南,又有一阵咿呀的雁叫声,从头上叫过去。冰如是再也忍不住了,二次爬起来,又掀开一角帐篷,伸了头向外看着,天空并没有什么形迹,不过那半钩残月,更走到了当顶,发出了一线清光,细小的星子,比以前又稀少些,却有几粒酒杯大的亮星,在月钩前后。这样,对面的山峦,画出了一带深青色的轮廓挺立在面前。回头看沙滩上那丛火,萎缩了下去,火焰上夹了那股青烟,在半空里缭绕着。那些围火的人,随着也稀少了,只看到三五个黑影子隔了火晃动。各个帐篷虽然还是以前那个样子,但在夜色沉沉的气氛里,感觉这些帐篷,也只是要向下沉了去。看那月亮下东边的天脚,倒还是白雾弥漫,仍压了江面。自离开南京以后,不知道什么缘故,就不敢向东张望。每次张望就心里一阵酸痛,就觉两股热气直射眼角,不由得两行眼泪挂在了脸腮。这夜深时候,江风残月之下,睡在这芦苇滩上,本就是一种凄凉境地,再想到了家人分散,自己又是两回死里逃生,对着这滚滚的江涛,在黑暗中向东流去,觉得这面前的浪花,若干日后,总可以流到南京的下关,自己什么时候再能回到南京,那就不可知了。手扶了帐篷,呆呆地站住,这眼泪就像抛沙似的,只管滚滚下来。当眼泪滚落得很厉害的时候,就也禁不住嘴里发声。因为环看了左右,都是帐篷,不便惊动人,立刻手捂住了嘴,钻到帐篷子里去躺下。就在这时,听到江洪在帐外轻轻叫着王妈。冰如正哽咽着,不便答应,便扯了毯子将头蒙住。王妈恰好是惊醒了,就一个翻身坐了起来,隔了帐子问道:"江先生还没有睡呢?"江洪听她答应有声了,才走近了两步问道:"王妈,你太太在咳嗽,你没有听到吗?"王妈道:"我不晓得呀。"江洪道:"你劝劝你太太,自己保重一些吧。那热水瓶子里还有热水,你倒一杯给你太太喝吧。我去了。"说着,果然脚步响着走远了去。

王妈叫了两声太太,冰如勉强答应着,王妈才听出来她不曾睡着,说话还带一点哭音,因道:"太太你这是何必呢?你是个读书识字的人,比我们明白得多。"冰如道:"睡罢,不要惊动了别人,我也不喝水。"她说完,真个又扯着毯子把头盖起来。心里却才知道,江洪暗中保护,却是寸步留心的,吹了一天一晚的江风,也就不必给人再找麻烦了。

## 第四回　风雨绕荒村泪垂病榻　江湖惊噩梦血溅沙场

在这芦苇洲上的人，谁都是饱含着一汪眼泪在眼眶子里的，虽然人是整天地劳碌着，疲倦得要睡，但是安然入梦的却没有一个。风声、芦叶声、水浪声，继续不断地打入耳鼓。便是不受惊扰，那寒气向人周身的毛孔里侵袭着，也把人冷醒。

在满江雾气弥漫之下，已有了微微的曙光，冰如便醒过来了，听到帐篷外面，已有很多人的说话声，这就披了衣服钻了出来，见离着这里不远，沙滩上挖了一个地灶，江洪蹲在地面，将折断了的芦秆，向灶口里烧着火，上面盖了一只搪瓷面盆，正热着江水。王妈手提了一只小行李袋迎过来道："一大早的，我和江先生又上船去了一次，把太太洗脸的东西寻了下来。"冰如道："我们现在和鬼门关口，隔了一张纸，哪里还有心管洗脸不洗脸？一大早的，你又去麻烦江先生做什么？"江洪被柴烟眯了眼眶，只管把手揉着，望了冰如微笑了一笑。王妈道："哪里是我要去？都是江先生说，他不认得太太这些零用的东西，引了我上大船去认。那船在水里差不多直立起来，才是真不好走呢。"冰如道："江先生，你别太客气了，无论什么，我们都要你操心。"江洪站起来，向前走来，因道："嫂子，你还可以多休息一会，操心说不上。我总这样想，我们在极危难的时候，日常生活，能做到什么地步，还让他做到什么地步。这并不是我要图舒服，我觉得这是一种训练，那水可以烧开，嫂子把那热水瓶拿来，先灌上一瓶子。剩下的这些冷水就可以洗脸了。"冰如道："多谢江先生替我想得周到。"江洪笑着摇摇头道:“光是想得周到,那还不行。我们搜罗的食物,至多是可以维持今天。船上的厨房,正浸在水里,绝对想不到办法。刚才有人爬到堤上朝里望着,大概还要向里走十里路,才有村庄。假如今日下午九江的船不来,我们只有离开这里了。现在弄一只轮船,又正不是一件容易事。”这时王妈拿了热水瓶去灌水,两人便在帐篷子外说话,冰如对左右前后看看,不觉垂下了几点泪。江洪看她半低了头,在袋里抽出手绢来,在眼睛角上,按了两按。一时也不知道她是何感想,没有什么话说。随着王妈捧了洗脸盆过来了,便笑道:“这两三个月,我们做人真变得快,什么没有做过的事现在都要尝尝了。”她走到身边,哟了一声,将盆放在地上。冰如这才强笑道:“不用哟,其实没有什么,不过我觉得东西快丢干净了,再要离开这里,又要丢了逃命带出来的东西,以后这日子怎样过呢?自然,这也是痴想,多少人为了战事,弄得家破人亡,我们总还捡到一条命,为了舍不得的东西,把命丢了,那才不合算呢。可是,到了什么也没有了,一个人就算活着,也没有趣味。”江洪站在一边,见她说话前后颠三倒四,只管把眼望了她,却没有插嘴。冰如两手捧了脸盆,把嘴伸到盆里去含了水漱漱口。王妈立刻将牙刷牙膏送到她面前,笑道:“为了和太太找这个东西,江先生几乎落到水浸的舱里去,你那个旅行袋,挂在舱壁上,船直立起来,舱壁是斜的,真不好拿。”冰如放下脸盆,向江洪微笑着,点点头道:“一切都让江先生费心。”江洪觉得自己每做一件事,都要人家道谢一番,这也是一种麻烦事,因之也微笑了一下,没有切实答复,便悄悄地退走了。

冰如觉得受了人家的协助,道谢是十分应该的,自不会想到这事会让人家难为情,倒是很坦然地洗漱了一番。然后捧了一杯开水坐在帐篷外,晒着东方初升起来的太阳,眼望了那些遭难的人在沙洲上来往,却也心里稍微舒适一点。究竟还是初冬的日子,等太阳升到半天的时候,江风虽还依旧吹着,已是很暖和。人是糊里糊涂地经过了一日夜,也不知道饥饿。曾经看到江上有三只轮船,先后在江面上经过,它们对于这芦洲上的难民,并没有加以理会,那等于天上飞过去一批带有红印的飞机,也不再来注视一样。冰如坐得久了,便让王妈看守着行李,自己到江边上散步一两小时,但是回到帐篷里来时,却不见江洪,因问王妈道:“江先生来过了吗?”王妈道:“他不是和太太一处散步?”冰如重复地道:“我是一个人走,我是一个人走。”王妈道:“这里也没有来,也许他找个地方睡觉去了。这样大的人,绝不会走失。”冰如笑道:“不是那个话,我想,我们老在这里候着,什么意思?也要打听打听,大家有什么计划没有。”王妈道:“有什么计划呢?在这芦苇洲上,除了天上有雁飞过去,什么也看不到。”冰如道:“你说的是看不到有一个生人来往吗?我想,这又不是海里的孤岛上,多走进去几里路,总可以找到人家的。我们今晚上决不能在这芦苇洲上再熬一夜。我们还缩在帐篷里,有些人整夜在沙洲上烧芦柴过夜,那是什么情景?等江先生回来,要商议一下,搬到江边村庄上去住一两天。白天留几个人在这里等着来船就够了。”王妈听说,眼望沙洲里面的江堤,两手伸着懒腰,连打了几个呵欠。冰如道:“你觉得没有睡够吗?”王妈两手互抱住了肩膀,记着过去的那一番滋味,因道:“别的都罢了,就是冷得难受。太太说的这个主意最好,等江先生来了,我就可以去找。”冰如道:“倒不是我说女人无用,在这种境遇里,没有一个男子保护着,无论干什么都要发生困难的。”王妈听她这样说了,也就不再多说。

约莫有两小时,只见江洪满脸红光,带着两个肩上扛了扁担的人由芦洲里面跑了出来,迎着冰如笑道:“嫂嫂必定以为我失踪了。我仔细想了一想,在这里等船,不敢说十分有把握。船不来,难道大家又在这里露宿一夜不成?因之我特意跑到这江岸里面去找寻落脚的地方。只这向西北角斜走着三四里路,就有个江汊子,岸上有二三十户人家,水里也有十几只小渔船,所有我们这里的人，都可以到那里去。我在那里找了两个人来和嫂嫂挑东西，我们就去，我已托了一个老婆婆和我们煮着饭了。”冰如听说有个落脚的所在，心里自是宽慰了许多，立刻和王妈来收拾着东西。

江洪又把两只箱子叠起来，站在箱子上，对遭难的人，大声报告了一番。立刻这芦苇滩上的人，就哄然一声。有些人还欢喜得跳起来。随着又来了十几个渔夫，自动地愿意引难民到他们家里去安歇。这时大家有了歇脚的所在，江洪就不必再去顾到全体，匆忙收拾两挑东西，托引来的人挑着走，又和王妈各拿了一个小包袱，随后跑着。冰如因江洪在沉船上给她把那橡皮袋找着了，她就只拿了那个橡皮袋。

到了那江汊的渔村子里，见百十来棵老柳树，在半空里垂风拂着稀疏的枯条。柳树下沿岸一排，有七歪八倒的二三十幢泥墙草棚子。那江汊里水浅得像一条沟，在岸下低去几丈深，有十来只小渔船停着。这时，惊动了全村子的人，船上的、屋里的，都一齐出来围着看。江洪看这些人，黄着面孔，穿着补丁层叠的布袄，怕冰如不愿和他们接近，立刻引到一座草屋里去。冰如看时，这里是里外两间屋，外面算是堂屋，正中泥墙上，贴了历代祖先之神位的红纸条，而左边有座土灶，这里便是厨房了。祖先神案边，只放了一张竹架床，上面还罩了一床灰色的小蚊帐，只两尺高。那里面屋子半掩了门，漆漆黑，看不到有些什么，那灶上热气腾腾的，透出一阵大米饭香。在灶口下面，钻出来一个半白头发的老婆子，身上穿青布袄子，虽然上面也钉有两个补丁，却还洗刷得干净，并没有什么油腻。便是她手上，也不是那般黄瘦怕人。这倒让冰如心里稍微舒服些。这人家反正是这一间屋子，所以渔网、渔叉、船桨，庄稼人用的锄锹、鱼篮、稻箩，到处都摆塞着。墙壁上又挂着蓑衣，吊着鱼竿，真的很少空地。所幸一张桌子和几条板凳都没有灰尘，地下也扫得干净。那老婆子见冰如张望着，便笑道：“我依了这位先生的嘱咐,把屋子都打扫干净了,就是自己身上也把罩袄子的褂子脱了。太太,你放心,我会弄得干净的。我也到九江去过,我知道城里人的脾气。”说着,她两手牵着了衣襟摆。冰如这才晓得这个地方,也是经江洪经营了一番的,便道:“唉!我们是逃难的人,还有什么讲究?老人家,你随便吧。”这时,江洪督率着搬行李的人,安放了东西。那老婆子却搬出一张竹椅子来请冰如坐了。还从灶里取出一只乌黑的瓦罐子来,斟了一饭碗酽茶送过来。冰如看那茶,像马尿一般,里面又是无数的细末子翻腾,也没有喝,放在桌上,只斜靠了椅子背坐着,眼望同船的人,纷纷地来到村子里,各处去找落脚所在。这屋子里有几位女眷挤了进来。冰如也不动,也不作声。王妈站在面前,向她脸上张望了一下,呀了一声道:“太太,你身上不大舒服吧?你看,你脸上青一阵,白一阵。”冰如将一只手托住了头,把头歪枕在椅子靠背上,双目微闭,摇摇头道:“脑子有一点晕,恐怕是走热了。你让我静静地坐一会儿。”刚说到这里,胸里头一阵恶心,禁不住向地面吐出了一注黄水,江洪本在门口和难民谈话,听到哇的一声,奔向冰如这里来,见她弯了腰还向地面吐着,因对王妈道:“你太太绝是昨晚受了感冒,你扶她到里面屋子里去睡下吧!带来的铺盖,我已经替她在里面床上展开了。”冰如呕吐过了以后,益发感到脑子沉沉的,正是要找个地方躺下。听说之后,就扶着王妈走到里面屋子里去。当时心里郁塞,只觉天旋地转糊里糊涂就倒了下去,也顾不得是脏是干净,好在所睡的还是自己的行李。王妈厚厚地给她盖着,她也就蒙头大睡。

醒过来时,屋子里已有一盏茶壶式的小小白铁煤油灯,嘴子里燃着灯草,寸多长的火焰,上头冒着几寸长的黑烟。灯光下,照见这屋子依然是堆着箩筐、渔网之类。只靠墙有一张两尺长的小桌子,虽然外面屋子里人声嘈杂,这里面却只有自己一个人,据着这渔户的一张木架子床。床上没有那灰黑的帐子,架上的木头，也还雪白，这算心里安慰了一点。

王妈靠了一堆篾箩，坐在短板凳上，睁眼望了床上，看见冰如睁开了眼，便迎上前道：“太太，你觉得怎么样了？刚才可是大烧了一阵。”冰如喘了气道：“大概是重性感冒，可是病在这个荒野的渔村上，那怎么办呢？”王妈道：“那倒不要紧。江先生说，他一定陪着我们。九江船来了，接着这些人走，他一定不走。他找的这人家，是这村子上最干净的一家。这张木床，还是那个老太婆娶新儿媳的新床呢。”冰如闭眼养了一会神，见那小桌上，已放着一把洗白净了的旧瓷壶，因在枕上点点头道：“桌上那是开水吗？”王妈道：“江先生把这村子跑遍了，找到这样一把壶，又把瓦壶烧开了一壶水，他在门外问了好几回了。”说着，把粗瓷饭碗，倒了一碗开水来。冰如喝了半碗开水，因向王妈道：“有些事你不必去麻烦江先生了，我心里非常不过意。”王妈笑道：“你说不过意，若听了江先生的话，那才更新鲜呢。他说约着我们坐了这条船，才遇到了飞机轰炸，他心里非常过不去。”冰如道：“我们先生交朋友，交到江先生这种人，总算交对了。”江洪正伸进一个头来，向门里探望着，听了这话，便站定了，等了一等。等着冰如不说话了，这才问着王妈道：“你们太太，总算好些了吧？”王妈摸了一摸冰如的额头，回转来向江洪摇了两摇头，又把眉毛皱了两皱。江洪低声道：“发烧烧得很厉害吗？”王妈又点点头。江洪道：“请你告诉太太，不必发急，我一定会在这里等着的。”说完了这话，他缩头就走了。

冰如虽还烧得糊里糊涂的，这些话却听到了，一方面固然是安了心，不至于被抛弃在这荒凉的渔村；一方面可又焦虑着，若是赶脱了九江来的轮船，就不能预料怎样到汉口去，可要耽误江洪的公事。心里这样想着，就迷糊地做了好几场梦，等到自己醒来，看到小桌上，已换了瓦器菜油灯，点着一粒绿豆大小的灯火，照着屋顶里阴沉沉的，抬头看见那茅屋上，垂下来的乱草，在空中摇撼着。

侧耳听听屋子外面，风呼呼沙沙地刮了雨点响，在灯光下，看到那朝外的泥墙上，开了一方面盆大的窗眼，窗格子是直立的木棍子，上面糊的旧报纸，焦黄着破了几块窟窿，那窟窿里的碎纸片儿，被风吹得飘飘闪动。这就听到的笃的笃，茅檐下落下的水溜，打着地面响。先倒是不理会这响声，在枕上把眼睛睁着久了，便觉得这檐溜声一滴一滴地送入耳朵来，不容人再把眼睛闭上。看看王妈，和衣睡在脚底下，牵着一床被，盖了半截身子。只听鼾呼声，呼噜呼噜地不断，想到人家伺候着整天的，也就不去惊动她，就这样睁了眼睛，望着茅屋顶。虽然屋外面窸窸窣窣，雨点牵连地响，可是屋子里面还沉寂极了，可以听到外面屋子里任何响动声音。先是听到有人脚步响，后来有人轻轻的说话声，随着就有人推开了屋子的门，冰如吓了一跳，又不敢看，听到脚步进了房，停了一会，那脚步却又向外走着。冰如那心房几乎要由腔子里跳出来，周身出着汗，人不知道怎么好。这时人走了，微微睁眼看时，正是这屋子里的女主人那老太婆。她出得门去，又把门反带上了，却听到她向人道："江先生，她两个都睡着了，睡得很好。"冰如这才明白，原来是江洪请这老太太代表进屋探病的，他既是在暗里注意，显然他不愿意人家知道，也就不必去感谢他。侧了身子，向窗户上望着，看了那碎纸片打着转转，只管出神。那碎纸悠悠地动着，外面的风势，已很微小，而那淅沥淅沥的雨声，很清楚地听着。夜已很深了，不知是茅屋下哪里的缝隙，放进一丝一丝江风来，觉得那青油灯光，缓缓向下坐，而面孔上也触得一阵凉气。这时，心里说不出来是怎样的难受，眼角里突然地挤出一阵泪珠。自己伤心，自己没有法子去遏止，随了泪珠向枕头上滚去。后来远远地听到两三声鸡叫，这才一个翻身向里面模糊睡去。

次日是让外面屋子里人的动乱所惊醒的。王妈倒是坐在屋子里等候，立刻送茶送水。她并不用冰如来问，先告诉她，外面借屋子住的人，不愿吵病人，都搬着走了,只有江先生和这老婆子一家人住在外面。冰如听她这话,倒也没什么疑心。江洪听到里面有了谈话声,就站在房门外问道:“嫂嫂病好些了?”冰如在枕上抬起头来点了两点,哼着道:“不要紧,无非受点感冒罢了。江先生,你不必为我的事介意,假如九江有船来的话,你尽管走。我们将来包一只渔船,也到得了九江。”江洪手扶了门框,深深地点着头道:“嫂嫂安歇吧,我当然会料理自己的事。”冰如料着他也不会因了这几句话就先走,可是不多多地这样声明两句,心里是过不去的。好在屋外面斜风细雨不停,料着在渔村里避难的人,未必走得了。人清醒过来后,这位房东,又带了她的儿媳妇进房来陪着谈话,却也不感到寂寞。雨下了两天两夜,冰如也就整睡了两天两夜。第三天早上,身上温度已经低落,头也轻松着不昏沉了。看那纸窗户外面,有一片阳光,知道天气晴了。洗漱以后,穿衣走到外面屋子来。果然是太阳高高地照着,门外的道路,却还是一片泥浆,左右邻居,或开门,或半掩着门,静悄悄的,并不看到同舟的难民。岸下的江汉子却涨了一点水,那一排小渔船仿佛高升了些。

江洪站在一只渔船的船艄上,和那船夫在说话。她回头见王妈也走出来,便忙问道:“九江已经来船,把人接走了?”王妈皱了眉道:“前天就走了,江先生怕你着急,让千万不要把话告诉你。”冰如道:“难道大家都是冒着雨上船的吗?”王妈道:“就是为了这个,江先生不愿你这生病的人在雨里拖了走。”冰如靠了门框站定,极目一看江汉子对岸,芦花苍茫一片,直接云天。面前这几棵柳树,经过了几天风吹雨洗,把枯条上的细小枝子打落了不少,那树上更显着空疏。心想,就留在这荒寒的地方住下去吗?一回头,不知道江洪几时站在了面前,他笑道:“嫂嫂好了?我知道你一定着急。不要紧,我已经和这只渔船老板商量好了。”说着,伸手一指岸脚下一只大些的渔船,接着道,“趁了这上午好晴天,让他们把船上洗刷干净了,下午我们就搬上船去,由他们送我们到九江。他说了，纵然遇不到顺风，背两天半的纤，也可以把船拉到九江。既是背纤，船就不会到江心去，嫂嫂你可以放心了。”冰如对那渔船看看，有两三丈长，中间的篷舱，却不到一丈，两个船夫，正在那里用布扫帚搓抹着船板。心里想着，舱还没有床大，男女同处一舱，怎么方便？但是却点点头道：“我想着，一切江先生都会布置好的。等将来志坚回来，重重报答。”江洪道：“朋友患难相交，有‘报答’两字，便是不安。嫂嫂不必勉强起来，只管安心休息着。等船板干了，就搬东西上船，趁着天气好，今天还可以走个二三十里路。”冰如道：“船板容易干的，我们收拾东西搬了上去，船板也就干了。我索性到那渔船上去躺下。”江洪只笑着说了一声“嫂子比我还急”，也就照办了。他在那渔船小舱前后，挂了两床毡子挡了外面的风，将冰如主仆的铺盖相对地展开着，让她二人安歇。冰如经了一番行动，又疲倦了，上得船来，就躺下了。心里虽念着江洪和这两个船夫，不知道在哪里安歇。但病后的身体，禁不住摇荡，不能细想。上船之后，船夫受到江洪催促，就开了船了。岸上一个船夫背着纤，艄上一个船夫把着舵。江洪却露天坐在船头上。冰如在这一叶扁舟上，让它摇动着两三里路，便睡着了，睡醒时，船已停在一个小江镇上，江洪却在船头上支着低小的笠篷，原来他就在船头上展开了行李。这渔船简陋，前后并无舱板遮盖，中舱和船头尾只有一条毡子隔着。她心想，若不是有王妈做伴，这实是太不方便了。

一会子工夫，船夫已做了晚饭送来。掀开舱前的毡子，饭茶碗就摆在船头舱板上。而那地方，还是江洪掀开一角被头让出来的。冰如有三四天不曾吃干饭，看到那里摆着红米饭，还有辣椒末、干豆豉、炒萝卜干、煮青菜、煮鱼，一切都很香，觉得食欲大动，就让王妈把盖被作了一捆，撑腰坐住。那船头上虽已支盖了笠篷，因为太低小，江洪却推开了一块笠席，露天坐着，坐在那里，倒可以看到天上的星光。冰如觉得这样吃饭，倒很别致，浸着鱼汤，便吃了一碗红米饭。这时，天色已十分昏黑，反衬着满天星光灿烂。

船艄上船夫送了一盏竹筒架着瓦碟的菜油灯进来，灯有个长钩子，便挂在笠篷下。江洪坐在船头上，见冰如面黄发散，便道："在船上，吃了晚饭就睡觉，嫂嫂身体刚好，不必添饭了。有人说，吃了饭就睡，也可以助消化。但是胃里过饱，晚上一定做梦。"冰如听说，也就不敢吃了。饭后各用干手巾浸些江水擦擦脸，又睡下。江洪先扯下了遮隔舱内外的毯子，盖起了笠篷，并没有什么声息，悄悄地便睡着了。冰如因白天睡够了，晚上睡不着，却找了王妈闲谈，直把一灯菜油都点干，还在黑暗中和王妈谈了一阵。她之所以谈得这样有意思，就是因为想到了南京，又想到了上海的战事，这多日没有看到报，也没有听到广播，究不知时局的形势，转变到了什么程度，王妈并没有出征的丈夫在前线，自然不如冰如那样挂念得厉害，慢慢地谈着话，慢慢地只有了简单的答复，最后又哼应着一两声而不说话了。

夜深了，江潮打着船板，啪啪有声，她的幻觉，感到这有些像军人马靴上的马刺触地声。记得丈夫孙志坚临别的那一晚上，十分恩爱。送他走出大门，直等那马刺碰地声听不到了，自己还不忍回去呢。这时，那马刺的托的托、哗朗哗朗的声音，兀自响着。这一颗心乱跳跃着，实在是忍不住了，就迎上前看去。果然丈夫孙志坚，全副武装，手里握着一支步枪走过来。他很惊讶地叫道："冰如你怎么走到最前线的地方来？"冰如抢上前两步，两手握住了他一只手，望了他的脸，因道："我来找你的，你还好，也罢。"志坚道："现在没有工夫说闲话了，我们一共七个人奉着上官的命令，死守这个出口，掩护另外一营人，去达到他们的任务。刚才对方来了约一连人，让我们两支机关枪扫灭了。前面还有更多的敌军要来，走是来不及了，找一个掩蔽的地方躲着吧。"冰如听说，大吃一惊，看时，前面是一座小山岗的峡口。在峡口外是一条大路，梯形的田块，缓缓挨叠了下去。在那荒废的稻田上,横七竖八倒了很多死尸。这峡口两边,仅仅是浮土挖的两个小坑,两架机关枪,架在土堆上,枪口朝了梯形的田。枪后各伏着三个人,两个按着步枪,四个守着机枪。冰如真想不到会身临此地,待要找个退身之计的时候,立刻眼前轰然之声大作,尘土飞起来几丈高,正是炮弹向这里打来。糊里糊涂和志坚伏在地上,志坚握了她的手道:“长官让我们死守这里六小时,不到六小时,无论炮火怎样猛烈,我们是不走的。这个不成功便成仁的机会,让我夫妇双双遇着了,难得得很。”冰如只觉左右前后,全是炮弹落下。尘土硝磺的火焰,迷了天空,伏着的所在,地皮连蓑草一齐震动,人简直吓麻木了,说不出话来。这样炮击了约半小时,连自己在内,守着的八个人,直挺地贴地睡着,一丝丝不敢动。可是炮一停了,便看到有一群骑兵,向峡口冲过来。这里两挺机关枪,咯咯咯响着,向峡口外扫射了去,就在这机关枪声中,那骑兵连人带马,排竹子似的倒下,但未倒之先,他们也向这里放着枪,八个人中,已有三个人在地面滚了两滚而不能动了。志坚已不再顾到他的爱妻,跳到右边掩蔽,代替了一名中弹的机枪手,他的头向掩蔽空隙贴近,手捧住了枪膛,继续着扫射,也不过二十分钟,骑兵退了下去,一切声音也停止。可是,冰如看那守着阵地的武装同志,只有三个是活的了。志坚伏在机枪下,抬起手臂来看了一看手表,向左边守着机枪的两个志士大笑道:“我们接近胜利了,到限期只剩了一小时。”说着,在身上掏出火柴纸烟来,伏在掩体下面,微昂着头,点了一支烟吸着。冰如见他态度自然,也就清醒过来。正想到那机枪下去,可是轰隆隆大响,炮弹又向这里猛袭过来,一炮跟着一炮,没有两分钟的停歇,她实在是不敢动。等到炮停止,就见左边守着两挺机枪的两个士兵,让一块倒下来的崖石压住了。志坚却还伏在掩体里,很自在地喷着烟。冰如问道:“过了限期了吗?”志坚看了手表,笑道:“我们完成了任务。过了限期十分钟了。冰如,你不要以我为念,江洪是我的生死之交,你去依托着他吧,我们再会了,握握手吧。”他丢了嘴里的纸烟,伸出一只手来。冰如跳过去,蹲在地上看时,见他半边胸襟,完全是血染了,只喊了一句志坚,便说不出话了。志坚坐起来,倒在她怀里,一手握着她,一手掏出一方手绢,替她擦着眼泪,微笑道:“傻孩子,人生这样结束了,不很痛快吗?来!同我一齐喊两句口号。”说着,跳起来,高举了手叫道:“中华民族万岁!”冰如看他高举了一只流着鲜血的手,大为感动,也跳着叫起来道:“中华民族万岁!”

# 第五回　离妇襟怀飘零逢旧雨　艺人风度潇洒结新知

“中华民族万岁，中华民族万岁！”这呼号声在夜半时候发出来，把船头上睡得很熟的江洪，惊醒了过去，猛然间不晓得是什么人叫的口号，一骨碌由铺上坐起，及至听清楚了是冰如睡在舱里面叫，便隔了毯子连连问了几声：“嫂嫂怎么样了？”她并没有作声，王妈答道：“我太太做梦呢。”说这话时，冰如也醒了，想到这么大人还说梦话，究竟也不好意思，也就没有搭腔。

次日，船遇到半日东风，船老板扯起小布帆，溯江而上，船小帆轻，不怕水浅，只贴近岸边走，也没有波浪的颠簸，坐在船上的人，就各各坐在铺上，闲话消遣。冰如做了那样一个噩梦，心里头怎样放得下来？慢慢地就谈到了这件事上去。隔着舱篷口的那幅毡子，这时掀起了半边，船头上依然掀去了笠篷，江洪坐在铺盖上晒着太阳，眼望了江天，胸襟颇也广阔。听了这话，将胸脯一挺，手拍了船舱板道：“果然如此，那我也是心所甘愿的。”冰如听了这话，不免对他呆望着。他然后微俯了腰向冰如笑道：“嫂嫂有所不知，死守阵地，又能完成任务，虽炮火威力猛烈，丝毫不动声色，这是军人最高尚的武德。”他说时，看到冰如的脸色，青红不定，便笑道：“这是嫂嫂一场梦，当然不必介意。”冰如道：“江先生，你看志坚在前方，有这样的可能吗？”江洪道：“在前方作战的人，接到以少数人掩护多数人退却的命令，那是极平常的事。接到这样的命令，自然希望成功回去。可是掩护的工作……”他越向下说，见冰如的脸色就越发难看，就忽然一笑道，“我说的是事实，嫂嫂做的是梦，何必为难起来？”冰如昂头想了一想，笑道："倒不是为难。我想起那梦的事，有头有尾，倒像真的一样，越想心里越过不去。"江洪道："这事说起来也奇怪，一个人在脑筋里没有留下印象的事，他是不会梦到的。嫂嫂做的这个梦，梦得这样逼真，是哪里留下来的印象呢？"冰如道："可不就是这句话！"江洪道："嫂嫂不必介意。我相信我们到了汉口，立刻可以得着孙兄的消息。我猜着，他早有电报打到汉口去了的。"冰如点点头道："但愿如此吧！"她这样淡淡地答复了一句话，自是表示着她依然放心不下。江洪总觉得女人心窄，不要在这江面上出了别的事情，一路之上，只管逗引着谈话。好在这日的东风，送了这小船百里的路程，第二日下午的时候，这小渔船就到了九江，江洪在江岸边找了一家旅馆，把冰如主仆安顿好了，自己便出去打听西上交通的情形。冰如住在旅馆里烦闷不过，便带着王妈也出来走动走动。出得门来，首先看到江岸上来往的行人，是成串地走着。空场里的零食摊子，间三聚五地背了江，面向马路陈列着。橘子摊上，红滴滴地成堆地摆着，煮山薯的大锅里，向上冒着热气。阳光照着，给予了一种初冬的暗示。挽着瓷器篮子的小贩，把篮子都放在人家墙脚下，七八个人拥在一处，玩着江西人的民间赌法，拿了铜币，在场地里滚钱。南昌人海带煮猪蹄的摊子，在一般摊子之间，是比较伟大的，码头上的搬运工人，围着在那里吃。江岸的一边，发出咦嘿哟呵的声音，常有两三个工人，抬着货包经过，这一切不但和平常一样，在南京战气笼罩中出来的人，看到这种样子，觉得比平常的都市情形，还要繁荣得多。要找出战时的特质来，只有墙上贴着那加大写出的标语"抗战到底"。

冰如张望着街景，缓步向前走。王妈笑道："太太，这九江地方多好，什么都像平常一样，这个地方，没有警报吗？"冰如道："怎么没有警报？汉口都受过两次轰炸了。"王妈看到进街的巷子墙上，贴了许多红纸金字、白纸红字的长方形单子，因指着道："这好像是戏馆子里贴的戏报。"冰如笑道："你不认得字，倒会看样子。猜得果然不错，这正是戏报。你索性猜猜看，哪一张是京戏，哪一张是话剧？”王妈道：“什么叫话剧？”冰如道：“在南京混了这么多年，什么叫话剧你都不知道？话剧就是文明戏。”王妈哈哈笑道：“太太要说文明戏，我老早就明白了。”她们这样大声谈笑，却把过路的人都惊动了，便有人轻轻在身后叫了一声孙太太。冰如回头看时，是丈夫同学包先生的太太。只看她梳了两个六七寸长的辫子，垂在后肩。身披咖啡色短呢大衣，敞开胸襟，露出里面的宝蓝色羊毛衫，一条红绸围脖，在胸前拴了个八节疙瘩。二十多岁的少妇，陡然变成了十几岁的小姑娘了。也就咦了一声道：“包太太，你也到九江了。”她顿了一顿，笑道：“国家到了生死关头，我们妇女，也应当尽一份责任，我现在办着宣传的事情。”冰如说：“那好极了，什么刊物呢？我很愿看看你的大作。”说时，两人彼此走近了，便握着手，同站在路边。她笑道：“我不是办刊物，我加入了大时代剧社唱戏。”冰如听了这话，不觉大吃一惊，向她周身上下，很快地瞄了一眼。王妈在冰如身后笑道：“包太太上台唱戏，要送一张票我去看看的。”她脸上微微红了一下，带几分愁苦的样子，向王妈道：“你不要叫我包太太了，你叫我王小姐吧。”于是又掉过脸来向冰如笑道，“我和老包离婚了，现在我的艺名是王玉。”冰如抓住她的手，不觉摇撼了两下道：“你为什么和包先生离婚呢？你们的感情不算好，也不怎么坏呀。”王玉笑道：“这就是离婚的理由了，感情不坏，可也不怎么好。”冰如道：“没有别的原因吗？”王玉道：“我喜欢文艺，他是个军人。”冰如道：“我们是老朋友，我直率地说，这就是你的不对。中国正在对外打仗，妇女有个当兵的丈夫，这是荣誉的。你自己还说为国宣传呢，倒不愿有个为国家打仗的丈夫，那你还对社会宣传什么？”王玉红了脸，将脖子微微一扭道：“不，我嫌他那湖南人的脾气，和我合不拢。”冰如道：“这更怪了。你嫁他的时候，难道他不是湖南人吗？既不愿意湖南人的脾气，以先为什么嫁湖南人？”王玉和她撒了手，两手插在大衣袋里，将肩膀耸了两耸，笑道："过去的事，不必提了。反正我已和他离了婚，还谈什么理由不理由？你住在什么地方？回头我来和你谈谈。"冰如道："我住在前面国民饭店。"她点点头道："好，两个钟头以内，我一定来。"说着，她也并没问冰如住在多少号房间，就匆匆地跨过马路那边去了。冰如看时，相隔三五十步路，一株树下，站着一个西服少年。面貌不十分清楚，远远见他没有戴帽子，长头发吹起来很高，脖子下打了一个碗大的黑领结子。王玉走过去，两人就一同走了。

王妈用手指着他们的后影，低声叫道："太太，你看到没有？"冰如道："唉！天下事真难说，她和老包会离了婚，又跑来当戏子。"王妈道："包先生一月挣三百块钱，太不够她用。听说唱戏的人，一个月能挣几千，自然是这样合算。"冰如道："你在哪里学到了这一点见识？唱戏的人，一个月挣几千，那是唱京戏的人，千里挑一的事，他们这跑江湖码头，不但挣不到钱，还要贴本，我在南京，把这消息听得都耳熟了。"王妈道："包太太离了婚，来干这贴本生意，什么意思呢？"冰如道："各人有各人的见解，你懂得这些事，那你更有办法了。"王妈道："唔！我也明白了。"说着，她连连点了几下头。两人说着话，由一条巷子里插进了热闹的大街。这里繁荣的情形，比江岸更要加倍。路两旁走道的人，一个跟着一个，像是戏馆子里散了戏一般，成堆地拥挤着。只听那行路人的脚步声，哗哗啦啦响成了一片。街中心虽没有多少汽车，但是人力车，却连了一条龙。王妈呀了一声道："街上怎么这么多人？"冰如道："街上人多，你害什么怕？"王妈道："你看这些人，没有事也是你碰我，我碰你。假如警报来了，那不是太惨吗？"冰如笑道："你是让飞机炸怕了。到了一个新鲜地方，我们总应当看一看。回到旅馆去，又是坐着发愁，倒不如在街上混混。去年先生在庐山受训的时候，就要我到九江来玩，我因为南京的朋友把我缠住了，没有来得及走开，我还说了，今年夏天，让先生请一个月的假，我们一路好好地来玩一个月。不想我们倒是这个时候来了。你猜怎么着？我要遇到一个穿军衣的人由面前经过，我就要发生很大的感慨。”王妈对于她这话，当然不十分了解。不过就在这个时候，迎面有一位穿了整齐军服的青年军官，紧随了一位年轻太太的后面走着。所踏着的地面，正是水泥面的人行便道，那位军人的马靴后跟挂着的马刺，碰了水泥地面，吱当吱当地响着，挨身过去。冰如听着这声音不由得出了神，慢慢走着，竟是把脚步停止住了。王妈扯着冰如的衣袖，低声道：“那包太太又来了，和那个穿西装的。”冰如却是答非所问的，因道：“是的，我们回去。”她随了王妈这一扯，竟是扭转身向回旅馆的路上走。王妈虽觉得她在几分钟内，态度就变成两样，在马路上也不便怎样问她。回到旅馆，她便在床上躺下了。

那王小姐，却是不失信，在两小时之后，她果然来了。冰如躺在床上，听到她问了一声道：“孙太太住在哪一号房间？”正想回答她，又听到江洪代答道：“这对面房间就是，大概是睡着了。这次来，我们是太辛苦。贵姓是？”王玉道：“我姓王，和孙太太是多年的朋友了。”冰如立刻赶了出来，见王玉脸上带了微笑，只管向江洪周身上下打量着，便笑道：“我来介绍介绍，这是王小姐。这是江先生，是志坚的同学，志坚特意托他护送我到汉口去的。”于是让着王玉到房间里来坐，江洪却没有跟了进来。王玉却是很爽直握住了冰如的手，同在床沿上坐下，笑道：“你觉着我的态度，变得太快吧？”冰如道：“家家有本难念的经，别人是难揣度家务的。”王玉道：“真的，不但人家难断我们的家务事，就是我自己也难断我自己的事。说到老包，我也不能说他待我不好，不过我总嫌他草包相。”冰如道：“你们经过了什么法律手续吗？”王玉笑道：“这就是草包也有草包的好处。他一点也没有留难，就亲笔写了一张离婚字据给我，还问我要多少钱。我说，我不是那种没出息的妇女，还要什么赡养费？我只是把我自己的两口衣箱拿走了,此外是一根草没有要他的。而且他要我送他一些东西作纪念,我还送了一点给他。”冰如道:“这样说来,他对于你,还有些留恋。”王玉道:“要说我有点爱他,也未尝不可以。不过人的爱好,是有个比较的。当更好的出来了,就不免把那次好的放下。”冰如抓着她的手,紧紧地摇撼了两下,笑道:“这样说起来,你是有一个更好的了?”她的脸微微地红着,摇了两摇道:“不能那样解释。言归正传吧,我来找你,是有点事情的。你刚才说了,是要到汉口去的,我也要去。大概半月后,我们可以在汉口会面的。我有两样东西,想在你这里押几十块钱用用。”说着右手就在左手的手指上,脱下了两只金戒指来,将手心托着,掂了两掂道:“大概有三钱重,只用三十块钱,照市价说,是不至于不值的。我为什么不到金子店里去换掉它呢?就这一对戒指,有些原因在上面,非万不得已,我还想保留着。”冰如笑道:“你……”只说出了这个“你”字,王玉按了她的手臂道:“不要忙,我的话没有完。凭你我往日的交情,不是我不能和你借二三十块钱。不过大家都在国难期间,谁也不会带了多少钱逃难。你借我一文,你自己就少花一文,离婚的丈夫,我还不要他赡养一文,我能拖累朋友吗?”冰如笑道:“你的脾气,怎么这样强硬?好,就这样办。我到汉口之后,住在哪里,却还没有一定,你在报上登两天小广告……”王玉两眉一扬,表示着很得意的样子,挺了胸脯子笑道:“我反正是跟了大时代剧团走的。我们要公演的时候,固然报上有广告,就是我们到了,报上也会发表消息的。现在新闻界,对于改良京戏,非常捧场。就是我也有个小小名儿,你在报上看到‘王玉’这个名字,来找我就是了。”说着,把两枚金戒指,放在冰如手里,笑道,“我放心你,不会把我这个小东西没收了。”冰如笑道:“我郑重地把你这东西放好。”于是打开手提箱,把戒指放下去,取了三十元钞票交给王玉。恰好王妈进来倒茶,便站在一边笑道:“包太太,不,王小姐,是故意这样做的吧?何至于二三十块钱也没有办法?”王玉笑道:“我和你一样,现在是靠卖力气吃饭了。”王妈笑道:“是啊,唱戏的人,都是赚大钱的,王小姐应该更有钱了。”王玉却回转头来向冰如笑道:“我这个环境,大概普通人不容易了解。穷是穷,现在我得了自由。”说着,她揣起了钞票,就站起来要走。冰如握了她的手道:“哟!难道我们也生分了?”王玉道:“不是的,今天我们还要排戏,预备今晚上演,你去看看好不好?我和你留两张票。今晚演的这出戏叫《睢阳血》,悲壮极了。我在这戏里,表演张巡的妾。”冰如笑道:“张巡不是湖南人?”王玉不觉红了脸,笑道:“你倒很同情老包。”冰如摇撼着她的手道:“你不要介意,我给你说着好玩的。今天晚上我就来。”王玉道:“你找我不大容易,回头我叫人送票子来就是了。”她说毕,扭转身来,见江洪也站在门外夹道里,就伸手让他握了一握,笑道:“再会,晚上请看戏。”然后一路响着高跟鞋子走了。冰如送完她回房间来,才问道:“船票有希望吗?”江洪道:“我打听清楚了,长江大轮,那简直很少有靠码头机会,多半是由下游来直放汉口。好在这里有到汉口的中型小轮船,每天一班,我已托人买了后天的三张票。大概没有问题。”冰如道:“不托人还有问题吗?”江洪道:“岂但有问题,简直就买不到票。我倒要问一句话,这位小姐是谁?”他面带了笑容,突然把话引到王玉身上去。冰如笑道:“若问这个人,和江先生多少是有点渊源的。”江洪两手同摇着道:“不会不会。”冰如笑道:“幸勿误会。她的先生,是志坚的同学,说不定也就是你的同学了。”江洪道:“呵!她的未婚夫包先生也是军人。”冰如道:“怎么是未婚夫?她已经生过两个孩子了。”江洪道:“这就奇怪了。她怎么会变成一个小姐的样子,又离开了家庭演剧?”冰如道:“两个孩子,她都没有养大,和先生离婚了。”江洪道:“她先生既是个军人,在这个国难严重,全国以当兵为荣誉的日子,军人的未婚妻,都应该赶快结婚,怎么她反是在这个日子和先生离了婚呢?”冰如笑着,微微地把肩膀抬了两抬。江洪道:

"嫂嫂,你觉得我太和军人说话了吗?"冰如摇摇头道:"倒不是为了这个……女人的事情,不是你们冲锋陷阵的军人所能了解的。"她说着这话时,手靠了自己房门口的门帘子,半靠着门框,将一双脚伸在门槛外面,微微地抖动着。江洪在房门外夹道里,两手插在西服裤袋里只管来回地走着。这样来回有了好几回,便向冰如笑道:"嫂嫂的这话,好像是为这位王小姐分辩,但这理由,不很充足。"王妈在屋子里插嘴道:"我们太太,才不肯和她分辩呢!一听到她说和包先生离了婚,背转身来,就和我说,她的心事不好。"冰如道:"这是人家的自由,你可不要瞎说。"她听了这话,放下门帘子在屋子里头埋怨王妈,这个问题,也就搁下没有再谈。

在这说话后,不到一小时,就有一个专人送了两张戏票来。拿了这戏票,冰如倒为难起来了,是和王妈去看戏呢,还是和江洪一路去呢?丢下了江洪,礼貌上似乎欠缺一点。丢下了王妈,那又有一点嫌疑。先把票放在手提皮包里,暂时没有什么表示。不料吃晚饭的时候,一阵肚子疼,简直让人直不起腰来。只得将票子交给王妈,让她随江洪去。王妈也表示不去,把票子送到江洪屋子里去就回来了。晚饭以后,江洪站在房门外问道:"嫂嫂不去看戏吗?"冰如睡在床上道:"我起来不了,不要白费了两张戏票,江先生去吧。"江洪隔着屋子道:"坐在旅馆里也是无聊,我去一趟吧。"听到一阵皮鞋响,江洪就走出去了。王妈悄悄地向冰如道:"江先生倒像很赞成王小姐似的。"冰如笑道:"不要胡说了,我们不要的戏票子,他才拿去的。"王妈道:"倒不是为这个,王小姐和你说话的时候,他只管在门口走来走去听着。后来王小姐站在门口和他打招呼,他周身上下地看着她。"冰如道:"你倒留意了。这又干你什么来呢?"这样一反问,王妈就不好再说什么了。冰如睡了一觉醒来,听到门外皮鞋响,又有门锁开动声,便问了一声道:"江先生回来了吗?"江洪答道:"嫂嫂还没有睡?"冰如道:

“我睡醒过来,肚子有点饿,让王妈到街上面担子上和我下一碗馄饨来吃,请进来坐吧,我没有睡。”江洪随了这话,缓缓地推开门进来了。冰如见他里穿青细呢中山服,外加獭领皮大衣,带了微笑走进来,手上把一顶灰海绒的盆式帽子放在桌上。冰如笑道:“西洋人听戏,穿起大礼服来,江先生倒真有这点味儿。”江洪两手插在大衣袋里,在屋子里来回走着,笑道:“倒并不是讲什么排场,觉得穿了军服到戏馆子里去,不大合适。”冰如本是坐在床沿上,这就趿了拖鞋,一手扶着桌沿,一手缓缓地理了鬓发,瞅了他笑道:“你看这位王小姐演得怎么样?”江洪点点头道:“我满意之至。散戏之后,我还到后台去代嫂嫂致意,说是身体不爽快,不能来。她还介绍我和几位明星照面了,说她不喜欢军人,那也不见得。嫂嫂说起的这位包兄,我也记起来了,见过两面,倒是一位老粗。”冰如笑道:“这样说起来,江先生倒是同情王玉的。”江洪摇着头笑道:“谈不到‘同情’两个字,根本我就不大明白他们的结合。何况嫂嫂又说了,妇女们的心事,男子不容易猜到。”冰如笑了一笑,没有向下再说什么。江洪看她有倦容,起身告辞,回房去安歇。王妈低声向冰如道:“怪不得人家捧女戏子,江先生老实人也是这样。”冰如笑道:“胡说!”王妈不便再说,在搭的小铺上睡下。冰如静坐着想了一想,笑了一笑,也睡了。

次早在枕上,听到外面有叫卖报的,赶快就叫王妈买一份报来看。也来不及起来了,两手伸出被外,展开一张报,就在枕头上看着。看过第一条消息,心里就感十分抑郁,那上面说得清楚,“大场我军,因阵地尽毁,转进新阵地”,其余的新闻,就无心看了,将报一扔,牵了被头盖翻个身再睡。不多时,一阵高跟皮鞋响,王玉在门外问道:“孙太太没出门吗?”她说着,就推门进来了。她笑道:“不早了,还在睡。”冰如坐起来,将衣披在身上,皱了眉道:“我早醒了。看过报之后,我心里闷得慌,又睡了。”王玉道:“那为什么?”她道:“你看,大场丢了，上海恐怕要失守。志坚现时不知道在什么地方作战。”王玉道：“你这就没有想通了。大局自然是很严重，我们只是发愁，于大局何补？于我们本身的事情又何补？我们既然卷入这个大时代的旋涡，只有在各人本位上去努力，空发一阵子愁，着一阵子急，那是没用的。起来起来，我请你和江先生到广东馆子里吃早点去。”说着，就将冰如拖着。冰如被拖起来了，懒懒地梳洗着一阵，回头却看到江洪在门口站立着。冰如点点头道：“请进来，王小姐要请我们吃点心呢。”江洪进来了，见她两人并坐在一把长沙发上，便笑道：“我希望王小姐能够早一点到汉口去。”冰如听了这话，便不觉向他望着，看他说出一个什么理由来。恰好这个时候，有人在门外叫了一声老江。他一回头看到有个穿军服的人站在门外，他立刻出去，把那人引到自己房间里去了。冰如向王玉笑道：“江先生有什么事托重着你吗？怎么希望你早些到汉口去呢？”王玉道：“我也正要研究这句话，江先生又走了，也许……”笑着对冰如看了一看，摇摇头道：“我猜不着，等一会还是请他自己说出来吧。”然而江洪是随口说的一句人情话，哪里知道她们要追问根底，陪着朋友谈话，却把这件事情忘了。

## 第六回　择友进微词蛾眉见妒　同行仗大义铁面无私

在谈话约有一小时之后，王玉没有等得及江洪到这边屋子来，自和冰如上广东馆子吃点心早茶去了。冰如回到旅馆来，却又不见江洪。王妈告诉道："江先生送着客走了，立刻伸着头到这屋子里来张望着。他听说你们吃早点去了，还特意去追你们。他说，王小姐昨天请了他看戏，今天他应当请王小姐吃点心。"冰如走进房来，先脱着自己的大衣，却没有理会王妈的脸色。特扭转身来，见她笑嘻嘻的，便问道："这也没有什么可笑的。"王妈笑道："你猜我笑什么？我笑江先生平常是很规矩的。他一看到了王小姐，好像就高兴得不得了。"冰如道："这不过因为她是一个唱戏的，透着有趣罢了。其实江先生和我们差不多，也是满腹心事，哪能够萍水相逢的，追求着这样一个浪漫女人？"王妈见太太反对自己说这一类的话，自己也不敢再说什么。

到了吃午饭的时候，江洪才回旅馆来，见冰如手里捧了一张报皱了眉头子在看着，便叫了一声嫂子。冰如回头看到，便站起来迎着他问道："江先生看到了今天的报吗？"江洪缓缓走进她的屋子，低声道："上海的战事，的确是不利。我们军人，对这个地方的战事，本也有两种见解。第一种认为政治意义大于军事意义，我们在京沪、沪杭两路上多打一天，就表示我们的军队有多抗一天的力量，可转移国际视线。第二种呢，就认为在这三角地带取守势，敌方可以用海陆空的力量集合于一点来攻我。我们的炮火技不如人，这样作阵地战，那是太不合算的。我个人的见解，是属于第二种。我认为把所有的力量来死守这一块土,那太危险,所以……”冰如摇摇头道:“你说这些我哪里知道呢?我只为着志坚焦虑。”江洪被她这样解释了,倒把话锋顿了一顿,因道:“我为这个,也曾屡次和嫂嫂解说过了。你焦虑着于他无补,可于你自己的身体有碍。”他口里这样说着,眼偷看冰如的脸色,见她十分忧郁,便想得了一个转移话的法子,笑道,“那位王小姐,我在街上,又碰着了。不是嫂嫂说在先,她也是一位太太,我真看不出来。她在街上多么活跃。”冰如道:“不过我对于这种人,根本不能同意。夫妻相处得很好,为什么要离婚?对于丈夫如此,对于朋友可知。”江洪笑道:“嫂嫂真是正人君子,大义凛然。其实我也没有和王小姐交朋友的意思,她也根本不喜欢军人。我不过为了她的戏演得很好,想在她面前领教一点艺术。”冰如听了这话,回过头来向王妈看着。王妈对于江洪这话,也想着和冰如的话,可以互相引证,也嘻嘻地笑了。江洪哪知这事的内幕,反正自己接近了王玉,是她们所引为笑话的,只好假装不解,懒洋洋地走回自己房间里去。

冰如虽不曾跟着向下说什么,但是总在暗地里注意着他的行动。到了这日晚上,江洪又换了一套西服出门去,直到十一点钟以后,方才回旅馆,单在这一点上,也可以知道他又是看戏去了。次日早上,冰如不曾起来,江洪便已出了旅馆,王妈开门出来,接着茶房代交来的一张字条。王妈交给冰如看时,上面写着:“船票还没有到手,恐怕有变化,现在要赶快去把票拿到手。什么时候回旅馆来,说不定,请不必等候吃午饭了。”冰如把字条上的意思,告诉了王妈。王妈笑道:“这样说着,江先生一定不会回来吃饭。”冰如笑道:“何以见得?”王妈道:“你看,江先生出去的时候,还只七点多钟,怎么就能知道到上午还不能回来吃饭呢?想必是有了吃饭的约会。可是在九江这个地方,江先生没说过有什么知己朋友呀。”冰如对于她这话虽没有说是对的,却也没有驳回,只是微微地笑了一笑。果然这日中午,江洪并没有回旅馆来吃饭。但是两点钟回旅馆的时候,却掏出了三张船票给冰如看,因摇摇头道:“虽然这里也是后方,可是到汉口去的人,依然不少于南京、芜湖的。朋友招呼我们,尽可能地早些上船。我们在九江并没有什么事,何必不到船上去等着呢?嫂嫂,我们收拾行李就走吧。”冰如道:“除非江先生在九江有事,我们正恨不得一刻就踏到汉口。”江洪却也没有理会冰如这有什么俏皮话在内,首先回到房里去就收拾着自己的行李。

在五点钟以前,三人同押着行李上船。这船码头正离着旅馆不远,老远地有个穿制服的人由趸船上迎到码头上来,向江洪笑道:“江兄,你再不来,我就没有法子和你维持这个舱位了!好多人见舱门关着,就捶开了进去。”江洪道:“不是晚上才开船吗?”那人道:“就是明天开船,也拦不住客人上去,除非是船不靠码头。”说着,大家经过一只小趸船,向一艘中型江轮上去。这两船之间,架着带了栏杆的跳板,这跳板头上就站有两名宪兵和两名航警。三个人齐到跳板头上,将船票掏出来检验过了,宪警才放他们过去。就依这种监督情形看起来,没有票子的人,是没有法子上船的。可是过了跳板,这轮船外舷上,就是客人和行李堆拥着,没有一些去路。几个人还可以由行李缝里来挤过去,自己带来的行李,三个搬运夫横了担子,却是过不去。那个引江洪的人便道:“越过去人越多,挤是挤不上前的。江兄,你送这位太太先到房舱里去,然后你站在楼上,放下绳子来把东西扯上去。我在这里和你向上托着。”江洪站在这里回头四处看了一看,皱了眉道:“除了这么样,也没有其他的法子可以把东西弄去。”于是向冰如道,“我先送嫂嫂上去吧。”冰如到了这时候,一点不由自主,只好一切听江洪主持。在人丛里挤到了二层楼上,江洪找着一个茶房拿出钥匙来,把房舱门开了。那茶房苦了脸子,把眉皱了,看到江洪是个军官,却苦笑道:“你先生以为这像平常一样,有了船票,有了舱位,不拘什么时候上船都可以。我为守着这个房舱门,和客人吵了三四回,还几乎挨了打。”江洪这时就拍了他的肩膀道:“那真对不起! 到了汉口请你看戏。”冰如听到说请看戏,不觉向江洪微笑了一笑,江洪也不在意。这舱门也是在船外舷,向外开着的。江洪伏在栏杆上朝下看去,见下面正是上跳板不远的所在。只一招手,下面就把行李举着送上来。忙碌了一阵子,把行李都搬到舱里来。这一个房舱除了上下两张铺位之外,就只有一个摆凳子的地方。现在把行李箱子一齐塞在舱里,挤得冰如站不得,坐不得,却爬到上层铺位上去盘了腿坐着。王妈站在舱门口,一只脚在门里,一只脚在门外。至于江洪是不必提了,却站在舱外船舷上。冰如向门外道:“江先生,你自己没有找着铺位吗?”江洪道:“铺位吗?”说着把脚点点船板,笑道,“恐怕就在这里了。”冰如道:“那怎么行呢?”江洪道:“那再说吧。我们也不要太不知足,多少摩登太太,都还在船篷上站着,怎么样安顿自己还没有解决呢。”冰如道:“我们当然知足,不过苦了江先生,让我过意不去。”正说着已有一批人拥到了这船舷上。江洪摇摇头,赶快由舱里提了一捆铺盖卷出去,就拦了舱门,在船板上展了开来。总算他是能见机而做的,不多大一会子,前前后后都有人摆着行李和铺盖卷。冰如笑道:“真是不经一事,不长一智。我们不是江先生担心船上满了人,怕会挤掉铺位,那我们还在旅馆里舒服,也许要去看王小姐演一出戏,定是吃了晚饭,从从容容上船,那时,恐怕要走上船都不行呢。”这一次,江洪算是听明白了,便笑道:“嫂嫂老说到看戏,好像我对王小姐倒很醉心似的。其实……”他说着,抬起手来搔了两搔头发,就在这时,偶然向栏杆外边回头看了一看,笑道,“说曹操,曹操就到了。”冰如道:“什么? 王小姐追到船上来了?”于是起身出舱,在栏杆上伏着,见王玉在趸船的船舷上站着,抬起一只手来,连连向这边招了几招。冰如见她又换了一身穿着,没有穿大衣,只穿了一件墨绿绸面的羊皮袍子,项上围了一条长的白绸围,那绸子在胸前拴了一个大蝴蝶疙瘩。头发也没有梳辫子,蓬着散了在脑后,在头顶心里围了半匝桃红色细辫子，也拴了一个小小的蝴蝶结儿。两块脸腮用胭脂抹得红红的，眉毛画得细而又长的，别是一种浪漫式的少妇装束。冰如便笑着点点头道：“漂亮哇。真是对不起，要你追到这里来。”王玉笑道：“我到旅馆里看你们的。茶房说是你们上了船了，我觉得这次在客中相遇，彼此觉得十分亲热，虽然不久是要相会的，可是这样分手，总让人恋恋不舍的样子。”冰如也将手招招笑道：“我们房舱里有两个铺位，可以腾一张铺给你，你和我们一块到汉口去好吗？”王玉道：“我本来要到船上来看看你们，可是我刚才试了一试，简直无路可走，到处都是旅客和行李塞住了。你下来谈谈好不好？”冰如笑道：“那边不是一样吗？我怎么能够下来呢？下来了，我又怎能够上来呢？”王玉笑道：“你可以由栏杆上爬了下来。”冰如道：“那我推江先生做代表爬下去吧。当军人冲锋陷阵都不在乎，爬两回栏杆算什么？”王玉笑向江洪道：“江先生下来走一走吗？”江洪道：“没有什么事吗？”说着，望了冰如。冰如道：“江先生若不嫌爬上爬下麻烦的话，可以上岸去买些点心和水果来。”江洪道：“嫂嫂都替我说了，冲锋陷阵都不怕，爬两回栏杆，又算得了什么？除了水果点心，嫂嫂还要买点什么？”冰如道：“后天一大早就到汉口了，我也不买什么。”江洪笑道：“我试试看啊，能不能爬。”说着，两手抓了栏杆，人就跨将过去。王玉在下面看到，远远地在趸船的船舷上高伸了两只手，笑道：“可不要跌倒了，这不是闹着玩的。”江洪到了下层船舷上索性由栏杆上爬到趸船上去，他倒站着王玉一处，呈了一个送客的姿势向船上谈话。

王玉站着一二十分钟，由江洪陪着上岸去了。王妈等冰如进舱了，低声笑道：“江先生正要上岸去呢。”冰如笑道：“我乐得做个好人。”王妈道：“王小姐离了婚，江先生说过，还没有订过婚事，两好凑一好，我们果然乐得做些好事。”冰如爬到上层铺位上去，在枕头下面拿了一本书在手，将身子躺下去，把书举了起来，口里很随便地道：“我们管他这些闲事呢。江先生真要这样，也不好，一个和军人离婚的女人,他是一个军人,不应当要她。”王妈道:“是啊!我们虽然是女人,但是女人做错了事,我们也不能不说两句公道话。”冰如也就笑笑。

这位江先生上岸去了,果然直到天晚了,才带了两包东西回来。他笑道:“嫂嫂肚子饿了吧?不想走到街上,就遇到了两位朋友,死拉活扯的,拉到茶酒馆里去。我怕你们饿了,买了一包油菜和两个大面包来。没开船以前,船上是找不到饭吃的。”冰如道:“天还早,我们也不饿。倒是王妈在舱门口和江先生看守这一张铺位,几乎和别的旅客冲突起来。”江洪道:“唉!关于交通方面,比这难堪十倍还多呢。可是这个战事,我们认定了是要苦干的,倒也不必放在心上。反正中国人吃苦耐劳是民族特性。”冰如道:“江先生是始终不悲观,唯其不是悲观,也就有时很高兴了。”王妈背着身子朝里,在清理网篮里的东西,这就抬头向睡在上铺的冰如,眏了两眏眼。江洪斜站在舱外窗户口上,却看到了,笑道:“说到高兴,必定又是笑我看戏这件事了。”冰如见他自己说明了,这倒不能尽管开他的玩笑,也只好一笑了之。这时,整天纷扰着的旅客,慢慢地平定下来,江洪在船板的铺位上,也就躺了下来。因为他是拦着舱门睡的,他睡下了,门就向外推展不开。冰如在窗子里向外探望了一下,因笑道:“江先生这样睡,倒保护了我们。不过这船板硬邦邦的,睡着恐怕不舒服。”江洪用被子将身子完全卷盖了,头仰露在外面,笑道:“你们睡的那个床板,还不是一样硬邦邦吗?何况我们……”冰如笑道:“又要提到你们军人毫不在乎了。”江洪道:“正是这样。我们军人有着大无畏的精神,什么困难都可以扫除干净。有了困难,我们就应当这样想,我是军人。”冰如道:“既是这样说,我就尊重江先生是个军人,不再说你不行。”江洪将头在枕上点点,也就把被头向上一扯,把脸盖着了。

这一天,江洪实在疲倦了,将身子在被里打了半个转身,便睡着了。冰如在舱里自也很舒服地睡了去。在蒙眬着的时候,却感觉到这身子摇撼不定。慢慢地醒来,隔着玻璃窗向外面张望,黑漆漆的不见一点灯火,正是船已离开了九江了。门窗这时虽都已关闭着,可是那水车叶打着江水的咚咚响声,不断地由窗缝里送来。送这响声来的江风,由门缝里射进来时,拂在脸上,很是冰人。同时,王妈在下铺也醒过来了,因问道:"太太,这船开了航了吗?"冰如道:"似乎船走了好久了。你听着这船舱外面,风声呼呼地响。"王妈道:"在舱里面都这样冷,那在舱外的人怎么办呢?"冰如道:"可不是,你推开舱门看看。"王妈披着衣服,用力将舱门向外推开了一条缝。果然,那江风呜的一声拥了进来。王妈呀了一声,立刻松手把门掩上了。冰如道:"怎么样?风大得很吗?"王妈道:"在舱外面的人,恐怕睡不得。"冰如本是和衣睡的,这就一翻身爬了起来,又把大衣加在身上,然后推开舱门挤出来。

这船外江天乌黑,星斗横空,那尖厉的风,只管向人身上扑打。在船面上睡觉的人,有些卷了被褥,不见人影,有些藏在行李堆里,有些穿了衣服在船面上来回地跳着走着取暖。江洪却是缩在被里的一个。冰如连连叫了两声,江洪由被里伸出头来问道:"开船了,嫂子还没有睡着?"冰如道:"你看,这样大的江风,外面怎样能睡呢?我看江先生不必避什么嫌疑了,可以睡到舱里面下铺上去。我可以和王妈同睡在上铺上。"江洪道:"不必不必。嫂子仔细受了凉。船舷上的人很多,也不是我一个人。我缩在棉被里面,不怎么冷。"冰如道:"假使江先生只管在外面睡一个通宵,恐怕会生病的。"江洪笑道:"不必把我看得那样太娇嫩了,最好把我当作一个铁臂罗汉看了才好。"他伸出头来,说过这话,又钻进棉被里面去了。冰如一个年轻太太,绝没有一定要把年轻男子拖进自己家屋内之理,见他坚执着这番成见,只好罢了。她睡在枕上,始终听着江面上的风,在那不断地吹刮,心里总有点过不去。

到了次日早上,所有船舷上的人,都在聒噪着,王妈开了舱门看看,不觉呀了一声。冰如被她一声惊醒,朝了窗子外看时,满江细雨蒙蒙,船外几丈远,便都在烟雾中。江洪在制服外穿了皮大衣,两手插在衣袋里,站在舱门外。冰如便跳下床铺来,开了舱门,向他点着头笑道:“孔夫子,现在可以到舱里来坐吧。我们都起来了。”江洪只好笑着走进舱来,因笑道:“嫂嫂这番盛意,我是很感谢了。我有我的想法,一个当军人的,若是在船边上吹一口江风都受不了,那怎样到冰天雪地里打几天几夜的仗?船边上也还有几位武装同志,他们也知道我护送的是一位嫂嫂。我若在深夜里被江风吹着躲到房舱里来,他们会笑我的。”冰如望了他,点点头,微笑道:“江先生做事可以说铁面无……”这个“无”字下面,本来想接上一个“情”字,但是她第二个感想,随着出口的这句话也发生了,觉得这个“情”字有些不太妥当,于是把这个“无”字拖得很长,以便把话改了。好在成语里面还有一句“铁面无私”,竟用不着怎样费力,已是把这个“私”字补了上去。江洪见王妈已起床了,站在一边,便缩下身体,坐到那矮铺上去,因答道:“我虽做不到铁面无私这个程度,但也极力向这个方向做了去。”冰如道:“其实当军人的,根本就抱着牺牲精神去服务,无所谓私。”江洪道:“那是嫂子太夸奖我们军人了。若不是有点私心,这间房舱,恐怕我们就得不着。”说着,就将脚踏了两下船板。王妈笑道:“江先生这样,我倒想起一位古人来了。”冰如咦了一声笑道:“你还想起一位古人来了。你肚子里有什么春秋?我倒愿意洗耳恭听。”王妈笑道:“我知道什么古人呢?我在南京,和太太一路去看戏,有那关老爷过五关斩六将的戏。他保护二位皇嫂,千里迢迢投奔刘备。”冰如点点头笑道:“你比得倒是不错。但是你要晓得,那二位皇嫂是东宫西宫。你这样比着,不怕自己吃亏吗?”王妈把一张黑脸,臊得发紫,笑道:“我不在内,我不在内。”她说着,在网篮里拿了洗脸盆就向窗门外走了去,看那样子,好像去打洗脸水。可是她去了不到几分钟,依然拿了一只空盆子走回来。她笑道:“不但是找不到茶房,连路都走不开,无论什么地方都是人。我们这里快到船舱上,总算船边人少一点。”江洪道:“无论如何,水总要找一点来喝的。我来想办法。”他走出去看望了一阵,却是由船栏杆翻到下层去,然后又由下面提了一壶水上来。冰如摇着手道:“这个玩不得,风大浪大,要是有一下失手了,那就没办法。”江洪道:“这下层不远就是厨房。我已经找着一个茶房,允许重重谢他,以后我可以不必翻杠子了,这件事交给了他。”冰如道:“真的,要是让江先生这样翻上翻下,我主仆二人,宁可不吃不喝,熬到汉口。”江洪只是笑笑,不置可否。他在舱里休息一会子,便走出舱去。

在冰如不介意的时候,茶饭热水,陆续地送来,有时果是茶房送来,有时是江洪送来。到了下午,江风已经息了,冰如打开舱门出来站站,恰好看到,江洪一手提了开水壶,先由下层塞进栏杆里来,然后两手抓着栏杆,在船外面向上爬。冰如实在忍不住了,在他一只脚跨着栏杆,挣扎了向里钻的时候,两手扯住他一只手,尽力地向里面拉着。江洪跳了过来,脸上红红的,笑道:“不要紧,我爬了一天了。”冰如定了一定神,这才想起来,刚才握着他手的时候,像火一样炙人。再看到他脸上红红的,便道:“江先生,你怕是感冒了吧?好像在发烧。”江洪摇着头道:“不要理它。”冰如听了这话,将他让进了房,正着脸色道:“江先生,不是我自大。你既和志坚是好友,像兄弟一般,我不妨算是你的嫂嫂。你一路辛苦,昨夜又吹了一夜的江风,人已经病了。便是在我舱里休息休息,我当你是个兄弟,又要什么紧?你是个铁面无私的人,那就更不必拘什么形迹,何况我舱里还有一个王妈。”江洪见她如此说了,便强笑道:“倒不是我拘什么形迹,身体上虽然有点不自在,倒是不在意的好,若要睡倒,那恐怕真会病了。”冰如依然正色道:“无论如何,我得要求你在下铺上休息两个钟头。你若不肯,我就和王妈一路到舱外去坐着。”江洪道:“既然如此,我就在床铺上躺躺。”说着,微微地叹了一口气,在那下铺斜躺下去。王妈站在舱门口道:“江先生,你脱了大衣,脱了皮鞋盖上被,好好地睡一场,让身上出些汗。”江洪说了一声不用,随手扯着被头,盖了半截身体。

他的本意,自是敷衍她主仆的好意,躺一会就起来,不想身子倒下去之后,越久是越觉得昏沉,头都抬不起来。蒙眬中睡了一觉,睁眼看时,船舱的板壁上,已经亮着电灯。王妈和冰如靠了舱门,一个坐在箱子上,一个在行李卷上,正望着自己。心里这就大为着急,天已晚了,难道就睡在这里吗?

## 第七回　送客依依倚门如有忆　恩人脉脉窥影更含愁

轮船上的电灯，照例是不怎么亮，照着屋子里昏昏沉沉的。王妈坐在行李卷上，靠了舱板壁打盹。那轮船的水车叶在水里鼓浪前进，全船微微摇撼着，带些催眠性，正好助长王妈的睡眠。她那靠在板壁上的身体，也是哆哆嗦嗦的，勾着头不住地下沉。冰如手上拿了一本书，就着灯光，半侧了身子看，听听舱门外人语嘈杂的声音，却比较清静些。

江洪连哼了两声，冰如便放下书向他看着。江洪道："嫂嫂，几点钟了？我真病起来了，怎么办？"冰如道："现在已经七点多钟了。船外边，你是睡不得。我也计划好了，就在这外面有一位六七十岁的老头子，也是身体不大好。我和他家属商量好了，让他也搬了行李卷进来，睡在舱板上，我和王妈就挤在上铺上歪歪，好在明天一大早就可以到汉口的。这屋子里加上一位老人家，你就可以不必避嫌了。"江洪道："那倒让嫂嫂受了委屈。但不知道嫂嫂吃了晚饭没有？"冰如道："茶房送过饭了，你倒还为我们操心。"江洪哼着，又问长又问短。冰如皱了眉笑道："就为了我们，把你累病了。再还要累你，我们就过意不去。你安安稳稳地睡着吧。到了汉口，我们还有许多事要你替我们办呢。"江洪听了这话，倒有些警惕，心想，不要船到了汉口，自己起不了身，那可要牵累这两个女人，还是先休养休养的好，这样也就侧身睡了。等到醒来时，耳边听到鼾声大作，向外看时，果然有一个老人，展开被褥，睡在铺下舱板上。心里也就想着，孙太太倒也用心良苦。不过彼此都是青年人，要不如此，也很容易引起别人的闲话。虽然这透着麻烦一点，也只好由她了。

江洪睡了大半下午，又睡了大半晚，出一身热汗，精神爽多了，这就再睡不着，睁开了两眼仰面在枕上，只管想着心事。忽然冰如在上铺大声道："清者自清，浊者自浊，那是不怕什么人说话的。"江洪倒吓了一跳，以为她在责备自己多心。可是她突然说着这句话，也是突然把那话中止，说完了一点声息没有。因轻轻喊了两声王妈，回答的也是微微的鼾呼声。原来冰如是在说梦话，这也只有搁在心里。轮船是继续着摇撼地前进，冰如同王妈都睡得很甜。江洪也昏昏地睡了过去，再睁眼时，却见王妈在收拾网篮，船舷上纷纷地人来人往，在舱板上借住的那个老头子也搬出去了，因问道："靠了码头了吗？"王妈道："老早就靠了码头了。太太说，江先生还没有退烧，让你多睡了会子，她上岸找旅馆去了。"江洪道："我真想不到，我随便在床上躺一下子，就病得爬不起来了。"王妈道："已经到了汉口了，你还怕什么？至多是到旅馆里去睡上两天。东西我都收拾好了，你不必动了。"江洪将身子撑起来望了一望，结果还是一阵天旋地转得坐不起来，随后还是躺下去。好在是不到半小时，冰如就匆匆回船了。她摇摇头道："像样一点的旅馆，大概都没有了房间，问也不用问，他们账房门口就挂了一块牌子，上写着'房间已满，诸君原谅'。我想，船上是不能久住的，只得在这码头上，找了一爿小旅馆，我们先搬到那里去住下再说。有了落脚的地方，总可以慢慢想法子。"江洪道："这真是对不起，本来要我一路照应嫂嫂的，不想到了汉口倒要嫂嫂找旅馆来让我住。"冰如道："这有什么关系呢？于今全国人都在同舟共济的时候，凡是中国人，只要有力可出，就可以拿出来帮助别人。何况我由南京出城起，一路都受着江先生的卫护，现时我可以出力了，我也应该'得当以报'。"江洪听她说这话，倒不由得在枕上点了两点头道："人生在世，是不可违背人情的。在嫂子一方面说，也许觉得要得当以报才对。那我就谨领受教。望嫂嫂只在‘得当’这两个字上照应我,不要过分了。”冰如听了这话,先顿了一顿,然后笑问道:“难道江先生起不了床,我上岸去代找找旅馆,这就过分吗?”江洪道:“这当然可以。但愿上了岸以后嫂嫂自去料理嫂嫂的事,不必问我。我不过受了一点感冒,我相信睡一天就好了的。”王妈在一边听着,也懂得了一点,因道:“江先生真是客气。”大家就都一笑。在一笑里结束了辩论,找着夫子来搬着行李上岸。

江洪勉强地起了床,由王妈搀着他过了趸船。上岸以后,他连王妈搀扶也不要,扶着人家墙壁走。好在一转弯就到旅馆,路还不远。这旅馆是个小铺面,一座直上三层楼,除了迎街的那屋子,都不能开窗户。冰如找的两间房,都在楼后身,白天兀自亮着电灯。屋子里除了一副床铺板,就是一张小桌子,墙壁上乱糊了些破旧报纸,实在简陋得很。冰如看着王妈替江洪铺了床,因向他道:“这旅馆哪里能久住?我去找朋友去,留王妈在这里照应着你。不然的话,这爿旅馆里的茶房,恐怕不大听指挥。”江洪因这话也是实情,就允可了。

冰如出去了大半天,在下午回来,人在楼梯上就高声道:“江先生,我们这问题解决了。”说着,高高兴兴地走进屋子来。江洪正清醒了些,斜靠在床头板壁上,因道:“那很好。我看这旅馆里外一点防空设备都没有,假使有了警报,那是心理上,求不得安慰的,嫂嫂是早一点离开了这里好。”冰如笑道:“不但我有了办法,就是你呢,我也和你找了一个安顿的地方。我这个房东,他就是医生,他那医院里可以住院。我们一块儿走,好吗?”江洪笑道:“听嫂嫂这一连串地说着,想必是房子很满意。可是房子在什么地方,嫂嫂还没有说出来。”冰如笑道:“啊!我忘记告诉你这最要紧的一句话。房子在法租界亲仁里。那房东的太太和我是老同学,她不好意思说价钱,让我照普通市价给钱。”江洪道:“我看还是说明了吧。汉口法租界的房子,每间月租一百元,也并不稀奇。”冰如道:

"我还是楼上大小两间呢。"江洪道:"若不是嫌房租的负担会过大的话,这倒是在汉口最幸运的事。既然说定了,那就赶快搬了去。我的看法,倒不是怕有别人抢这房子,只担心房东会变卦。"冰如道:"照说,老同学是不会这样对待我的。不过这旅馆里实在住得不舒服,没有什么可以留恋的。"那王妈也正因这旅馆像黑牢,住得实在不耐烦,江洪又说有了警报危险,想到在轮船上所受的那次轰炸滋味,更是愿意离开这里。江洪说后,这就忙碌着收检行李。在一小时后,江洪就坐着车子把她们护送到了法租界。

江洪一看这地方,果然合用。屋在楼上,前面是走廊,已经装上了玻璃隔扇,也等于一间小屋子。屋后是洗澡间。她主仆二人,吃饭睡觉洗澡的所在都有了。最好的还是家具现成。原因是住在这里的上批房客到香港去了,也留下了让房东租人。走廊上有三张大小沙发、一张小茶桌,正好款客。太阳由玻璃隔扇穿了进来,这里还相当暖和。冰如向房东讨了茶水,就安顿江洪在大沙发上坐了。

不多一会,房东太太来了,两手拿了竹针,绒袍岔袋里拖出一根绿毛绳来,手里正结着毛绳褂。看她二十多岁年纪,长长的烫发,没有抹什么油水。身穿一件八成新旧的绿绸驼绒袍子,趿了一双拖鞋,颇像一位富家太太。在她那瓜子脸上,配着一对黑溜溜的眼睛,透着十分精明。江洪正要起来打招呼,她倒先点了一下头,笑道:"这是江先生了。听到孙太太说,江先生为人侠义得很,我很是佩服。"江洪起身相迎,连说不敢当,转请教了一番。她笑道:"我们先生姓陈,我姓陆,同孙太太在北平中学里同学。光阴似箭,现在我们都是中年人了。上月接到孙太太的信,我就和她留意房子了。漫说是多年老同学,就算素昧平生,这抗战军人眷属,我们就应当竭力帮忙。江先生身体好些了吧?我家里还有点治感冒的药丸子,送给江先生吞两粒。这走廊上就可以搭铺。江先生可以在这里屈居一宿,明日再作道理。”她嘴里说着话,手上结着毛绳,眼望了人。江洪倒有些望之生畏,连说是是,手扶了沙发要坐不坐的。陈太太笑道:“请坐请坐。名不虚传,江先生真是多礼。孙太太,今天不必预备晚饭了,就在我家里吃顿便饭。明天买好了厨房里用的东西,你再开始起伙食吧。”说着话,突然她把身子掉过去,望了冰如。江洪这就很放心,有了这样一位八面玲珑的主人,是无须和她顾虑到生活方面去的。当日依了房东太太的话,在走廊上睡了。次日早上起来,精神就恢复了十分之七八。一大早就把铺盖卷了,睡的行军床也折叠了。冰如开着房门出来时,见他整齐地穿着制服,挺了胸脯子坐在沙发上。因笑道:“也罢,江先生病好了。怎么就是这种穿着?这就要去报到吗?”江洪道:“我们那只船被炸,总部里是知道的。我虽在九江托人打了一个官电,也不知道办到了没有。我应当快些去报到。”王妈也由屋子里抢出来道:“江先生这就走了吗?一路上都得你照应,我们倒相处得像一家人样的。”她说这话,望了江洪。冰如倒让她这句话引起了别情,不由得手扶了房门,把头低下去,看了自己的鞋尖,踢着走廊上的地毯。江洪笑道:“我知道,我离开了,你们会感到人地生疏。可是这里房东是熟人,那就好多了。我现在是去报到,还不知道在哪里落脚,回头我还要来搬行李的。就是我搬走了,两三天,一定来看嫂嫂一次。”王妈道:“江先生还不搬行李走,那下午再说吧。洗了脸没有呢?”江洪道:“我正等着你起来去和我找热水。”王妈答应着好,下楼找水去了。冰如道:“水管子里虽没有热水,到洗澡间里洗脸,可方便得多。江先生到里面来洗脸吧。”说着,她先到洗澡间里去布置一阵。不一会,王妈提着一大壶热水上来,向洗脸盆里倒着水,冰如就把手巾、牙膏、肥皂一齐送进屋来,因问道:“江先生的牙刷子找出来了没有?”江洪道:“在网篮里。”冰如立刻打开箱子,取了一支牙刷,送到洗澡间来,笑道:“这是新的,没有用过,不必找了,江先生就带去用吧。”江洪正弯腰洗着脸，点头说声谢谢。冰如见洗脸盆上面的墙上虽也挂了一面镜子，但是镜面上有许多斑点，于是又在手提箱里很快地拿了一面镜子来交给江洪，笑道："我想着，像江先生这样的军人，也许不需要镜子。不过江先生害了一场小病，现在去见上司，最好是不要带一点病容，照照镜子，似乎也不妨。"江洪只好道谢接着。

王妈在放下那壶热水之后，又提了一壶开水上来泡茶。江洪洗完了脸，刚走到走廊上，就有一壶茶、两只小茶杯，放在茶桌上。王妈斟着一杯茶，放在桌沿上。江洪正弯着腰要去拿茶杯，却见冰如两手托着两只碟子走了出来，放在桌上，笑道："我昨天晚上去买的点心，预备今天早上从从容容请客。现在江先生就要走了，我只好提前请客。恕我不能奉陪，我还没有洗脸。"江洪笑道："嫂嫂请便，我就要走了。"冰如道："我在家里，洗脸忙什么呢？江先生随便用两块点心。哎哟！你就是要走也没有这样忙，坐下来慢慢地吃一点。"江洪被她这样催着，只好坐下来喝完了两杯茶，又吃了两块点心，便站起身来，挺着胸脯，先扯扯衣摆，后摸摸领子，笑道："嫂子，我走了，下午也许来搬行李。我若得着志坚的什么消息，一定会打听详细，然后回来报告。"冰如道："好，下午我在家里等你，希望你不要接受别人的约会，我请你吃晚饭。"江洪道："那再说吧！也许我下午不能来。"冰如见他眼望了前面，有要走的样子，便伸出手来告别。江洪微弯了腰，接着她的手握着摇撼了两下，笑道："嫂嫂一切想宽一些。"然后又立正着，举手和冰如行个军礼。冰如情不自禁地跟着他后面，送下了楼梯。楼梯只是一条甬道直通到大门，冰如索性跟着他到了门口。江洪走出了门，下了三层台阶，回转脸来望着道："难道嫂嫂还要送？"冰如站在门框下，向他点点头道："我就不送，但我希望你下午要来。"江洪又站定行了个军礼，方才转身走去。

冰如将双扇门掩了一扇，手扶着那扇掩的门，斜斜地靠了，望着江洪的后影，只管出神。江洪的影子，早已是不见了，冰如对着他所踏过的弄堂里那段水泥路面，还是看得出神。马路上槐树叶子，凋黄着只剩了很稀少的几片，被风吹着，撒在水泥路面上，或三或两。冰如看着这个不曾转了眼珠，很久，她又想到树叶子一落下来了，无论用什么科学方法，也不能再长到树枝上去。树叶子长在树上，它不知道那环境可贵，等着落下了地来，回忆从前，觉得可贵而又不能享受了。人生在世……想到这里，身后有人叫道："太太，去洗脸吧，水都凉了。这里迎面吹着风，多冷啊！"一句话把冰如惊醒，回转头来，见王妈站在楼梯口上，因笑道："我在这里站站，看看有些卖什么东西的经过。"说着也就回转楼上。她在洗澡间里洗脸，王妈在外面收拾屋子，彼此有好久没说话。王妈突然道："太太，你看我们一路和江先生搭着伙伴，倒很热闹的。现在他走了，我们倒好像怪舍不得似的。"冰如一回头，要说什么，见房东陈太太来了，便笑道："你真是当家人，老早就起来了。"陈太太笑道："今天也许是特意早一点。把家里事情弄清楚了，我陪你到广东馆子里吃早点去。"冰如道："你何必客气？我要打搅你的时候，还多着呢。"陈太太道："我倒不是忙于请你，你要安一个家，总要添置一些东西，吃了点心，你可以去买东西了。我在楼下等你，你洗完了脸，就下来吧。"说着，房东走了。王妈想起了少这样，少那样，却也怂恿冰如去一趟。她也觉得心里头有什么放不下去似的，在家里怪别扭，穿上大衣，就下楼约着房东同走了。在馆子里消磨了两小时，在街上又买了两小时的日用品，回得家来，已经是十二点半钟了。王妈迎到楼梯口上，接过去冰如手上提的东西，她第一句便道："江先生回来，搬着行李走了。"冰如问道："搬走了？"王妈道："搬走也不过半个钟点。"冰如也没作声，回到了房里，才皱了眉向她道："你怎不留他坐一会等我回来呢？"说着，还把脚在楼板上顿了两顿。王妈道："谁不是这样说呢？江先生说，他见着上司了，叫他搬着行李到武昌去。他想着，若是去了再来搬行李，过江嫌麻烦。太太说是请他吃晚饭，那更来不及。不是星期六下午，或者星期日早上，他一定来。这不能怪我。”说着，把嘴鼓了起来。冰如想了一想，笑道：“我又何必怪你呢？不过，我想着已经约了请人吃饭，结果又算了，这倒像开玩笑似的，别的无所谓。”王妈没有敢拿话驳她，只是默然避开。

可是冰如安了家之后，终日地皱着眉头子，果然不如在路上走着，时而船上，时而岸上，倒有些兴趣，总是懒洋洋的。但也有一件事是她所热烈追求的，别人很难猜到，便是每天早上起来，等不及送报的上门，就要去买一份报来看。报到了手，很快地捧着看了一遍，叹口气就放下了。但放下了不久，她第二次又捧起来看看，有时感觉到一份报看得不够，又再买两份报来补充着看。王妈在一边看到，虽知道她是为了时局的关系，可是自己不认得字，更不懂得国家大事，也没有法子来安慰她。好在这位房东太太是喜欢说话的人，有时便悄悄地下楼，把她请上楼来，和太太说话。还有这楼上隔壁屋子里，同住了一位刘太太，慢慢地也熟了。刘太太的先生是一位公务员，机关虽撤退了，他还在南京为留守人员之一。刘太太正是和自己太太一样，每日都留心着报上的消息。不过她有一位七岁的小姐，伶俐活泼，还有个解闷的。

这日上午，楼上两间屋子都静悄悄的，正是看过报以后，各人都有一番心事。王妈隔着房门向里看着，见刘太太斜坐在椅子上，将一只手托了头，似乎在想什么。那刘小姐坐在矮椅子上玩弄着小洋娃娃。桌上放了一张报，一半垂在桌沿上要落下来。王妈低声叫了一声刘太太，她回过头来，问道：“孙太太起来了没有？”王妈道：“早就起来了。你请到我们这边来坐坐吧。”刘太太笑道：“我正要找你们太太谈一谈呢。”说着，走了出来。她到了走廊上时，冰如也出来了，相见之后，第一句话就问道：“今天的报看了吗？”刘太太点着头道：“看过的,消息不大好呢。”说着,皱了两皱眉头子。冰如道:“敌军在金山卫登陆了。我翻了一翻地图,这战事会延长到太湖后面来。”刘太太道:“地图借我看看。自从出学校门,好久不弄这东西,现在倒常翻着看看。”冰如在房里取两张分省地图来,交给刘太太,因笑道:“几个战区里的地图,现在让我看得娴熟,这倒长了不少见识。”说着话,两人就坐在沙发上看地图,闲谈了一阵。刘太太那个小姐贝贝却由屋子里跑出来,把地图抢了过来看了一遍,因问道:“妈妈,这个书上没有画小人吗?”刘太太道:“这不是玩的书,不要撕了。”拿过地图来折叠着。小贝贝举了小白手,鼓了嘴,偏着头道:“孙伯母,我爸爸在南京和我买了好些个小人书,他会带来给我玩。”刘太太听了这话,也不知道有什么感触,立刻有几点泪水挤了出来。但她自己也感觉到,立刻咳嗽了几声,弯着腰下去,同时扯出了衣襟上掖着的手绢擦抹着眼睛。冰如倒感觉为难,便搭讪着整理地图,送到屋子里去。又拿出一听烟卷来,请刘太太吸烟。她将小贝贝抱在怀里,手摸了小孩子的童发,因道:“她爸爸有半个多月没有信来了。这一阵子南京每天都有几次警报,我真放心不下。”冰如道:“警报倒不要紧,我在南京受过了一两个月的空袭,人没有损坏一根毫毛。像我们先生在最前线打仗,据这两天的消息看起来,可真有一点让人着急。”刘太太道:“你们先生在前线哪一段防地呢?”冰如道:“那怎么会知道呢?在前线打仗,时时刻刻都有变化,绝没有永远驻守一个地方的道理。至于向后方通消息,那更是难说了。战区里有军邮,那是没有固定时候来往的,到了火线上军邮不能去,打仗的人也没有空工夫写家信。我现在简直没希望接到他的信,如能得到他长官在哪里的消息,就很满足了。可是军事长官的行迹,又是绝对秘密的。”说到这里,她格外觉着懊丧,把头低了,两手放在怀里,互弄着手指头。刘太太又来劝她,笑道:“据你说,孙先生是个很精细的人,既是精细的人,在前方就会照料自己。”冰如也没有说什么,只是低了头。那小贝贝听到母亲提她爸爸,她很高兴,就到屋子里去,拿出几张相片来,手举着,直送到冰如面前,笑道:“孙伯母,你看看,这就是我的爸爸。”冰如接过来看看,哄了孩子几句,交还了她。刘太太倒拿了一张相片捧在手里,只管出神。冰如觉得每一件事、每一句话,都是牵引着彼此心里难受,正想怎样把话来撇开。可是贝贝爬到沙发椅子上,两手环抱了刘太太的颈子,眼望了相片,嘴对了母亲的耳朵,问道:“妈妈,我爸爸几时回来呢?”这话问得冰如心房都跳上一下,立刻走向前牵着她的手道:“来来,我带你到马路上买玩意儿去。”贝贝听说买玩意儿,跳下椅子来,就同冰如走了出去。

冰如也觉得心里这一层郁结,不容易解除,真在马路上兜了两个圈子,买两件玩意给孩子,方才回来。可是走进房里时,立刻勾起了心事。原来自己在南京抢出来的那一只布袋放在这衣橱里,就不曾放在眼前。这时,袋子里那一柄佩剑,却挂在床头的墙上,梳妆台上、茶几上、床前小柜桌上,都支起了相片镜框子,里面放着志坚大小的相片。猛然看看,倒不免怔了一怔,拿了桌上支的一张相片在手,还是两手捧住,远远地注视着。正好王妈由外面进来,迎上前笑道:“太太,我猜到了你的心事吧?我把你心爱的东西都摆出来了。”冰如放下相片,却没有答复什么,只长长地叹了一口气。

## 第八回　噩耗陷神京且烦客慰　离怀伤逝水邻有人归

屋子里的空气沉寂极了，那放在屉桌上的一架小钟，还哧嚓哧嚓发出了响声。冰如斜躺在床上，头枕着那叠起的棉被，高高撑了上半身，眼望了这桌上正响着的小钟。这小钟旁边就支起了一只盛相片的镜框子，里面放了孙志坚的武装相片，是正了面孔，将那炯炯发光的眼睛对着人。冰如向着那里看看，也是呆呆地目不旁视。

那镜框子旁边有一只花瓶，瓶子里插了一束月季花，似乎是日子久了，那花瓣散开，支在叶子上。这屋子也没有什么人移动，那花枝上的花瓣，却好好地有两片落下来，顺了镜子面，落到雪白的桌布上。白布衬着这鲜红的两点，颇觉醒目。冰如仿佛是吃了惊一样，立刻由床上站了起来。这一下子，地板受了震动，屉桌也跟着有些微微的摇撼，于是有两朵散得太敞开的花，那花瓣就像下雨一般，落了下来，在这镜面子上粘贴着，把人影子遮掩了好几处。就是孙志坚的脸上，也让两片花瓣盖住着。冰如走到桌子边站住，右手缓缓地捡起了桌面上的花瓣，放在左手心里握住，然后手一扬，待要向痰盂子里扔去，可是刚一弯腰，忽然有一种感想，这不是把鲜艳的东西向污秽的里面葬送了去吗？这样凝神想了一想，手里这一把花瓣就没有扔下去。回头看那屉桌上的相片，却见志坚凝神注视了自己，对自己带一些微笑，又似乎带一些怒气。便拿了相片在手，也对他注视着，然后点点头道："志坚！你对我有点怀疑吧？我听说，前线的牺牲是很大的。假如你有了不幸，那我怎么办呢？我一个孤孤单单的女人，我就这样在后方住下去吗?”于是将相片握着,人倒退了几步,挨着了床沿,便坐下去。坐下去之后,还继续地看那相片,于是就倒下去睡了,心里也说不出是怎样一种闷得慌,眼睛觉得枯涩,就昏昏沉沉地睡了下去。仿佛之间,志坚由相片上走了下来,脸上似乎生气,又似乎发笑,因道:“冰如,你要问我将来的路径吗?我的意思,你最好是自己早做打算了。这个世界上已经没有了我,你要找我回来,是不可能的。前方将士,浴血抗战,伤亡的人不能用数目去计,难道我的生命,就特别地有保障,还可以回来?”冰如待要问他话,却是震天震地几阵炮响,立刻烟雾连天,自己在一个广大的战场上,那战场的情形,和平常在电影里面所看到的情形差不多,眼前所望到的,是一块平原,除了几根歪倒的木桩挂着铁丝,这里没有树木,也没有青草,倒是炮弹落在地面,打了好多的干土坑。身上一阵火焰过去带了弹片飞溅,自己就挺直地躺在这坑里面,把面前一块石头抓住。也许是自己用力过猛了,那块石头,也随了自己这一拉,滚将过来。猛地一惊,看时,躺着的干土坑是被褥上面,抓着的石头是枕头,而志坚的相片,却依然压在手下。这是一个梦,可是这个梦给予她的印象很深。她觉得志坚那句话,是最可想象的,前方浴血抗战,伤亡的人无数,难道他就可以安全地回来吗?这一个感念放在心里,便觉得自己坐立不安。恰好这几天的战事极不顺利,报上大题目登着,敌人正在猛犯南京光华门。看过这个题目之后,心里头就恍如用热油煎着心窝一样,非常难受。终日说不出是一种什么心情,只是要睡觉。到了晚上又做的是一宿整整的梦。

早晨醒来,便听到门外皮鞋走动响,一个翻身由床上坐起来,隔了门问道:“是江先生来了?”外面江洪答道:“嫂嫂还没有升帐?只管睡着吧,我没有什么了不得的事情。”冰如自不会依着他这话,已是匆匆穿衣起来,先开了房门,向江洪打了一个招呼,方才到后面洗澡间洗脸。

江洪坐在楼廊的沙发上，等着王妈送茶来的时候，低声道："你太太这两天心里非常地难受吧？我看她的脸，瘦削得像害了一场病一样。"王妈道："没有哇。"江洪道："刚才，她披着衣服，打开半扇门，伸出半截身子来，我见她头发披散了在肩上，脸色黄黄的，肩膀垂了下来，和我点个头就进去了。我以为她是病了呢。"王妈又连说了两声没有没有。这些话他虽是极力地低声说出来的，可是冰如在洗澡间里，一句一句地都听到了。这几日洗过脸，随便抹一点雪花膏，就算了。听了这话，觉得一张黄脸对着人，那不大好，便在扑过一阵干粉之后，又涂抹了两个胭脂晕儿。身上穿的是一件青绸面子的旧羊皮袍子，既臃肿，也不干净。这就也脱下来，换了一件绿绒袍子，窄小而轻薄，现出这苗条的身段来。在洗脸盆上的大悬镜里，她看着有这样的观念，她梳摆了一会子头发，又涂抹了一层油。那桌上花瓶子里，已是新换了一束月季花，她摘了一朵，插在发边。又照了一照镜子，这才转着念道："这样子收拾过了一遍，应该不带什么病容了吧？"果然，她出来的时候，江洪不免吃了一惊，不多一会子，孙太太又换了一个人了。他心里这样想着，虽没有说出来，可是他预备了一番安慰的话，觉得有点多余了，于是起身笑着点了一点头。冰如道："江先生怎么这样早就过江了？"于是隔了茶几在沙发上坐着。江洪没开口，先皱了眉头子，接着又抿嘴吸了一口气，因问道："嫂嫂看到这几日的报了吗？"冰如道："正是这样想，我觉得南京的情形，已是十分严重了！"江洪靠近了茶几一点，把头伸过来，低声道："岂但是严重，昨天已经失陷了！"冰如突然听了这话，心房倒是猛地跳上一下，随着也起了一起身子，向江洪脸上望了道："这话是真的？"江洪点点头道："这消息大概不假。但嫂嫂也不必发急，志坚兄并没有在城里。这个时候，想着他绕过南京，随着部队，撤退到安全地带上去了。"冰如道："你又怎见得他已撤退到安全的地带上去了呢？"江洪道："那……那，我想，除非是他有特殊的任务，不然，他是个很机警的人,一定有办法可以达到安全地点的。”冰如先是微笑了一笑,然后又叹了一口气道:“现在我也顾全不得许多,只好过一日是一日了。”于是把手撑在椅靠子上,将手托了自己的脸腮,身子略微歪躺在沙发上。江洪道:“现在我们所得的消息,还是一个很短的报告。究竟失陷的详细情形怎么样,还不知道。”冰如也不动,也不说话,却把手托的脸腮,微微摇撼了几下。江洪在衣袋里掏出表来看一看,因道:“我这时抽空来看嫂嫂,是怕你突然看到报上消息之后,心里会难过,所以先来报告一声,免得你摸不着头脑。嫂嫂放心吧,再有什么消息,我随时会来报告的,我告辞了。”冰如听了这个消息,顷刻之间,就像喝醉了酒的人一样,脑子里丧失了主宰。江洪说了这些个话,她却不知道找什么话来答复。只是知道对于江洪这么一个人,是应该客气些的,看见他走,也跟着后面送了下楼。只走到半截楼梯上,江洪站在楼下,回转头来笑道:“嫂嫂,你又送我吗?以后我也许隔一两天就探望你一次。你只管这样向我客气,那样我受拘束了。”冰如手扶了栏杆,向下望着,点了两点头,竟是真的不送了。

她回到楼上,把这话告诉了隔壁屋子里的刘太太。那刘太太倒没有她这样能忍耐,已是眼圈儿一红,两行眼泪直流。冰如见到别人这样挂念丈夫,自己也是黯然。这日的报上,虽还没有登着南京失陷的消息,可是字里行间,也就表示着情形十分危急。觉得江洪送来的这段消息,绝不会错误,当日就在屋子里睡了一天。到次日,南京的失陷情形,报上也就大致登载出来了。这已算完全绝了希望,倒不必像昨日那样发闷。吃过了午饭,索性出去看电影去。

晚上回来,却见江洪手捧了一本杂志,坐在走廊的沙发上看。他脱去了制服,却穿起了一件蓝绸面的皮袍子,突然改装,倒显着格外年轻些似的,便笑道:“哟!江先生怎样改了装了?”江洪起身道:“今晚我在汉口有点事,无须乎过江去。穿了一身制服,有许多地方要受着限制,这样到任何娱乐场去,都自由些。”冰如深深一点头道：“这点儿意见，我们倒是完全相同。反正是不得了，乐一天是一天。”江洪摇摇头道：“这种见解，倒是不怎样妥当。”冰如道：“那么，你为什么说要到娱乐场去呢？”江洪笑道：“我这有点用意。”冰如便在他对面沙发坐下，望了他的脸道：“你有什么用意？我倒愿闻其详。”江洪道：“我想着，嫂嫂心里一定是很难受的。我想今晚陪嫂嫂看戏去。”冰如笑道：“你看，我是怎样大意。不错的，王玉这个剧团也来了，我在报上看到这广告的。这么一来，江先生每天多一件事可做了。”江洪笑道：“也不一定就去看她演剧。”冰如道：“好的，我陪江先生去看看，我也要看看她到底有什么能耐。”说到这里，王妈捧着一壶热茶来了，向江洪面前杯子里斟着茶，一面问道：“江先生，听说我们的南京丢了，是吗？那怎么办呢？”江洪道：“你有什么人在城里吗？”王妈道：“亲戚朋友总是有的。那些没有逃出来的人，还会有命吗？”江洪站起来，接过她手上的茶壶，皱了眉向她道：“不要提南京了，你不知道你太太心里难受吗？”这时，隔壁屋子里那位刘太太，站在自己房门口，手里有一下没一下地结着毛线手套。手掌里握着三根铁针，眼睛虽看在手套上，却也同没有看到一般，针尖在手指上，倒扎了好几下，耳朵里是在探听江洪所说的南京消息。因为彼此不熟，又未便问话，只有站在一边等机会。现在听到江洪说不必谈南京的话，这就是想冒昧问两声，也有所不可了。听话的人寂然，谈话的人，也就寂然，王妈被江洪拿过了茶壶，没有意思，悄悄地走了。江洪只是端起杯子来，连连喝着茶。冰如将手撑了头，半斜着坐在沙发上，半晌，微微地叹一口气。

江洪看了一看手表，因道：“嫂嫂，我陪你到大街上去走走吧？”冰如回来之后，还不曾进房，那手提包还放在茶几上呢。这就把手提包拿着站了起来，笑道：“好哇！我们一路走吧。”于是二人一路走了。那个要听消息的刘太太还是站在那里，一两分钟，打一针手套。忽听王妈问道：“刘太太，真的，我们的南京丢了吗?”刘太太回头看时,见她站在茶几边,自己斟了茶喝,也在望了杯子出神。刘太太道:“报上都登出来了,怎么会假?这位江先生,是你们孙先生的好朋友吗?”王妈道:“是的。孙先生托他把我们带到汉口来的。他为人好极了,就像我们太太自己的兄弟一样。”刘太太顿了一顿,才道:“他好像是特意来安慰你们太太的。”王妈道:“一路上他总是安慰着我们太太。”刘太太道:“他自己有太太吗?”王妈笑道:“他还没有太太。在九江遇到一个唱戏的王小姐,倒很有点意思。这王小姐原来也是一位太太,还有孩子呢,和我们太太是朋友。在九江遇到她,才知道她离婚了。”王妈倒不管刘太太愿不愿意听,继续向下说。刘太太道:“怪不得他邀你太太去看戏,他是另有意思的。你太太和我就不同,我一点也想不开,今天你教我陪人去看戏,我就办不到。”王妈还道:“我们太太在南京,就不是这样,心里面有一点事过不去,就急得不得了。”刘太太道:“急呢,本来也是无用,可是心头总放不下来。我倒很钦慕孙太太为人了。”说着,长长地叹了一口气。

有一部分女人,是喜欢管着别人家的闲事的。刘太太和冰如住着隔壁,也就注意着她的态度。在每日早上,她看过几份报之后,或者在走廊沙发上坐着晒太阳,或者在屋里睡觉。但到了下午两点钟,她就换了一个样子了。风雨无阻,那位江先生必定来坐上一两个小时,用许多话来安慰她。有时也陪了冰如出去,或者看戏,或者看电影。

这样有了一个礼拜,南京失陷后的情形,由外国通讯翻译转载回来的消息,的确是十分凄惨,只看那死人估计的数目,都是说在二十万以上。凡是有亲人留陷在南京,没有出来的人,都在不能保险之列,至于军事上不利的传说,自然是比前更甚,那刘太太随了这些消息,另变成了一个模样,脸上瘦削得像黄蜡塑的人,两只肩膀向下垂着,挂不住衣服,把衣服都要坠了下来。可是冰如倒不像她这样难堪,依然逐日整齐地修饰着。这一个晴天的当午,阳光由玻璃窗子里穿了进来,很是暖和,将走廊上的窗子推开,屋子里空气流通,倒是把连日屋子里的郁塞滋味,一扫而空。刘太太手里捧了一杯茶,靠在撑开玻璃窗户的窗栏杆上向楼底下望着。冰如也是由屋子里出来,靠了窗栏杆站定,向刘太太笑道:"今天的天气,倒不像冬天了。我们到江边上去散散步好吗?"刘太太皱了两皱眉头,接着微笑道:"也不懂什么缘故,这几天干什么事都不感到兴趣。心里热烫的,就像害了烧热病一样。"冰如道:"不要那样想不开。我们有人在南京没有出来,那是一重损失,把我们的身体急坏了,那便是两重损失。我们总应当留着我们这条身子来做些没有做完的事。"刘太太慢慢地喝着那碗茶,出了一会神,因点点头道:"那也好,我带着小贝贝出去走走。"小姑娘听到母亲要带她出去走走,早是由屋里一跳一跳地跑了出来,抓住母亲的衣襟道:"我们走哇,妈妈。"刘太太本来就喜欢这个小姑娘,自从和丈夫分别以后,越是把这女儿看成宝贝一样。小手一拖住了衣襟,她就丝毫不能勉强,顺手摸了她的头道:"好,我们到江边上看看船去。"贝贝道:"我爸爸坐了船回来呀。"刘太太和姑娘说着,本来带了笑容,听了这句话,像是胸前面受了一小拳头,微微地痛了一下,望了贝贝没有作声。冰如过来牵了她的手道:"好孩子,你跟了孙伯母去,不要多说话。"于是她牵了贝贝先走,刘太太跟在后面走出来。她们所住的这地方,正是江岸后面的一条马路。随便走着两步,就是眼界一空。马路旁的草地,像是狼狗皮的毛毯,铺在地上。夹路的树木,落光了叶子,阳光穿过那枝丫的树枝,照在水泥面的人行道上,越是觉得干净,偶然还有一两片焦枯的落叶,铺在路面,是表示着江边还有一点风。江水是太浅了,落下去和江岸悬殊十几丈,而对岸的武昌,仿佛是临近了好多了。轮船停泊在一条宽沟似的冬江里,那轮船上的烟囱比码头上的栏杆还要矮得多,这正可以向下俯视一切。挂着白布帆的木船，在江心里顺流而下，小贝贝看着很有意思。尤其是那最小的木船，挂了丈来见方的白帆，在水浪里漂荡，贝贝看着有些像玩具。她就穿过马路外边的草地，伏在石岸的铁链栏杆上，向江里看着，两个大人随在后面站定，贝贝指着问道："妈妈，那小船是到南京去的吗？"刘太太微微笑着摇摇头。就在这江岸下边，有一艘中型轮船，靠了趸船停泊着。码头上的搬运夫，抬着货物，由坡子下来，向轮船上去。刘太太随便问道："这是到长沙去的船呢，还是到宜昌去的船呢？"冰如道："大概是到宜昌的。到长沙去的货物，多半是走粤汉路。"贝贝回转身来，牵了刘太太的衣襟道："妈妈，我们也上船去吧。我们坐船到南京找爸爸去吧。"她这么一句不懂事的话，却把刘太太刚刚排解的情绪，重新郁结起来，手扶了栏杆，望了江里的浪头，只管发痴，很久很久才道："到南京去吗？除非变一条鱼，随了这浪头一块儿流了去。"冰如见她低了头，简直抬不起来，便抱了小贝贝，把话扯开来，指着对岸道："你知道那里是什么地方？你去过吗？"她絮絮叨叨和小孩子说着，刘太太再也不说什么话，只望了江里的浪，见那浪一峰盖着一峰向东推了去，便想到这样向前推去，自然有一日到了南京下关。再又看到江边水上，浮了一层草屑，又想，假如自己是这草屑，不也就几天到了南京吗？草屑是没有人注意到它的，它可以太太平平地赏鉴这时候的南京是什么样子。正在这样出神呢，忽听到有人叫道："太太，快回去吧，先生回来了。"她始而没理会，继而觉得这是自己家里女仆的声音，回过头来时，那女仆已经奔到了面前，笑道："太太，我们先生回来了。"刘太太怔了一怔，问道："真的？"那女仆道："真的真的，快回去吧。"刘太太也忘了贝贝，扯腿就跑，贝贝由冰如怀里挣下来，站在地上叫妈妈。刘太太已是跑过了马路，听到这种喊叫声，又突然跑了回来，抱着她笑道："快回去吧，你天天盼望的爸爸回来了。"说着，将孩子扛在肩上，就顺了码头边的行人路走。路有了缺口，就是走下码头去的石头坡子。

刘太太走到这坡子上，未曾怎样介意，顺了向下的坡子就一层层地走去，还是那女仆在码头上叫道："太太你向哪里走，要到哪里去？"这句话才把她提醒，才啊哟了一声道："我怎么往江边上跑？"说了这一声之后，才抱着孩子跑上码头来。她大概不大好意思，头也不抬，就回去了。这把冰如一个人留在码头上，站着怔怔地望着江心。她想到刘太太所说，只有变了鱼才可以随了这江里的浪头东去。那是实在的话，除了男子预备去冲锋陷阵，谁能够径直向东去呢？她想到了这里，不免随了这念头，只管向东看去。

这江里的水，虽是枯浅得成了一条深沟，可是向东一直看去，正是江流的路线，两岸平原，一点没有阻隔。越远就越觉得地平宽阔，船帆像白鸟毛，一片片地飘着。天脚下白云被日光照着，略带了金黄色，把地平围绕了。这长江一条水翻着白浪头，就流到这云里去，且不问这云是多远，南京是在这白云以外。志坚在这白云以外活着呢，还是……她不敢向下想，遥遥地看到水面上天底下，冒出一缕黑烟，像一条乌龙似的在半空里盘绕着，那是一只轮船，在地平线以下，快要升出来了，且不问这轮船大小、所带来的人，到了汉口，又有不少像刘太太的少妇要喜欢得认不出路来，自己不知道有这么一天没有。这是一个可玩味的境遇。正在幻想着，身后有人笑问道："嫂嫂看着这大江东去，又在想志坚兄了。"冰如回头看时，是江洪站在草地的露椅边。他今天换了一套西服，外套着花呢大衣，斜斜地戴了一顶盘式呢帽，那姿态颇有点电影明星的味儿，因笑道："我早不做那个痴想了，那有什么用呢？"虽然她心里觉着自己撒谎，但她表面上却装着很自然，随了这话微微地一笑。

## 第九回　别有心肠丰装邀伴侣　各除面幕妒语斗机锋

时间可以变换一切,人的心理亦复如此。江洪对于冰如原来是极为敬重的,可是厮混得久了,觉得她是不愿人拘守形迹的。过于拘板,也怕会引起了她的烦厌,所以有时也随和地说笑着。他见冰如否认在这里想念丈夫,便笑道:"难道嫂嫂还不好意思承认这件事?"冰如笑道:"我有什么不好意思承认?我是觉得这样空想无益。其实江先生所做的事实,倒是不肯承认。这事,需要我说明白过来吗?"冰如笑了望着他做一个试探式的问话。江洪问道:"我还没有来得及告诉嫂嫂呢,绝非是瞒着。"他说着这话时,便向马路很远的所在,连连挥着帽子招了几招。冰如倒没有料到他有此招,只见王玉远远地由那里跑过来,手上拿了一排铜丝扭的鲜花。冰如笑着咦了一声道:"想不到王小姐在这里出现。"王玉指着江洪道:"我电话约了他在广东馆子里吃早点。到你府上去找你,你们家王妈说,你到江边上来了。在前面路口上买鲜花,所以晚来一步。我特意来请你去看我们今天上演的一出新戏,好吗?"冰如笑道:"说一句话,你不要生气。我对于梅派皮黄戏剧,感不到兴趣。"王玉笑道:"那我有什么可生气的呢?各人嗜好不同。譬如密斯脱江,他就喜欢梅派戏。"冰如笑道:"江先生听戏,那是人的问题,和你捧场罢了。"她说这话时脸色有一点红。分明是玩笑的话,却有点生气似的。王玉丝毫也不介意,笑道:"江先生倒是有点和我捧场的意思,不过江先生一个人捧场,声势不够,我希望他多邀几个人去听戏。你不能去凑一个吗?不要你听戏,只要你捧场而已。"冰如的俏皮话没有说倒她,反是让她俏皮了一阵，那脸色就更红了，微垂了眼皮说不出话来。江洪看到这样子，倒有点不好意思。便笑道："只管说笑话，把正事忘了。王小姐不是还有点首饰在嫂嫂那里吗？"江洪的话还没有说完，王玉便抢着插嘴道："那不要紧，明天我把钱交给江先生，江先生给我代购回来就是了。话已当面说明，孙太太将来把东西交给他吧。"冰如哼着点了一点头，江洪觉着没趣，在江岸上踏着步子，说了几句闲话。冰如道："实在的，我不能去看戏。我们楼上的邻居刘先生由南京脱险回来了，我要回去听听消息。改日再来捧场吧。"她说着向王玉笑着点了两点头。她也不待江洪再说什么，径自走了。王玉站在马路上望了她去的影子，只管微笑，等看不见人了，便向江洪笑道："奇怪奇怪，我们交朋友，孙太太倒是有些吃醋的样子。老江，我们的交情，是与日俱深了。你对我说句实话，你们的关系怎样？她好像是爱上了你。"江洪啊哟了一声，正色道："这可不能随便乱说的，我和孙志坚是知己朋友。"王玉道："那么，她为什么有点愤愤不平的神气？"江洪笑道："我哪里知道女人的心事？"王玉微笑笑，也没有驳他。她这天上身穿了一件拉链子的宝蓝色羊毛衫，下套格子花哔叽短裙，头上梳两个辫子，扎着红辫花，手臂上挽搭着一件紫红色毛绳大衣。说着话和江洪慢慢靠近，江洪就把她手臂上那件大衣接了过去。王玉倒不拒绝他这个动作，却笑道："假使冰如在这里，她又会觉得看不上眼了。"江洪道："便是全社会人看不上眼，我也无须介意。"王玉笑道："你果然有这番大无畏的精神，那我就很佩服你了。"江洪听说，也是一笑，于是二人就并肩向繁华的路上走去了。恰是走不多远，碰到了王妈，江洪有言在先，全社会人看不上眼，也无须介意，也就只好硬着头，坦然地走着，只当没有看到她，可是王玉不肯这样含糊，却故意笑着叫了一声王妈，王妈随便答应了一声，还问到哪里去，王玉笑着大声道："我们看电影去，请你们太太，你们太太不肯来嘛。"说着，就挽了江洪一只手臂走开了，王妈站在人行路上,倒呆望了一阵,她忽然觉得心里横搁了一件什么事似的,突然改快了步子,向家里走去。

这时,冰如门外的楼廊上,围了许多人,听着新到的刘先生讲说脱险的故事。冰如也坐在自己屋里沙发上,呆呆地听。王妈一脚跨进房门,一拍手道:“太太,你看这是新鲜事吗?江先生和那个王小姐,手挽手地在马路上走着。”冰如头一偏道:“你喜欢管这些闲事吗?”王妈碰了这一个钉子,只好走开。可是王妈刚走出门,冰如又放下了声音,低声道:“你来,我问你。”王妈见她要问,便又走回房来,正色道:“真的,太太,我不骗你。我在马路上看到她,她一点也不害臊,还故意叫了我一声。”冰如道:“她唱戏的人,什么事做不出来?她怎样和江先生同走,并排呢?一个在前,一个在后呢?”王妈道:“什么在前在后?两人手挽了手走。”冰如的脸,红里变青,手托了脸,很久没有作声。后来她就站起来,打开屉桌的抽屉,拿了一把糖果,坐下来慢慢嚼,她倒没有看到王妈站在前面似的。王妈站了很久,感到无趣,也就离开了。

这一天,冰如在许多烦恼之上,又增加了一层烦恼,可也没有法子对谁说破,只有睡觉而已。到了次日,一看墙上挂的日历,是一个星期日,料着江洪是必定会来的。于是起早梳洗了一番,换了一件紫绒的夹袍子,天气已是隆冬,穿绒夹袍子,总算单薄。而这夹袍子还是白绸里儿。那深紫的颜色,和那脸上的胭脂配起来,真是一个鲜艳欲滴的色彩。她在后面洗澡间里,足照了一小时的镜子,她还嫌不够,随着又走到外面卧室里来,又对屉桌上的小镜子,重新照了两遍。在照镜子的时候,她看到前些日子王妈支起的孙志坚照片,就收起来,放到抽屉里。回转身来,看到方桌上,床前几柜上都有志坚的照片,也一一地给收了起来。早几日,她在北平香粉店里,买了些通草绢制花朵,这时挑了一朵海棠花斜插在鬓耳前边下。她这样修饰了很久,连王妈都有些奇怪。当她进房来拿东西的时候，问道："还早呢，太太打算出门去吗？"冰如道："心里烦闷得很，我要去看两个朋友。"王妈道："设若江先生来了呢？"冰如道："反正他也没有什么消息告诉我。"王妈拿了两套衣服，只管对冰如呆望了。冰如道："你对我老望着干什么？"王妈笑道："我们太太比王小姐漂亮得多，她是打扮得那样妖精古怪的。"冰如道："你这比方根本不对，怎么拿我和她打比呢？"王妈也是莫名其妙，怎么随便一比，就提起了王小姐呢？这句话大概是太太不愿听的，不敢再说就走了。其实冰如听了这话，倒是很欢喜。这样修饰好了，且不走开，拿了一沓日报坐在楼廊的沙发上看。

不到半小时，有皮鞋声登着楼梯上来，冰如猜着这必是江洪，却并不回头，只管半侧了身子坐着看报。果然是江洪来了，他走上廊口，看到那里坐了一个艳装女人，以为是冰如来了女友，便顿了一顿，然后缓步向前。直走到面前，冰如抬起头，他才啊呀了一声，笑道："原来嫂嫂在这里。快要出门了吗？"冰如笑道："昨天这楼上的刘先生回来说到南京退出来的情形，真是让人心烦死了。我想今天出去逛游半天。请坐请坐，我有很好的咖啡，熬一壶请请你，好吗？"江洪在她的对面椅子上坐下，向她笑道："何必这样费事？我可以请嫂嫂去吃早点。"冰如还是捡起报来，两手捧了报看，随便地问道："请我去什么地方吃早点呢？另外没有约会吗？"江洪道："听便嫂嫂吩咐，什么地方都可以。我……我没有约会。"冰如继续看着报，又问道："王玉没有约江先生去捧场吗？"江洪笑道："昨天晚上已经看过了。今天还演的昨天那一本戏，看第二次就没趣味。"冰如脸上，现出了一点得意的颜色，将头点了两点道："江先生这话，倒是忠实的报告。"说着，放下了报，正了身子坐着。正好王妈也就送上茶来。她见江洪把皮大衣放在椅搭上，露出了一身紫呢西服，便笑道："江先生不怕冷，穿这样薄。"江洪道："我穿得薄吗？你看你们太太穿得更薄呢。"王妈将茶杯放在他面前,又对他系着的花绸领带望了一眼,微微一笑。江洪问道:“你笑些什么?”王妈道:“我们和江先生也很熟了,江先生一定不嫌我说话直。我觉得自从你认识王小姐后,格外漂亮起来了。”江洪笑道:“我们当军人的,没有长衣。不穿军衣出来,就是穿西装,这有什么稀奇呢?”王妈自未便多言,笑着走了。冰如笑道:“连王妈都有这样的感觉了,可见江先生有些猛烈进行。我倒是愿站在朋友的立场上向江先生进两句忠告。”说到这里,把脸色就正了。江洪道:“嫂嫂只管说,我是很乐于接受的。”冰如将手撑了头,沉思了一下,因道:“你不是要请我吃早点吗? 回头再说吧。”江洪虽未曾预备陪她去玩,可是话已说到这里,就未便改口,因道:“我也听到嫂嫂的感触很深,当然陪嫂嫂出去走走。其实我们这场抗战,是预备了长时间打下去的。也许还有十年八年的战争,目前的一点折磨,实在不必介意。现在前方邮电阻隔,志坚兄暂没有信回来,却也是常情中应有的事。”冰如叹了一口气,又笑道:“江先生,承你的好意,每次都拿这些话来安慰我,我不是个笨人,不会不了解,但是心里的烦闷,是不容易消除。为了这个,所以我自已麻醉自已胡逛。你能陪我消磨半日就很好。不然我一个人是要出去的。”江洪连说:“好,我陪嫂嫂去。”冰如忽然扑哧一笑,似乎是很得意似的。江洪道:“要吃早点,我们就走,去晚了,没有座位了。”冰如笑着进房去加上了一件皮大衣,两手抄住衣领,然后走出来,向江洪点点头道:“走哇。”江洪觉得冰如今天的态度,有些欠着庄重,可是已经答应了同她走,自不能推辞。

上街找了一家大的广东馆子进去。在三层楼上角落里,正好腾出火车间一副座位。那里半掩着厚呢帐帏,座厢里亮着电灯,照着座厢里黄黄的,冰如对于这个环境,很是满意,立刻就坐进去了。这里是热气管燃烧得很暖和的,二人都把皮大衣脱了。江洪在冰如对面坐下,当茶房送着茶壶点心碟子过来的时候,他忽然挺了胸脯,赞叹了一声道:“中国伟大。”冰如笑道:“你不愧是个军人,处处表现着你爱国。"江洪将筷子指着点心碟子道:"你看,这些享受,我们还是照平常一样地享受着。长江下游,炮火连天,快有半年了,可是我们在上游的人,还照常地吃喝快乐,这不能不说我们地大物博,有以致此。第一次欧洲大战……"冰如却提起了小茶壶,向他面前杯子里斟了茶下去,拦着道:"江先生,我们不谈战事好不好?"江洪笑道:"哦!是是,嫂嫂感触很多,不谈战事就是。"冰如向他笑了一笑,竖起筷子来,慢慢地吃着点心,江洪因彼此对面静坐着,感到无聊,便只好找了话说,因笑道:"吃过点心以后,我们到哪里去消磨几个钟头呢?"冰如听到,觉得说话的机会来了,便道:"要合江先生的胃口,最好是去看王玉演戏。"江洪笑了一笑,端起茶杯来喝了。冰如正色道:"江先生我倒有两句话要劝劝你。像王玉这种人,根本是一个向堕落路上走的女子,你要找对象哪里就找不到这样一个女子?"江洪没说什么,提壶斟了一杯茶喝着。冰如道:"真的,我并非说闲话。王玉这个人,我有彻底的认识,她以前和包先生在一起的时候,包先生对她是百依百顺。你看,她现在和人家离了婚,还要说人家不对。她说军人不好,为什么还要嫁军人呢?"江洪笑道:"嫂嫂说得过分了,何至于就说到嫁娶的上面去?我是觉得艺术家很有趣,交一个有趣的朋友罢了。"冰如把嘴一撇,道:"艺术家?不要说得让艺术家听到了。她才演了几个月的老戏,就变成艺术家了?自然,你也到需要找对象的时候了。依着我,你求求我,我和你做个媒,找个才貌均佳的女人和你配对,你看好不好?"江洪微笑道:"好!可是才貌均佳的女人,怕我配不上吧?"冰如夹着碟子里的点心,放到门牙中间,慢慢地咬着,转着眼珠,脸上略有点微笑,似乎在想着什么心事。江洪笑道:"嫂嫂似乎有一段批评的话,暂时不肯说出来。"冰如点点头道:"最好你是疏远了王玉,我才好和你找对象。自然,你会这样想,牺牲了现成的,倒去追求那不可捉摸的。可是我能和你保障你绝不会落空。再说,凭你这样一个英俊军人,难道找王玉这样一个女人,还有什么问题吗?”江洪道:“嫂嫂反复地说着,教我真不能再说什么。”冰如道:“我倒想起了一件事。”她突然把声调提高了一点,望了江洪的脸。江洪也就很注意地向下听去。冰如道:“在九江的时候,王玉拿了一点金器,在我这里押了一点款子去,这你是知道的。她昨天说,她交钱给你代她取回去,她是不是敲你的竹杠?”江洪笑了一笑。冰如将三个指头拍了桌沿道:“如何如何?我就知道她追求江先生,是另有作用的。这种女人,你以为有一点信义吗?”江洪道:“她没有代赎金器这个要求。就是有这个要求,我也会对嫂嫂说明。”冰如微微地把脸色红了,因道:“你不必理她,这件事我直接和她办理。”江洪口里虽说不出什么来,心里可就想着,我和王玉交朋友,与她什么相干。可是心里这样想着,口里又不能反驳她一个字。因为今日冰如除了那身艳装之外,也不知道身上洒了什么化妆品,那香气袭到鼻子里来,令人昏昏欲醉,自己也就说不出个所以然来。这一软化,就无法拿出自己的主张来了。

吃过点心之后,陪了冰如去看早场电影。看过电影之后,又是吃午饭,午饭之后,再看话剧。直到吃过晚饭,冰如又亲自送着他到过江的轮船码头上去。约定了星期三下午六点钟,在家里等着他吃晚饭。在星期三以前,江洪说了不过江了,这样,她是相当满意。到了那日下午,冰如依然是一番艳装。可是在下午五点多钟,却是最不愿意的王玉来了。冰如正在屉桌面前,对了镜子扑粉,便笑着相迎道:“哪一阵风,把你这忙人吹来了?”王玉道:“还不是有点小事。来得很巧,看你这样子,大概又要出门去吧?”冰如道:“虽然要出门,但是你远道来了,我一定也要在家里陪着你。”王玉未曾坐下,就在衣袋里掏出三十元钞票,放在桌上,笑道:“在九江蒙代垫的款子,现在奉还了,恕我没有增加利钱。”冰如笑道:“王小姐,你这是挖苦我了。在九江押戒指的时候,我本来觉得太计较了。可是你非如此不可,我有什么法子呢?”说着,打开箱子来,取出两枚戒指交还给她。她笑道:“孙太太,你对于我,有一点不大坦然吧?”她说这话,坐在沙发上,架起一只腿来微微地摇撼着身子。冰如道:“这话怎么说?”王玉微笑着,点了两点头道:“我晓得,为了江洪。”冰如把脸急得通红,瞪了眼望着她道:“这是什么话?为他我对你不能坦然?”王玉依然嘻嘻笑道:“你别性急,我很坦然地告诉你。我爱江洪,你也爱江洪。江洪爱我不爱我,这是另一个问题。可是我很客观地判断,他决不会爱你,那原因很简单,因为你的丈夫是他的好友。告诉你,我们天天见面,彼此行动,我大半是知道的。”冰如忍住一气,等她把话说下去。直等她说完之后,喝了一声道:“你疯了!”王玉笑道:“我们两个人里面,总有一个疯了!”她说这句话时,偏头向外一伸笑道:“好了,说曹操曹操就到了。”江洪随了她这话,站在门外走廊中间,倒有些愕然。再一看到冰如坐在屋正中靠方桌一把椅子上,脸色气得发紫,两眼发直。而王玉呢,却是很调皮的样子,架了腿坐在沙发上。不用说,是她来到此地挑衅来了。这只有暂装着马虎,向王玉点个头道:“王小姐也来了。”冰如道:“她教训我来了。”王玉却站了起来,因笑道:“没有的话,我怎敢教训孙太太呢?密斯脱江,我们自九江认识以来,彼此友谊不错。我回了汉口,我们的友谊也加深。社交公开的今天,这太无须隐瞒了。不过孙太太对于我们友谊加深一层,不大愿意。老实说,我是深深引为遗憾的。孙太太为什么这样呢?那正是和我一样,共同把你当了一个追求的目的。”江洪见她这样在当面直喊出来,也就把脸色变了。两手紧紧插在大衣袋里,不能有一点动作,面上的红晕,直红到耳朵后面去。冰如将桌子一拍道:“你这个女人太泼辣了。你这些无耻的话,怎么可以到我私人住室里来说?这是我的家,我有权处置,你给我滚出去!”王玉冷笑道:“你凶什么?我们往后看。”说着,转身向门外走,因道,“这一着算我失败,不宜在你家里争吵,回头见。”说着，仰着颈脖子走了。

江洪心里虽不免偏爱着王玉，可是她吵到人家家里来，这是显然过分了，她虽一怒而去，却也不愿来送她。冰如先是鼓了腮帮子坐着，等王玉走远了，她忽然哇的一声哭了出来，两手臂环搁在桌沿上，枕了自己的头，哭得肩膀一耸一落，十分伤心。江洪站在一边看着，很久很久，没有了主意，只是呆看。倒是王妈进房来，拧着手巾，倒着茶，站在桌子边，再三地相劝。约十五分钟，等着冰如收了眼泪了，这才向她道：“嫂嫂你不用生气，她一个演戏的人，浪漫成性，她的话也没有生气的价值。”冰如道：“你看，这未免欺人太过分了。她竟是跑到我家里来骂我。你若是同情我的话，你就和她断绝往来，固然我不能干涉你交朋友。可是你和她交朋友，我就受到影响。”江洪听到她这话，实在不成理由。可是在她心里十分委屈的时候，不敢违拗，只好答应了。王妈在一边道：“为了这种人生气，那才不值得呢。太太不是说同江先生出去吃馆子吗？现在可以去了。要不然，那就太晚了。”江洪也点了头道：“是的是的。我请嫂嫂吃晚饭去，我来道歉吧。”王妈听说，知道冰如要重新洗脸化妆，便下楼去提热水。冰如便向江洪道：“你实说，对于她的话，作何感想？要不然，我也不烦你常来安慰我了，晚饭你也不必请我吃。”江洪倒想不着她有这一问，回道：“当然她太无理由。”冰如将头摇了两摇道：“不是那样说，我要问的，是王玉所指的事实，究竟真假？”江洪对于这话，却不好回答，望了她沉吟着。她却把眼睛斜瞟了他，微微一笑。江洪道：“王玉对于我为人，还没有充分的认识，她的话是过火的。”冰如倒不像他那样含糊，因道：“那么，你以为我和你的友谊，倒不如王玉和你的友谊了？”江洪道：“那怎样能比？”冰如道：“你不要把志坚的关系拉扯在内，什么嫂嫂不嫂嫂的？就是我们认识了许久，不也可以发生一点友谊吗？你把这点友谊来说，在我和王玉之间，你觉得哪一方面的交情深些？”江洪因她逼问得很厉害,没法子躲闪,因道:“自然是我们的交情深些。”这句话的肯定语气,冰如对之倒没有什么了不得,唯有“我们”两个字,听了却十分满意,便点着头笑道:“有这句话已足,虽然我受了王玉那贱东西的气,我也不计较了。今天晚上吃饭,我请你。”这时王妈已泡了热水来,冰如自到洗澡间去洗脸化妆。江洪道:“有洗澡间,却没有热水。”冰如在里面屋子里道:“管子里的热水,每天只有晚上九点钟以后两小时,哪天你可以到我这里来洗澡。”江洪并未答言,王妈在一边看到,觉得女主人的表示,是处处有些过分的了。

## 第十回　明月清风江干话良夜　残香剩粉纸上布情丝

身在局中的人，虽然所做的事，极端失却常态，可是他自己往往是没有什么感觉的。在王妈都看着冰如有些过分的这天，冰如在外面却厮混得很晚回来。或者她也是有意与王玉斗这口气，在这日游玩完毕的时候，便定好下一次的约会，仿佛是让江洪没有陪伴王玉的机会。恰好又是到了除夕年底了，江洪怕冰如孤身作客，在外度岁，心里难过，来探望的次数也比较勤些。这里面他却另含有一种意义，便是江洪在种种方面得的消息，证明了孙志坚所属的那个部队，曾退到南京近郊作战，损失很大。军官方面所能突围的人，或已来后方，或尚在前线，但都有消息。只是孙志坚个人，却是石沉大海，一点声影没有。料着冰如的身份，已是一个未证实的未亡人。年轻轻的女人受到这种境遇，那是值得同情的，所以在一念生怜之间，也就不免多来探望冰如几次。

冰如在起初两个月里，对于志坚的消息，却也没有绝望。所有在前方的人，多半是一两个月和后方断绝邮电的，也不独志坚一人。可是到了三个月以后，汉口到上海的邮电由香港转了过去，已是畅通无阻。志坚的母亲寄居在上海，曾和冰如通过好几次信，总是说志坚的行踪，渺不可寻，安全是很可虑的。冰如也曾向其他的朋友探听消息，据说在南京失陷前一个星期，在常州遇到过志坚，据他说要先回南京补筑城防工事。料着南京失陷的时候，他是在南京的。冰如得了这比较确实的消息，再把南京失陷，死亡二十万人民的情形一对照，却没有法子能断定志坚能在这二十万人以外逃出了生命。因之越打听消息，越近于绝望。到了四个月的时候,她就索性不再打听消息,听其自然了。这时,江洪还是三两天来探望一次,虽然安慰冰如的话,已经早说尽了,可是已不再希望志坚生还,也就不必再去安慰。见面之后,除了说些闲话而外,便是去看看电影,吃吃小馆子。

冰如虽无法禁止江洪继续和王玉交朋友,可是她深加考虑之后,倒不是无法对付。到了志坚消息渺然的第五个月里,她已换上了春装,除了要求江洪同出去游玩,更修饰得浓艳而外,却没有另用其他的手腕。在暗中调查江洪的行动,却是和王玉来往得少了,而冰如有几次在街上碰到她,已有另一个西装男子陪了她一路走,似乎她也不是那样猛烈地追求江洪。有两个星期六的下午,冰如都遇到王玉向一家法国西餐馆子里去。而这个西餐馆子的楼上,有十来间屋子,却改成了旅馆。冰如忽然灵机一动,在第三个星期六下午,老早地就约了江洪去吃西餐。这餐馆并不怎样大,推开街门进来,是卖糖果饼干的铺面,通过了那纵横放着的几个玻璃柜架后,便是客厅,很宽敞的地方,列了有一二十副座位,而在这两侧的地方,有几架四折屏风,拦隔了一个小局部,冰如挑选了楼梯对面一架屏风里坐下。江洪自然不知道她含有什么用意,坐下之后,昂头四周张望了一下,笑问道:“这个地方的西餐,是特别好吗? 好像是外国人小本经营的铺子,你怎么会访着的呢?”冰如笑道:“我也是听到人说,这里的菜,有真正的外国风味,究竟对与不对,也不晓得。不过这楼上是旅馆我是知道的。”说到这里,把声音低了一低,微笑道,“房东太太说,她有一个女朋友,常到这楼上来做那不法的事情,房东太太已和她绝交了。”江洪道:“既然如此,这里的西餐,恐怕也未必做得好吃,因为这铺子是另有作用的。”冰如道:“楼上是楼上,楼下是楼下,那我们何必把它混为一谈?”说到这里,茶房已是走过来照应座位。冰如的目的,根本不在吃,随便拿了菜牌子看了一看,并未更换什么菜,倒是向茶房道:“慢一点送来也不妨,只是要做好一点。”江洪自然是不明里面原因,总以为冰如是到这里来尝异味的。及至茶房送上菜来的时候,却也不见得有什么好处。正自奇怪着,外面糖果柜上,有一阵高跟鞋响。虽然地板上是铺有地毯的,可是那轰隆隆的小声音,依然可以引起人的注意。随了响着的所在看去,正是王玉和一个穿西装的男人,手挽手地走了进来,王玉在座位的右侧,顺了地板上面的地毯子,径直地就向楼上走去。江洪所坐的这个地方,屏风是斜掩着的,径直上楼去的人,眼光老远地射在楼门口,就不曾理会到餐厅上来。江洪虽是瞪了眼向她看着,然而她还是笑嘻嘻地向前走,快到楼口的时候,她扶着那男子的手臂,还连连地跳了两跳。江洪等她走着不见了,偏过头来看冰如时,见她用刀又切着碟子里的牛排微微地发笑,便点点头道:“你带我到这里来的意思,我明白了。”冰如笑道:“你明白就好,我也无须再说什么了。”两人吃过了四道菜一道点心又慢慢地喝着咖啡,在这里消磨时间就可以了。然而王玉上楼去以后,却始终不见到她下来。冰如笑道:“你就不必再注意到她的行动了,反正她上去了,一刻儿是不能下来的。我看你久坐在这里,也气闷得很,不如离开这里吧。今天晚上已经有月亮,我们到江边上去散步好吗?”江洪猛然站了起来,却又坐下。冰如道:“你为什么不走?”江洪道:“等她下来,我们俏皮她两句,不好吗?”冰如嘴一撇道:“你还打算俏皮她两句吗? 不到明天早上,她也不会下楼。你能在这里等到明天早上吗? 眼不见为净。我们到江边上去看看月色吧。”说着,就伸手去扯江洪的袖子。江洪不愿在这里和她拉拉扯扯,便会了东,和她一路走了出来。

这是三四月之交,已到了春深的时候,江边的柳树,拖了金黄的长条,在月光下,堆着一重重的清淡影子。那月亮是圆了大半,正悬在天心,照见长江一水茫茫。隔着武昌,东望水天相接。江上浮起似云非云似雾非雾的烟遮在江天尽头，东南风不甚大，逆着江流吹上来，人站在江边马路上，衣襟飘动，却有些凉飕飕的。江洪抬头看了看天空，见着月轮以外，天空干净得像一张蓝纸，因道："天气很好，今天恐怕有飞机夜袭。"冰如道："你还怕空袭吗？"江洪道："我一个军人，在飞机大炮下讨生活的，我怕什么？不过你的身体不好，在江风下吹着，似乎不大合宜。"冰如道："不要紧，我们顺着马路走走。人在运动着，就不怕江风吹了。"说着，她在前走。在沿路的江边树荫下，闪藏着人影。那柳条被风推动着，固然是整株树舞弄着姿态。便是槐树、榆树等等，也都发出稀薄嫩绿的芽叶，在马路上摇撼了一片朦胧的影子。路边的草地上春草已铺成了绿毡子，草中间的水泥路面，让月亮照着，越是浓淡分明，走在这光滑的路上，颇感兴趣。所走的这一段路，在法租界外缘，没有其他码头那样忙碌。在这沉静的地域里走着，不会有什么人来碰撞，颇觉得舒适。冰如慢慢地走着，倒是忘了路之远近。走到将近热闹的路口，却又慢慢转了回来。走到临近一家花园楼房的时候，那短墙上涌出来一丛花木，月亮下面颇有些清芬之气向鼻子里送了来。这里马路边上，正有两棵高大的柳树，在月光中摇荡了一片轻荫。走到这里她站住了脚，手扯了垂到头上来的一枝柳条，半提了一只脚，将鞋尖点着地面，做出沉吟的样子来。江洪看到这样子，自然也就站在树荫下了。他因冰如只管沉吟着，不知道她有什么话要说，未便冒昧着先开口去问，也就两手反背在身后，昂了头看天上的月亮。冰如也随着抬头望了月亮，轻轻地唱道："月儿弯弯照九州，几家欢乐几家愁，几家同庆团圆夜，几个飘零在外头。"江洪笑道："歌本是好歌，在嫂嫂嘴里唱出来就格外地有意思。"冰如将头连摇了两下，哼道："你这样称呼不好，谁见叔嫂两人这样交情深密的？其实，我们又何尝是什么叔嫂呢？现在男女社交公开的日子，本来不必介意。可是你左一句嫂嫂，右一句嫂嫂，叫得我倒不好意思同你一路走了。"江洪嘻嘻笑了一声道："这话太奇怪了。我和志坚是极好的朋友,他的年纪比我大,我把他当兄长看待。他的夫人,我称呼为嫂嫂,有什么使不得呢?”冰如将头一偏道:“你这话我不爱听,难道没有孙志坚的关系,我们就成为陌路之人了吗?这样说,现在志坚的命运,还在未定之天,所以我们还有这点关系。设若志坚有个不幸的消息,你之所谓嫂嫂,已不存在,哪里还认得我呢?”江洪啊哟一声道:“这是什么话?无论志坚命运如何,我对于嫂嫂,决计保护到底。”冰如道:“别的话不用说,我最后问你一句话,仅仅我们两个人而论,我们有没有友谊存在?”江洪道:“你这话总问过我一百次了。而我也答复过一百次,我们是有友谊的。为什么还要问呢?”冰如道:“有你这一句话,那就好极了。我们既是友谊存在的,你……”说到这里,她沉吟起来,把一个字拖得很长,最后她就道,“你应当明白我的意思。”江洪听着她说出这句话来,倒不由得心房连跳了两跳,低了头不敢作声。冰如道:“我不知道你的意思怎么样,但我觉得我的真心,是把你当了一个最知己的朋友。其实,你却对我最不知道。我不要成了错认朋友的尤三姐吧?”江洪啊哟了一声道:“那怎么能相比?”说着两手插在裤袋里,在路上来回地走了七八个转转。冰如道:“为什么不能比?我觉得我为人率直、热烈,一切不下于尤三姐。”江洪道:“你把一个大前提就弄错了。人家是一位小姐,名花无主,她可以把任何人做对象。你是一位有主的人呀。”冰如淡笑道:“你还说你是一位有新思想的军人,可是由你这说话看起来,你的思想就很陈腐,你依然认为寡妇是不能嫁人的,而寡妇也不该有个对象的。”江洪道:“你不要过于绝望,自己把自己拟在一个最不幸的境遇里,也许志坚可以回来的。”冰如道:“你这就不是以诚实来待我了。一个当军官的人,半年多没有消息了,你处处说他能够回来。我实对你说,我这一个多月好几次都想自杀,终于想到还有你这样一个人在宇宙里,我是等着你能给予我一条光明的大道。在今天这清风明月之下,我望你给我一个答复,不要再装马虎。假如你讨厌我是一个妇人,不是一位小姐,你也明说。可是你所追求的王玉,她不是一个离婚的妇人吗?”江洪见她越是把话说明了,便站住了脚,从容地答道:“我可以答复的。实在的,我觉得志坚回来的希望,也并没有断绝。你又何妨再忍两个月,再等一等他的消息呢?”冰如道:“你那意思,假如志坚不回来了,我们的关系是在朋友上面可以再进一步吗?”江洪还是插了两只手在裤袋里来回地走着。冰如道:“你怎么不答复我的话?难道你这几个月来所对付我的态度,完全是虚情假意吗?”说着,用力将手牵着柳条一扯,扭转身就走了。江洪站在路头上,倒是呆了一呆。然而她走得很快,转个弯就向街里面走去了。假使要跟着追了去必定追到她家。在这夜晚,追到她家里去,特显着自己恋恋不舍了,因之缓缓地在江边上放着步子,细想了一番,最后也还是回寓安歇。

由汉口渡江到武昌,再经过几截街道的奔波,人也相当疲倦了。到寓之后,和衣就倒在床上,他心里也就想着,薛冰如之为人,却是有点奇怪,她对于丈夫原来是很好的,只几个月工夫的别离,何以就变了态度了?仰睡在床上,睁了两眼望着那粉墙,就看到自己一张一尺二寸的半身相片,悬挂在墙上。二十八岁的人穿了笔挺的西服,面貌丰润,很英俊清秀向下俯视着。自己便转了一个念头道:是啊!她是一个青春少妇,遇到我这一个少年,不断地在她面前周旋,看到汉口花花世界有什么不动心?而况志坚之阵亡,是百分之九十九的事情,她要找个继任的丈夫,是没有比我再合适的了。几个月来,她只管浓妆艳抹,与王玉斗争,无非是为了我。我应该用好话安慰她,多少补偿她这一点苦心。今晚这种态度,漫说是一个男子对付女子,就是一个女子对付男子,男子也有所不堪,那是很难怪她一怒而去的了。明天下午决计过江去一趟,向她表示一番好意,一个有家仇国难的女子,又何必让她过于难堪?他这样想了,就也蒙眬睡去,晚上倒做了几次梦。下午由办公室回到寓所的时候,身上照例是穿一身军服,腰间挂了佩剑。纵然是工作了一日,精神还是很好的,踏着夹了马刺的皮鞋,走着地板,啪嗒啪嗒地响。他想着,去看女人,那是软性生活。干软性生活,而穿着这笔挺的军服,那是用不着的,于是站到卧室墙前一面大镜子下去松解皮带。偶然抬头,看到镜子里面自己的影子,却是一位少年英勇的军官。自己忽然叫起来道:我是中华民国一个好男儿。现在是什么时候?我是什么人?我能脱了这身军服去看朋友之妻吗?笑话,我不去了。他口里说这话时,脸上自然显露着十分坚强的颜色,同时,也就看到镜子里的影子,十分兴奋,便向镜子里点点头道:“对的!对的!”连说两声对的,他也就再不松皮带,依然穿了军服,走到寓所外的空地上散步了很久。经过了这一番严肃的散步,把冰如给予自己的那些影响,也就忘记了。王玉那条路,自己是坚决地抛弃了,甚至提到这个名字,自己也就有些烦厌。冰如这条路,自己现又不愿去。那么,除了自己故意到汉口去消磨几个钟点,就不必离开武昌了。因此,约有三日的工夫,并未过江。

这个时候的长江战争,胶着在下游芜湖一带,武汉的人心,大为镇定,而前方同后方的邮电交通,也随了这个关系,比以前便利得多。可是孙志坚的消息,依然石沉大海。这就是江洪自己想着,要说他还在人间,透着不近情理。那么,孤身在汉口的薛冰如,那是格外可怜了。在他这样一念生怜、意志转变的时候,冰如却寄来一封挂号信。她破了例,不是女人所用的那种玫瑰色洋信封,却是一只很长很大的中式信封,厚厚的,里面盛着许多东西。江洪当接到这封信的时候,看到信封下署着姓名,就不愿接受,想一下丢到字纸篓里去,但是捏着那信封厚厚的,里面软绵绵的,不光像是信笺。且拆开来,看她在里面放下些什么。于是慢慢地将信封口拆开,向里张望,竟是塞得满满的,把信瓤子向外抽着，首先有一阵香气袭进鼻孔。透开来看，是一方花绸手绢、一张四寸半身相片，另外还有一张信笺。心里暗想，她真会玩手段，看她信上说什么。自己又向门外张望了一下，然后将背朝外脸朝里，手托了信笺看，上写着：

洪，你接到了这封信，一定很是讶然，以为为什么还要写信来呢。我也本不想再写信给你。可是我想到我们共过一场患难，纵然那晚江边你让我太失望，我为了感谢你患难之中，对我种种恩惠，我依然认你是个好友。我相信，你大概不愿再见我了，我也无法要求你再来见我，寄来最近所摄相片一张，算代我亲身前来道歉，请恕我那晚上不告而别。另手绢一方，是我亲用的东西，上面虽不觉为残香剩粉弄脏了，但也有我不少的泪痕，留在你处，权当纪念吧。自那晚回来之后，我就病倒了，至今不能起床，也没有吃什么东西，客地孤身，真是十分凄惨。我不敢望你来探望我。如果过江有便，请代买一点酱菜来。明天是星期六，这信上午可到，下午你必定渡江的，我当在枕上等候听那上楼梯的皮鞋声了。

冰如伏枕上

江洪拿了这封信在椅子上，先是呆了一呆，在出神的时候，那脂粉香味，不住地向鼻子里送来，让人感觉着这不是在军人寄寓的卧室里，睁眼看时，左手拿了冰如的那封信，右手就拿着她的手绢和相片，放下信，两手把手绢展开来看看，虽是她说这上面有眼泪，却丝毫找不出泪痕，倒是她说的残香剩粉，那是事实。除了香是很容易证明它存在，而这剩粉一物在将手帕抖上了两下之后，也就可以看出来。江洪把手绢随塞在衣袋里，将放在茶几上的相片，举着与自己的脸相齐，注意看了一看，见她那影子略偏，双眸微斜，嘴角上翅，露了半排牙齿,那要笑不笑的样子,实在风韵艳丽。江洪将相片看了一阵,也放到衣袋里,然后将冰如的信两手捧着,读了第二遍。最后江洪想到她希望发信的次日下午等我。这是昨晚上写的信,还正是写信的次日下午了,应当怎么样应付她这个要求呢?

## 第十一回　轻别踟蹰女佣笑索影　重逢冷落老母泪沾襟

江洪的心事,薛冰如猜得并不会错误,若是没有什么效验,她也就不必写这封信了。在她信中所指的下午,她和衣睡了一场午觉。醒来之后,已是三点钟,她将枕头叠得高高的,拿了一本小说,躺在床上看,将一床毯子,盖了下半截身体。王妈看到她这样子,便留了一盆热水,送到后面洗澡间里去,因道:"太太可以起来洗洗脸了,等一会子,江先生会来。"冰如放了书,掉转头来问道:"你怎么知道他会来?"王妈道:"昨天太太不是教我寄了一封快信吗?"冰如道:"我并没有教他来。他来,我也犯不上洗脸,我生病的样子,还不能见人吗?"说毕,她自继续地看书。不到二十分钟,楼廊上有了皮鞋声,冰如头也不抬,依然看书。却听到江洪在门外问道:"王妈,你太太病好了吗?"王妈道:"睡在床上呢。"这房门是半掩的,冰如听到房门有人敲了几下,问道:"谁? 请进来。"江洪穿了哔叽西服,手上提了一串纸包,走进房来。见冰如脸黄黄的,未抹脂粉,蓬了头发斜睡在床上,便放下东西在茶几上,近前一步问道:"嫂嫂病好了?"冰如慢慢地坐起来,手理着鬓发,向他看了一眼,没有作声。江洪道:"是感冒了?"冰如淡淡一笑道:"很不要紧的病。我很后悔,不该写信通知你。"他将茶几上的纸包提着举了一举,因道:"嫂嫂要的东西,给买来了。"冰如道:"谢谢,其实我已两天没吃饭,什么也吃不下去。"江洪道:"这样吧,我陪你出去吃点东西。"冰如将扔在枕头边的书本,拿起来看了两行,见他还站在屋子中间,又扔下书向他笑道:"你和王玉没有约会?"江洪摇摇头道:"何必再提她?"王妈在屋外楼廊上插嘴道："对了，江先生陪我们太太出去消遣消遣吧，这两天她闷得了不得。"说着，她提了一壶热水进来，到洗澡间里去，一面道，"太太，你同江先生出去走走吧，不要真闷出病来。"冰如一掉脸道："怪话，难道我这是假病吗？"王妈已在里面屋子里，她笑道："不是那话，你现在是小病，再一气闷，就要生大病了。"江洪见冰如伸脚下床趿鞋，便退到楼廊上去坐着，隔了屋子玻璃窗道："是的，小病会闷出大病，还是出去走走吧，我在这里等着。"说着，他听到一阵拖鞋响，冰如走到洗澡间去了。

约莫有半小时，她浓抹着脂粉，换了一件绿绸衣衫，扣了纽扣向外走，笑道："我这人最要强不过，我偏不弄成一个病妇样子。"江洪将挂在衣钩上的帽子，取在手上，站了向她笑道："陪你向广东馆子里去吃碗粥，然后一路去看电影。"冰如摇摇头道："我懒得走动。"江洪将两只手盘弄了帽子，踌躇了没说什么。冰如突然兴奋起来道："好！我陪你出去走一趟。东西我不想吃，我有话要和你谈谈。王妈，把我的绒绳短大衣拿来。"王妈在屋子里将一件宝蓝色绒绳镂花小罩衣交给了她，将手提包也交给了她。她向江洪笑道："这可是你提议的，看你能陪我多少时。"江洪笑了一笑，随着她一路走出来。出门之后，她已经没有了一点病意，先吃馆子，后看电影。散场之后，她揪住了江洪的衣袖道："你再陪我到江边去走走，行不行？"江洪道："当得奉陪。"冰如在电灯光下，挽住江洪一只衣袖，顺了大街的行人路，走向江岸路上来。这下弦的月亮，刚刚是挂在大江的下游，漂浮了一把银梳，荡漾在白云上层，照着春江的水浪，摇撼了蠢蠢欲动的月影。望对岸武昌的屋影，在朦胧月光下，散布了千百点灯光，江里的船灯也零落着，像许多星点。江洪说句夜景很好，摆脱了她的手，走快两步，奔向江岸的铁链栏杆边。冰如叫道："不要站在那里，你陪我在这路上走走。"她这样说了，只好回头走过来，且将两手插在裤袋里，相隔了她一二尺路，并排走着。

江岸上的树,绿叶油油地相连接,犹如一条绿色走廊。电灯藏在树群里,光也带了绿色。这里很少有行人,江风轻轻地吹来,显着这里很是幽静。四只皮鞋,踏了水泥路面,咯咯有声。这样走了一截路,冰如突然问道:“你收到我那封信,有什么感想?”江洪道:“我对你表示很同情。”冰如笑道:“表示同情? 那不够! 你要知道,一个年轻女人,送男子一张相片,那不是偶然的。”江洪没有作声,继续地走着。冰如道:“洪,我不能忍耐了,我有话要明白对你说出来。”江洪听着,心房连连地跳跃了几下。因为夜已深了,江面上已很少轮船来往,一切声音,也都沉寂下去,倒是风吹到这头上的树枝上,将那柳叶柳枝拂刷得嘶嘶作响。随了这声音,江洪不免抬起头来望着,因道:“记得我们上次在这里说话的时候,柳树还是刚发了嫩绿的芽子,光阴好快,已是绿叶成荫了。”他把语锋突然转移了,以为冰如那种咄咄见逼的话,倒可以躲闪一下。谁知冰如迎了这话,却嘻嘻一笑。她道:“呵! 你也知道光阴容易逝,说话就绿叶成荫了。那么,应当趁着青春还没有消逝,完了我们一桩心事。”江洪道:“我要说出心里的话来,你又要见怪了。我们的友谊,虽然很好,但我除了在友谊上更加浓厚而外,其实并没有任何心事。”冰如突然伸出手来,将他的衣襟一扯,笑道:“哟! 坐下来说,你身上有什么奇香,怕让我沾染去了。”江洪只好在露椅上和她并排坐下,见了一双影子,斜在月亮下草地上,便又略略将身子向外移一点。冰如道:“真的,没有任何心事?”说着,又嘻嘻一笑,伸了一个懒腰。她两手举着,伸过了头顶,放下来的时候,那只手便搭在江洪的肩上,手指摸了他的衣领道:“无论如何,你今天要向我有个切实的表示。我们怎么不能在友谊上更进一步?”江洪沉吟了一会子道:“我也并非柳下惠,所以如此,我完全是用理智克服情感,同时也是情感克服情感。这话怎么说? 在身份上说,你现在还是一位太太。我是一个少年军人,似乎不应该在国难当头的时候谈恋爱,更不应当和一个好友的太太谈恋爱。还有一层，我是一个独子，父母非常钟爱的，我的婚事，必定要经过正式的手续，先得家庭许可。至于就情感方面说，我和老孙的感情，那比亲手足还要好些，我一想到了他那番情谊，我就决不忍和你谈到爱情。而况他那个影子，却始终在我脑筋里的。"冰如很兴奋地突然站起来，因道："这样说，你始终是以志坚的消息未能证实，不肯想到其他方面去了？那也好，我亲自到上海去一趟，探听他的消息，同时也把我的身份肯定一下。我想假如无从得着志坚消息的时候，他的母亲、我的父母，总可以把我的身份证明了。"江洪道："他们能够得到志坚的消息吗？"冰如道："不过我的意思已经决定了，只有这个法子才可以把问题解决了。到了我这身子很自由，并无什么阻碍的话，你就没有什么话可说了吧？"她随着说话的兴奋姿势，站了起来，望着江洪，等他答话。江洪低头坐着，很久没有作声，随后仰了脸望着她道："你的父母在天津呢，难道你还……"冰如道："我当然可以去，由上海到天津费什么事？等到我得了双方父母之命的话，你没有什么可说的了吧？"江洪摇了摇头，又点点头微笑道："你真正兴奋得很。"冰如道："好了，多话不用说了。最后我叮嘱你一句话，王玉随着她的剧团，已经到桂林去了，我就怕她又要回到汉口来，假如她来了，你执着什么态度？"江洪道："这还用问吗？她的对象多了，也轮不着我的什么事，而况她的路线，是由桂林往香港，再上南洋，也绝不会回到汉口来的。"冰如站在他面前，向他呆望了，忽然哧的一声笑了，因道："为了给王玉一点颜色看，我还要继续进行，你在汉口等着我，是没有什么问题了。"江洪也只答应一笑，没有再说什么。冰如道："洪！你为人就是这个样子，肚子里有事，不说可以，也不说不可以，只是给人家一点暗示。管他呢，你就是给我一点暗示，我也满意。夜深了，我们分别了吧。"江洪站起来笑道："每次都是你嫌我走得太快，只有今天是你向我告别。"冰如笑道："出乎意料的事，我想你还不会想到呢，我们握握手再分别吧。”说着便伸出手来。一个女人伸手给人家,那在男子是绝对不能拒绝的,江洪只好伸出手来与她握着。冰如等江洪的手伸出来,却是紧紧地捏住,摇撼了几下,笑道:“洪! 再会吧!”江洪觉得她的态度,往往是不能自持,虽说着这样告别的话,却也不怎样加以理会。握手过了,江洪说句:“我过江了。”自向轮渡码头去。

冰如站着瞭望了一会,一直等到江洪的形影都没有了,她才缓缓地走回家去。王妈在沙发椅子上躺着,听到脚步响,蒙胧着睡眼,突然地站起来,问道:“谁开的门? 我没有听到敲门响呢。”冰如道:“还早得很呢,楼下的大门是半掩着的。”王妈道:“江先生这时才过江去,不太晚吗?”她道:“你这话却问得奇怪,好像我出门去,总是和江先生在一处,江先生回去了,那么,我也就不再在外面玩,不许我和别人或自己一个人在外面走走吗?”王妈被她这几句反驳了,倒无话可说,低了头,提着热水瓶向茶壶里掺水。

冰如在沙发上脱高跟皮鞋,在椅子下找出拖鞋来踏着,笑道:“我和你闹着玩的,你猜对了。我的事情瞒不过你,也用不着瞒你。你想,有半年多了,孙先生一点消息没有。除了我托着他亲戚朋友而外,我还在上海、汉口、香港三处登报找他。他果然还在人间,纵然他不愿给我一点消息,难道他的朋友看到这广告也不能回我一个信吗? 我是这样年轻,又没有一男半女,我不再谋一步退路,那怎样办? 论江先生为人,少年老成,待我又很好,我想拿他作对象是对的。”王妈站在一边,怔怔地听下去,这就插着嘴道:“人也长得很漂亮。”冰如笑道:“漂亮不漂亮,那倒不成问题。我还没有说完呢。我想着,这事总要找个根本解决。我决定明日坐飞机到香港去,然后到上海、天津两个地方,找着两方面的老人家谈谈这个问题。大概有一个半月,我可以回到汉口来。”王妈突然听了这个消息,倒有些愕然,望了她道:“什么? 太太明天就要走? 飞机票买好了吗?”冰如笑道:“我做事向来不事先叫喊,票子到了手,我才决定走不走呢!”王妈道:“那我怎么办呢?”冰如道:“若不是坐飞机,我就带了你走了。你就在汉口等着我,我回来了一定还用你的。就是江先生为人脾气很好,你也很愿意在他家里做事的吧?”王妈道:“不,太太!”她说这话时,颈脖子有些仰起来,脸色也红了。冰如道:“为什么?你和江先生不也很说得来?”王妈站着凝了一凝神,脸色和平过来,微笑道:“太太,我有我的说法。我伺候孙先生和太太多年,两位主人待我都好。太太疏散到汉口来,太孤单了,我不能不陪了来。现在太太走了,虽然不久要回来,可是就不再孤独了,我走开也可以。我老板,听说已经由内地到了上海,我也想去找一找他。好在这里到广州的火车,现在买票也不难,我想我一个人绕弯子回到上海去,太太总可能帮助我一点川资吧?”冰如向她周身上下看了一遍,因道:“我不走,你也不要走。我要走呢,你也要走了。”王妈道:“不,我早就有这个意思了,不过还没有得着机会,现在太太另有打算,我不能不说了。”冰如道:“你既要走,我也不能留你,我送你两百块钱川资,够不够?”王妈道:“那太够了,多谢太太。不过我还有点要求。”冰如道:“还有什么呢?那我倒想不起来。”王妈道:“我跟随太太一场,这一回分手,什么时候再见得到,很难说,我要求太太,把孙先生和你合照的那张相片送给我,留作纪念。”冰如道:“你要这个有什么用?”王妈听到这一反问,她先不答复,却嘻嘻地笑了。冰如昂头想了一想,因把嘴向屉桌一努道:“相片都在那里,我走后,你随便拿就是。”王妈道:“这些相片,还是太太在下关上了船,又跑回南京去拿的呢。为了这个,没有赶上轮船,就在中华门外遇到轰炸,现在全不要了吗?”冰如红着脸,没有话说,却打开箱子来,取了一沓钞票,向桌子中间一丢,沉下脸道:“你拿去,多话不用说。”王妈鞠了一躬说着一声谢谢,自走了。

冰如本是一团高兴,被王妈这几句话说着,多少有点扫兴,点了一支纸烟,坐在沙发上慢慢地抽着，直把一支纸烟抽完了，突然跳了起来，自言自语道："管他呢！我干我的。"过了一会，王妈又进房来了，见她在捡箱子，便问道："太太明天什么时候走？这些东西，还是转存到别处呢，还是锁在房里？"冰如道："我已经和房东太太说过了，我要走了。我把房门锁起来就走。你要拿相片，趁着我在这里你先拿吧。厨房里东西我不锁，你可以随便使用。我大概明天九点钟以前就要动身，飞机在九点前后起飞。"王妈听了这话，便打开屉桌的抽屉，在一沓大小相片中间，拿了一张相片在手上，望着冰如，将手颠了两颠。冰如笑道："你还有什么话说？"王妈也笑了一笑，然后才低声道："譬方说，太太若在上海得着孙先生的消息，你还回到汉口来吗？"冰如却不答复这个问题，向她叹了一口气道："你这个人，怎么这样死心眼？到了现在，还找得到他吗？你不要发傻了。"说着，扑哧一声笑了。王妈倒摸不着她是什么情绪，虽然说到分别，自己有点恋恋不舍，可是在她这种高兴的情形下，倒显着自己有些多事了，站了一站，问道："明天早上，太太要吃了一些点心才走吧？"冰如道："那倒用不着，热水瓶里有开水，我吃几块饼干就够了。"王妈已是再无话说，又这样痴站了两三分钟，然后走开。冰如又点了一支烟卷在沙发上坐着出神。她原是不吸纸烟的人，为了近来善用心事，也就不断地用纸烟来刺激思想。

自这晚起，一听香烟，一盒火柴，始终放在左手边的茶几或桌靠上，当她手边的香烟听子，已经换到第五支了，她也是架了腿坐在沙发上，但这不是汉口自己家里，变成了上海一家旅馆里了。她原是穿了一件葡萄紫的纱衫，在她坐着吸完了一支烟之后，倒是打开箱子来，取了一件青色的印度绸衫穿着，原是赤着足，穿了一双花帮子高跟鞋，这时，将袜子套上，换了一双青缎子平底鞋，对了镜子照着，胭脂粉多半脱落，这便将粉扑子轻轻在脸腮上扑了几下算事。并不像往日出门，要费很多的时间来化妆，她在镜子里端详得好了，然后手拿了皮包走出旅馆来。

不远便是上海最繁华的南京路，所看到的，汽车是那样奔驰，电车是那样拥挤，两边人行路上的行人，一个挨一个走，那热闹反胜战前，女人们也一般地穿了鲜艳的衣服，搽着通红的脸腮，这绝不像是四周是沦陷区域包围的孤岛。只看那三公司楼前，挂出来大廉价三星期的长旗子，在奔波的各种车辆头上飘荡，也正和战前每次减价的情形一样。在汉口所想象的上海，以为是凄惨得不得了，现在看起来，后方人未免过于替这里人担心，而在上海的人，却是欢天喜地，照样地快活，那么，在南京、上海一带，不曾撤退的人，连孙志坚在内，他又何必到内地去？也许孙志坚留恋上海吧？想到这里，心里却有些怦怦乱跳。人坐在人力车子上，也不容自己有什么犹豫，一直到法国租界来。

她所要寻找那个弄堂口上，早是听到人喊了一声道："嫂嫂来了！嫂嫂来了！"看时，便是自己的小姑子志芳，她正提了一串大小纸包，站在弄堂口。冰如见她十来岁的姑娘，穿了一件半旧的青绸长衫，两腮黄瘦瘦的，也不抹什么脂粉，倒显着一种楚楚可怜的样子。下得车来，想到南京一别，彼此落到这种样子，心里一阵酸楚，眼圈儿一红。志芳迎上前来，将她的手握着，因道："你怎么事前也不写一封信给我们就来了呢？"冰如道："我临时动念的，说来就来了。老太太还好？"志芳道："老人家好是好，只是孤孤单单住在上海，怎么是个了局呢？"说着，两个人同进了一座石库门的房子里去。这倒是打破了惯例，并未由后门厨房里进去，却是进大门，穿过天井先到楼下客堂。这房子崭新的，天井也有丈来见方，墙角上还摆着两盆花，表示这房子原来是宽敞的。可是现在不然了，天井里放了桌椅之外，还有两只网篮，向上堆叠着，斜倒在墙上。客堂里却有点像江轮上的统舱，围绕着展开了五六张床铺。中间一张长桌子上，也堆满了茶壶茶杯之类。

志芳带她在床铺缝里穿过，由客堂后登梯。冰如道：“我听到说上海人口很挤，倒没有想到挤成这个样子。”志芳道：“这楼下一家人家，本来只有四五口人，后来乡下亲戚都来了，一时又找不到房子，只好都挤在一处住着，在上海这还算不错呢。妈呀，我告诉你一件意想不到的事，嫂嫂由汉口来了。”她突然高声喊着。这就听到楼上颤巍巍有人答应了一声：“是吗？”那正是孙老太太。冰如上得楼来，见孙老太太瘦削的脸上，加上了许多皱纹，支撑了房门站着，她穿了一件青绸旧短衣，胸襟角上，便钉了一块补丁。冰如虽一路海阔天空地走来，全有她的主意，可是见了老太太之后，这颗心立刻软化起来，口里叫了一声：“妈。”站定着，就鞠下一个躬去。老太太连点点头道：“很好很好，你来了就减少我心头不少牵挂。”说着，冰如走进房去，见这座客堂楼内，除了一张大床外，有一张小铁床，另有一张帆布床，此外堆了桌椅箱柜，这里面挤得哪里还有一点转身的地方？心里也就极其不安，想着，怎么这里还有一张行军床？因道：“这屋子里挤得这样满，老太太受苦了。”老太太道：“这行军床是志芳一个女同学的，年轻轻小姑娘在上海无依无靠，要在这里住一两个月，也不能推辞。”冰如听说是小姑子一个女同学，心里一块石头，又落下去了。大家坐下，彼此对望着，倒先默然了一会，大家好像有许多话要说，却又不知从何说起。老太太倒是先向志芳道：“嫂嫂来了，你也不去冲一壶水来喝。”冰如就坐在那小铁床上，对周围上下看了一番，因皱了眉道：“母亲，你这样子太苦了，连娘姨都没有用一个。妹妹，别走开，我们谈谈。”老太太道：“也没有什么了不得的事，何必用一个人？工钱事小，吃食事大，而且也没有地方让人家睡觉。现在只有支出，没有收入，我也不能不打点算盘。”志芳坐在一边，倒有些不耐烦了，便插嘴问道：“嫂嫂怎么突然想到上海来？”冰如微笑道：“你这有什么不明白的？一来看看老人家，二来是打听志坚的下落。”老太太听了这话，双眼圈儿一红，立刻有两粒泪珠，由眼角滚到衣襟上来。冰如也低了头下去，又默然不作声了。

老太太在衣袋里，抽出一方手绢来，揉了一阵眼角，问道："冰如，你的行李呢？"冰如道："我是坐飞机到香港的，没有带什么东西。我又怕一时找不着地点，就先住在旅馆里。"老太太道："你是没受过委屈的，暂时住在旅馆里也好，慢慢地再找房子吧。"冰如道："这倒不用急。我还想到天津去一趟，看看家父家母，只有一两晚的工夫，就住在旅馆里吧。"老太太对她周身上下看了一看，因道："你有钱用吗？"冰如道："暂时的钱，还有的用。不过……你看，七个月了，志坚还没有一点消息。我又没有一点生活技能，这可不能不着急。我倒是愿到前线上去找一个了结，无奈一个年轻女人，要到前线去，也不容易。"老太太对她的话，倒是很注意地听着，等她说完了，低头想了一想，因道："那是当然的。你在汉口住着，我就非常之不放心，总对你妹子说，怕你经济上受着委屈。可是我手边上，也是几个有限的钱，要不然，我一定寄些钱给你。虽然家里还有田租可收，你看，现在怎么到乡下去收呢？"冰如道："我也不负累你老人家，我有手脚，我为什么要家庭赡养我一辈子呢？而况现在时代不同了，做一个旧式女子混去，那也太无聊。"老太太将头深深地点了两点，表示她肯定的样子，因道："孩子，我不是那糊涂人，你青春年少，又没有孩子，绝不能耽误你的终身。不过直到现在，没有得着志坚一个生信，也没有得着志坚一个死信，我能硬说他不回来吗？这事再过两个月看看，你以为怎样？"冰如低了头坐着，两手盘弄着一条手绢。志芳道："嫂嫂吃过饭没有？我陪你出去吃点东西。"冰如将放在床上的手提包拿起来，站着道："我出去看两个朋友，回头再来，母亲，我回头来吧。"说毕，也不等老太太许可，她便出门去了。老太太望了自己小姐，倒有很久作声不得。志芳悄悄地道："这样看起来，朋友写信来所说她在汉口的行为，倒不是完全无稽的。"老太太皱了眉道："一个人要变，怎么变得这样快？你尽管有离开孙家的意思,别后重逢,没有谈的话也很多,三言两语,怎么就把这话说出来?你看,一点亲热的样子没有,一言不对就跑了。可是以前她还是相当持重的人。”志芳道:“我看这回到上海来,大概就为了这个事。她的表现如此,她的心早就飞走了。你若留她两个月又有什么用?”老太太道:“假如你哥哥还有回来的希望呢!我把你嫂嫂放走了,那他岂不要怪我吗?”志芳道:“话虽如此,你不让她走,闹出什么笑话来了,那反不好。”老太太道:“我儿子没有回来,我儿媳妇又生生地要走,这不是让我老年人心里太难受吗?”说着这话时,两行泪又拖长索似的流了下来。志芳道:“这也没有什么可伤心的。哥哥回来了,这样不忠于哥哥的女人,随她去,说句不幸的话,倘若哥哥不回来,留着她干什么?她再来了,你就说,婚姻问题,请她自己做主吧。”老太太点点头道:“那也只好这样解说。”说着又垂下泪来。这位生离死别而又重逢的儿媳,给她带来的不是笑声,却是泪痕,这是她所未及料到的呢。

## 第十二回　千里投亲有求唯作嫁　一书促病不死竟成忧

在这天傍晚的时候,冰如又到孙老太太这里探望来了。孙老太太已经有了她的计划,已是擦干了眼泪,陪了她说话。冰如坐在床上,对屋子里上下看看,因道:“假如我不是走进人家来,我不会想到上海这地方有什么变更。你看,战前所有的繁华,这里不但没有减少分毫,而且有些地方比以前更为繁华了。”孙志芳还是坐在一边陪话,便插嘴笑问道:“这样说,嫂嫂到上海来,跑的地方已经不少了。”冰如回转头来,看到这位小姑子脸上,颇带有一些讥笑的样子,因正色道:“你知道的,我不大喜欢上海这个地方,因为这里过于热闹了。我四处奔波,还不是想找一点你哥哥的消息?”说到这里,又在脸上放出忧郁的样子,望了老太太道,“我请教了许多朋友,他们说到南京撤退的情形,那一份凄惨,在中国历史上不容易找到前例。一个现役军人,在这种场合,是很难奋斗下去的。实在的情形,我也不愿告诉你老人家,免得老人家伤心。”孙老太太将头扭了一扭道:“毫没关系,我早已知道南京撤退的时候是一种什么情形了,我儿子既是一个军人,他为国牺牲,那是他的本分。我今天若是苦苦地伤心,那我老早就不应该让他当军人了。冰如你也不要难受,有道是:留得青山在,不怕没柴烧。你年纪还轻,事业还在后面呢。”冰如两次来到这楼上,脸上都是带了忧愁的样子的,听了这话之后,脸上倒是有了些欣慰的样子,眉毛展开了,望了老太太道:“你老人家是个思想开通的老人家,虽然我现在落到这不幸的境遇里,我还希望你老人家只当多生一个女儿,多多地指导我一点儿。”孙老太太道:“我们这样大年纪的老婆子,那是落了伍的了。不过你上午和我说的话,我倒是仔细想了一想,那算你是对的。志坚身为军人,为国牺牲,那是应当的,不能再教你又跟了他牺牲下去。关于婚姻问题,以后完全听取你的自由。我们婆媳俩在一处多年,你总能相信我这是真话,决不欺骗你。不过你处事要慎重些,好在你也很有眼光,也就用不着我多说了。”冰如听了这话,先是默默地沉思了一会,后来忽然眼圈儿一红,就流下两行眼泪来。孙老太太见她这样子,倒觉得劝又不是,不劝又不是,也只好呆呆望了她。志芳坐在旁边看到,想要冷笑一声,却又忍了回去了,因问道:“嫂嫂还觉得有什么心里受着委屈的吗?”冰如揉擦着眼圈儿道:“我还有什么受委屈的呢?我想着,老人家待我是太慈爱了,我可没有方法报答老人家的恩惠。”孙老太太道:“有你这两句话,我心里就很安慰了。说到我的恩惠,那倒是让我更加惭愧。你不幸嫁了志坚,以往他就是公事缠住了,不能够陪伴着你。现在他又一点消息没有了,你这样青春年少……”志芳抢着接住话道:“你老人家不是说了婚姻听各人自由吗?怎么又说到耽误嫂嫂青春的话?”孙老太太道:“我的意思还是这样,并没有更改。”志芳站起来,握着冰如的手,笑道:“母亲老了,说话有些颠三倒四,说多了倒是累赘。就只听她那婚姻自由一句话就够了,多话不必说。我们的姑嫂关系快满了,我们在一处的日子也会极少。我不记得在什么旧书上看到这样一句话,人生行乐耳。那实在是对的。走!我们一路出去玩玩,我一算和你洗尘,二算和你送行,你不是要到天津去安排一番吗?”口里说着,手里是不住地用力来拉。冰如道:“妹妹,你要我陪你一路出去玩玩,那是可以的。可是你说的这种话却让我不敢当。”孙老太太也道:“是的,冰如你和她一路出去玩玩吧。把事总闷在心里,于事无补,可是反把身体弄坏了。”冰如总觉得在老太太一处,有些芒刺在背。虽然老太太的态度是十分客气的,然而在身份上,自己多说话是不合宜,少说话是把老太太冷落了。那么，离开也好。她这样转念头，也就随了志芳出去。仅仅是走到房门的时候，说了一句明天再来看你老人家。其实她明天这个约会，是虚约了的。因为明天有船到天津，她要预备北上，就没有工夫来理会这过时的婆母了。

天津这个地方，虽然有租界，那环境究竟有些与上海不同，箱子里应当带些什么，自己应当是怎么一个装束，这都应当考虑一番。所以在动身以前，忙着料理自己的事情，事实上也不能来看孙老太。她的家庭在天津，父母却还是健全的。她父亲薛小山率领着全家大小，都住在法租界上。他手上既很有几个钱，无所求于人。而且以往曾在北京政府下面，做过多年官，各方都找得出熟人，也不愁有事无说话之地。好在他自己，除了上到馆子听听大鼓书，以及到澡堂里洗澡之外，根本就少着出门的机会。楼上屋子里，堆有两个屋子的线装书，足够消磨时间的。抱了个闭门不问天下事的姿态，颇也过着坦然的日子。冰如在汉口的时候，顾全到她父亲的环境，并没有给父亲通过信。直至到了上海，才向父亲打了一个简单的电报。说是即北上，为何北上、和谁一路北上，都没有提到。小山知道自己女婿是一个在京沪作战的军官，而自己的这位大小姐，又是个新人物，且与姑爷感情最好，不见得她会无故地抛了丈夫北上。所以接到这个电报之后，倒出了一身冷汗。

这日冰如到了天津，由码头上坐着一辆人力车子到家门口，只拿了一只手提箱和一个小藤篮进门，小山看到就有好几分疑心。家人久别重逢，各有一番叙谈，家中少不得有一阵纷乱，小山暂不作什么表示。到了晚上，小山在楼上小书房里看书，听到家里人嘈杂的声音，缓缓停止下去了，便吩咐老妈子把大小姐叫了来。冰如进屋子的时候，小山穿一套旧纺绸褂裤，正在左手捧了水烟袋，右手夹了燃着的纸煤，坐在藤椅上，颠簸着两腿，似乎在沉吟着什么。冰如站在门口，便叫了一声爸爸。小山将纸煤指着对面的椅子道："你坐下来，我有话要缓缓地对你说一说。”冰如坐下来，先笑了一笑，接着看到父亲满脸一本正经的样子，便也随着将笑容收住。小山吹着纸煤，先吸了两袋水烟，然后问道：“你这次回来，在路上没有遇到什么岔子吗？”冰如道：“我是坐飞机到香港的，时间很短。香港是天堂，有什么岔子？”小山道：“我是问你在海轮上有什么事没有。”冰如道：“有的，在青岛的时候，全船人受过一道检查。好在我是个女人，又没带什么东西，倒也不搁在心上。到了塘沽进口子的时候，也是这样，再受一回检查。这是我意料中的事，倒没有什么感想，谁教我到天津来的呢？要到天津来，就得受这份委屈。只是随在检查日军后的几个中国人，那副形象太是难看。他们翻翻我的箱子，除了几件衣服之外，什么也没有得着，也就算了。后来检查我的手提小皮包，看到里面有一卷钞票就拿去了。这是我大意，本来一路都收得妥妥的，因为到了天津，又拿了出来。这也不过几十块钱的事，也就不必去提了。”小山道：“虽然你这次来是很平安的，但究竟是个冒险举动。你在上海就很妥当，何必回到天津来？我们家虽是住在法租界上，但是比之在上海，那就差远了。”说着，皱起眉来。冰如道：“我也明知道回到北方来，相当地冒险。但是为了根本问题，我不能不来。”小山听了这话，脸色一变，不知不觉把水烟袋放在茶几上，把纸煤架在烟袋上，又摘下鼻子上架的老花眼镜，对冰如望着，低声问道：“什么根本问题？你可不要来和我找麻烦。”冰如看到父亲这种惊慌的样子，才省悟过来，因微笑道：“哟！这是我没有说清楚的缘故。你老人家不必多心，我说的根本问题，是我自己的根本问题，与任何人无干，更谈不到什么天下大事。”小山听了，这才把老花眼镜戴上，接着问道：“你自己的事，你自己去解决就是了，你又何必千里迢迢地跑来天津？”冰如道：“当然我有来的必要我才来。您倒别忙，让我慢慢地来告诉您。”小山经了她这番解释之后，便觉得心理上的紧张，又慢慢松懈过来，于是把茶几上的水烟袋和纸煤都拿了起来，又从从容容地吸起烟来。

在他吸烟的时候，冰如是无须慌忙，把自己的婚姻问题，由南京出来起，直到这次在上海和孙老太太谈话为止，尽量地都说出来了。小山等她说完了，又吹着纸煤，吸了两筒烟，因道："据你说，姓江的这人，既是待你很好，你自己已十分愿意了，我们做父母的，还有什么话说？现在时代不同，我纵然是个旧头脑，我也不能强人所难，让你青年少妇去守节。但是话说回来了，志坚虽已有七八个月没有消息了，但或存或亡，究竟还缺少一个确实的证据，你要顾到夫妻情分，姓江的也不能有负朋友所托，事出万全，似乎不必这样忙，再等个三年两载，我以为都没有关系。"冰如道："什么？三年两载，都没有关系？你老人家不了解青年人的心事。现在时局千变万化，哪里能约定着那样长的时间？"小山道："并非是我故意拉长时间，耽误你的青春。可是你要转念一想，若没有这样长的时间，假如志坚再出了面了，那个时候，你怎么去应付？"冰如将颈脖子一扭道："那有什么不能解决的？现在非常时期，一切事情就不能照平常法理人情去判决。何况他也有七八个月没露面了，这婚姻问题，也可通融办理。幸而我还是有几个积蓄的，假使我是一个每日等着丈夫供给柴米油盐的妇人，有这七八个月的消息隔断，那就饿也饿干了。"小山道："你究竟不是靠丈夫供给柴米油盐的人呀，并无什么不得已，拿什么理由去改嫁呢？我的主张不过如此，你一定要这样办，我也无法反对。不过志坚出面了，我无面目见他，将来我不能承认曾经许可你这样办！"他说着，把脸色沉了下来。冰如道："您不体谅人情。"小山将纸煤插入烟袋纸煤筒里，重重地把烟袋向茶几上一放。在烟袋放下，碰着茶几面，卜笃一声重响。在这一声重响里，表示了他的气愤。他道："我不体谅人情？我这是最讲人情的办法。无论是中国哪一个角落，寡妇再改嫁，在丈夫死的最近期间，总也不便开口。你的丈夫死与未死，还不能说，你就要改嫁，你一点人类的同情心也没有，你还讲个什么人情？”冰如见父亲这样教训着，心里自也大为不快，站起来道：“您说我没有人类同情心，我也承认。您自己应该是有人类同情心的人了，凡是有心人，这时都应该到内地去同赴国难，为什么住在租界上求外国人保护呢？”小山道：“你不求外国人保护，你是好的，你为什么也到这地方来？”冰如正还想找一句话来回驳她父亲，可是她母亲郑氏在门外站着听了很久，这就走进来，拦着她道：“你千里迢迢地奔我们来了，有话只管好好商量，何必和你父亲生气？”说着牵了冰如一只手，就向屋子外面拉去。

冰如随了母亲到楼下卧室里，觉得无话可说，可是不说吧，又大大地违拂了自己的本意，于是坐在小沙发上，半侧了身子，微微地垂了头落泪。郑氏坐在她对面椅子上，倒是望了小姐这等人物青春遭着不幸，却十分怜惜，因道：“你父亲的话，我也听见了，他的话倒是对的。而且你的性子也太急了，一来之后，就和你父亲开谈判。你也应当等一等，谈话之间，把你的困难说明白了，再来谈婚姻问题，也不迟。你偏是……”冰如拭着眼泪道：“我偏是太急了吗？我不急还不会坐飞机到香港，绕了这样大的弯子来开谈判呢。我和人家约好了的，说是一个月之内，准有回信，这样不在意地谈下去，不但一个月内，不能给人家回信，就是一年也不能给人家回信。这样做事，显然是没有诚意，你想人家能那样静等吗？”薛老太太颇也怜惜着这位姑娘命薄，冰如这个样子说了，她只是犹疑着发呆，却说不出一句安慰的话来。可是冰如的小妹妹松如，是一个好事的小姑娘，知道姐姐是为婚姻问题在开谈判，便楼上追到楼下，只管在门外面打听这件事。听到这里，她忍不住了，就跳进屋子来，向她母亲笑道：“您只管听，听得清楚不清楚，全不理会。您也可以问问姐姐，她左一声人家，右一声人家，这一位人家，究竟是谁？”郑氏皱了眉道：“现在也不是开玩笑的时候，你这孩子胡问些什么？”冰如道：“只管问，有什么要紧？我可以告诉你的。那个人家姓江名洪，是一位二十多岁的军官。人长得很英俊，说一口流利的国语，是河北人。本是军官学校的学生，于今是服务有年了。告诉得你很清楚了，你还有什么可问的？”这位小姑娘听到姐姐向她说了一大串，分明是有意臊她，也就鼓了一股子劲，因微微笑道：“怎么没有呢？有的还多着呢。不过我是位姑娘，我犯不着多事来问。”说着，她一扭身子跑了。冰如冷笑道：“你看看，家里这些人，没一个不有意和我为难，我有了这不幸的境遇，没有一点同情心，仿佛让我不幸到底才好。”郑氏道：“那是你多心了，你妹妹向来就是这样嘴里多事，其实别人的事……”冰如拦住道：“谁有工夫和她计较？我觉得自父亲起，都是把我当路人看待的。”郑氏道：“哟！你这样说，是连我在内，你都看着有些不满意了。我才犯不上这样狗拿耗子呢。你自己的事，你自己去料理。你不必和我商量，也用不着为了这个生气。你既到了天津来了，暂时住两三个星期。还有一些亲友在北平，也可以等着机会见见面。”冰如将身子一扭道：“这在北平的亲友，见他们做什么？北平是什么地方，他们有那忍心在北平住得下去，我也就不愿见他们。好了，爸爸已生了气，妈又不愿问我的事，那我就乘原轮船回上海去吧。”郑氏见她如此，也是没有话说，许久才道：“你也不必太任性，还是多住两天，慢慢地商量吧。”冰如默然地坐了一会，却也拿不出一个主意。虽是怨恨家里人不能谅解自己，可是漂洋过海地回来了，总还是要家人给予一点帮助才好。第一是江洪为人太慎重了，不在家庭方面找一点根据，恐怕他也不能放手做去。到天津的第一晚上，自己就想了个透熟，依然要取得父亲同意，才好回汉口。这样，不但减轻了自己的责任，而且也可以减轻江洪的责任。因之到了第二日，她就把初来时的焦急态度，完全改去，只在有意无意之间，把话来和父母商量。

对付儿女的心肠，天下父母都是一样，过了两天，也就渐渐和缓下来，这不但是冰如自己的家庭，便是留在天津的亲戚，也知道她要改嫁个姓江的。亲戚见面，少不得道一声喜，说两句笑话，那婚姻问题，更是明显。是一日下午的时候，冰如由外面看电影回来，正坐在楼上母亲屋里谈谈笑笑，十分高兴。忽然松如在楼梯上一路喊了来道："姐姐，姐夫的信来了，姐夫的信来了。"冰如笑道："这丫头总是和我开玩笑。别的可以乱嚷，这'姐夫'两个字，也是可以乱嚷的吗？我算算看，现在有半个多月了，江洪也该和我写回信来了。"说到这里时，松如手上高高举着一封信，走了进来，笑道："你猜错了，不是江洪的信，是孙志坚的信，你拿去看。"说着，微微笑了一笑，把信扔在冰如怀里。她听说是孙志坚来的信，脸色就首先变了一下，将信拿到手上看时，不用看那详细的下款，只看那信上写的笔迹，就可以断定是孙志坚的信，立刻心房扑扑乱跳一阵。郑氏坐在旁边，斜视过来，见冰如的肌肤有些抖颤，因问道："什么？志坚有了信来了吗？"冰如并不急于去拆信，拿着信封在手上颠了两颠，因淡笑道："许是她妹妹孙志芳弄的花样。"说着，将信封口缓缓地撕开了，却见里面的信瓤，厚厚的有一沓信纸，信纸上的字，写着只有绿豆大，想想这信里的事情，一定是很多很多的，抽出信纸来，只看那最前一行是："冰如：我没有想到我还能给你写信，你也并不会想到还能看到我新写的字迹吧？"这绝对不成问题，是孙志坚来的信。她不但心房乱跳，而且是手足冰凉了。她偷眼看看屋子里的人，都把眼光射在自己身上，便将信纸握在手心里，另一只手扶着椅子背站了起来，向她母亲望了道："让我到屋子里慢慢地去看，回头我把信上的消息告诉你。"说完了，也不管别人怎样注意，匆匆地就走了。郑氏看了这情形，便望了松如道："真是志坚来的信吗？"松如道："怎么不是？信封上清清楚楚写着他寄信人的姓名。"郑氏道："这倒有些奇怪了。冰如接到这封信，丝毫也没有表示什么高兴的样子。"松如鼻子里哼了一声，接着又发上一阵冷笑，于是她就走到梳妆桌面前，对了镜子，将小梳子梳理自己的头发。郑氏道："你冷笑什么？一个生离死别的丈夫，有了信来了,高兴还是不应该的吗?”松如对着镜子将嘴一撇道:“高兴?孙志坚的信,比刀刺了她的心,还要难过呢。”这时,屋子里并无第三个人,郑氏道:“松如,你也不好。你姐姐落在这种境遇里,自也有她不得已的苦衷……”松如将梳子向桌上一丢,扭身就走了出去,在她出门的时候,还咕咕着道:“就算我多事,大家向后看吧。”松如走远了,郑氏玩味玩味过去的情形,也觉得冰如的行为有些奇怪,心想:难道志坚有信来,她反感觉得不高兴吗?看她把信念完了,却怎样来告诉人。郑氏是这样揣念着,谁知冰如拿了这封信去,足足看了两三点钟,也不曾回到房里来。打发老妈子去探望,老妈子回来报告,大小姐掩着房门,在床上睡觉了。郑氏心想,这为什么呢?便悄悄走到那房门口,伸头向里面张望了去。见冰如横躺在床上,侧了脸枕着叠的被条,将脸偎在被里,因道:“天气还有点热吧?你怎么这样睡着?”冰如似醒不醒地哼着答应了一声。郑氏因她已答应了,索性推门走了进来,因道:“冰如,那信说些什么?能告诉我吗?”冰如道:“他没有死。”说着,一个翻身,将背朝了郑氏。这倒让旁观的人越发地不解所谓。郑氏手扶了门站着,呆呆望了床上躺着的人出神。许久,才问道:“你把那信交给我看看,可以吗?”冰如一个翻身坐了起来,微瞪了眼道:“这信里还有什么秘密不成?”郑氏道:“唯其是我知道这信里没有秘密,才要你交信给我看。”冰如道:“不用看,我把它撕了。”薛老太道:“这是什么意思?他来信,是你夫妻有团圆的希望,你为什么反把来信撕了?”冰如板了脸道:“您没有看信,怎么知道我不应该撕呢?”郑氏坐在她对面椅子上,不觉向她周身上下打量着。冰如将身子斜靠了床栏杆,半垂了头坐着,将两个指头拨弄了自己的衣襟角,再也不提一个字,郑氏也默然了一阵,因道:“我看你神色不定,仿佛是生了病。”冰如道:“我是病了。心里火烧一般,头又痛。”她说着,先伸手抚抚胸口,接着又按了额角。郑氏还不曾跟着把话向下问,老妈子便在门外叫道:“老太爷请呢。”薛老太走出屋子来,在梯子口上,就迎着了小山。他先笑道:“志坚有信来了,一切问题都解决了。他也有一封信给我,报告他怎样逃出南京,那真是可歌可泣。”郑氏一声也不言语,自回房去。小山随在后面道:“噫!你是什么意思?冰如呢?”郑氏道:“她,她,哼!她接到信就病了。随她去吧,这事,你我就不必过问了。”说着,她叹了一口气。小山站在房门口呆了一呆,便也走回自己的书房去,将志坚寄给他的信拣了出来,重新看了一遍。但这信上除了说南京失陷时,让人替古人担忧而外,都是可安慰的。女婿是死里逃生了,怎么小姐得了这信,反倒是病起来了哩?这老人是以君子之心度人,不肯向下想,但冰如的父母,也就不能对她有深切的帮助,这问题是僵持了。

## 第十三回　旧巷人稀愁看鸡犬影　荒庵马过惊探木鱼声

孙志坚不在人间，这是他的亲友所认为的共同事实，倒不是冰如过分的错误了。唯其是那不曾过分的错误，她就聪明地另找出路。于今是业已找到出路，而又不能去。放了的心，教她无法收回，这只有怪造化玩弄人吧！其实造化玩弄孙志坚，比玩弄薛冰如还厉害十倍，这个死里求生的经过，他自己也是出乎意料的。

原来他带着一营工兵，在苏沪前方工作，很得上峰的嘉奖。他既是个留学归国的军人，技术很好，而又十分勇敢，几个月里，都在炮火中工作。到了苏州失守，他们还继续以往的战略，要在首都作守城之战，继续去消耗敌人。上司认为他是可用的人才，便给了志坚一道命令，教他带了工兵营，去协助守城军布置城防。为了交通的困难，以及在前方的消耗，志坚带到南京来的，已只有两连人。这是十二月的月头，战事越来越迫近了畿辅。负责城防的长官，加紧布置防事，志坚带了两连人，昼夜分途构筑工事。他虽料着自己的夫人，一定离开了南京，恰是自上次回到前方后，并未接冰如一封信。因为自己是在前方四处奔走不停，纵有信去，也收不到。这次回到了南京，虽然军事倥偬，可是一看到了南城墙，就不免想起自己那个完美的小家庭。颇也想得着机会，回去看看。有一次乘着一辆卡车，带了弟兄们到南京城去，正好走过自己家门的巷口，便嘱咐司机在路边停车几分钟，跳下车去看看。他下车走进巷子之后，见一排排的小洋楼，还是整齐地立着，并不曾损坏。但家家都关闭了大门，不见巷子里有人来往。直奔到自己家门口,见大门也是倒锁着的。抬头看楼上,百叶窗齐齐闭着,短围墙里两棵庭树,落光了叶子,还向外露了丫杈的树枝,门缝内外,撒了一些碎纸片以及木块钉头之类。两旁邻居,亦复如此。这正是半下午,那惨淡的冬日,带着病色的黄光,照了这空冷的街巷,颇是凄凉。正待转身,却有一点响声,回头看时,一条哈巴狗,夹了尾巴,挨着墙慢慢走过来,它看到志坚,似乎有点认识,昂头向他望着。志坚识得它是巷口富户钱公馆的爱物,便道:“小丁丁,你不认识我了吗?”那狗忽然跑过来,两前爪扒了志坚的裤脚,一跳一跳,汪汪乱叫,尾子乱摇,摇得周身的毛都抖颤。志坚将它抱起来,抚摸了它那背上的柔毛道:“你主人自顾不暇,也不管你了。”正说着话,巷底三层大洋房,呀的一声,开着大门,一个白须老头,穿了青布旧棉袍,迎了前来。他道:“呀!是孙营长,怎么回来了?”志坚道:“你是这巷口卖烤薯的刘老板吧?怎么还在这里呢?”他摸了胡子道:“我七十多岁的人了,有什么死不得?而且要跑也跑不动。我受了这里几家公馆的托付,在这里看房子。你太太前一个月就走了,王妈告诉我是到汉口去了。”志坚道:“那好极了,我这所房子,也托你代照顾一下吧。我公事忙,不能多谈,再会吧。”说着,放下那条狗,转身走出弄堂口。

这里有一家带花园的住宅,围墙门也是关了,他们家陪衬风景的一丛水竹子,还是那样簇拥着,只是凋落的叶子,由墙上撒到巷口,杂乱地带了竹头木屑,却没有扫除。竹子里有两枝蜡梅,却伸出了墙头,静悄悄地横斜着。而意外的点缀,却有三只鸡,一雄二雌,伏在墙头上,它们也似乎是被主人所遗弃的,一点没有精神,偏了小脑袋看人走过。志坚看了一看,倒添加了不少感慨,只管四处张望着。忽然有人道:“孙营长回来了。”看时,是个巡警。志坚向他行了个军礼,笑道:“阁下还紧守着你的岗位,难得!”他道:“我是这里的老警察了。不到最后五分钟,我也不会离开。”志坚道:“阁下知道我家眷搬到哪里去了吗?”他道："到哪里去，我没有问。但是我看到你太太和你家用人把东西搬上巷口一部卡车的。当天晚上，你太太还回来了。我自那时起，已改了巡逻警，因为弟兄们少了。我看到空屋里有灯光，还去敲门问的，你太太开门出来说，是回来拿你的佩剑照片的。第二日就看不到她了。她是很平安地离开了这里，你可以放心。"志坚道："她没有对阁下说什么？"那警士被志坚夸奖了一声紧守岗位，他很高兴，他便信口答道："你太太说：'若是你看见了孙先生，请你转告一声，努力杀贼！'"志坚听说笑了，和他行了个军礼告别。他旧地重游，虽然心上增加了一份凄凉，可是听说夫人已安全离开南京了，心里也就得了一份安慰。卡车等在巷口，自己虽然不敢多耽误，可是一路走着，还继续回头看了几次，然而这前后几条巷子里，整片的洋楼空闲着，除了那个守屋老人与巡逻警，已不见第三个人影，也没有再可询问之处，走上了卡车，奔上了南城。他们的目的地是光华门，车子停在路旁，志坚先下车，便觉得这里已充满了战线的气氛。

这城墙里面，本来是一片空地，夹杂了菜园。靠西有个洋房集团，住着闹市被挤来的人家。这时菜圃虽还存在，菜蔬已拔去十之八九，剩下一些菜兜。零落在菜圃中间几幢小瓦屋，有穿灰色制服的士兵进出。东头一丛竹子，竹下挖了深壕，里面成了高射炮阵地，炮身上披着竹叶与竹枝，伸出竹林来一大截。十几匹战马，在小瓦屋外几棵老柳树的粗干上系着。远远看到城门洞里，满满地填塞了沙包，这边的洋楼集团，门口站了两个卫兵，旁边小冬青树下，放了两挺机关枪。那门口有一面小旗，用竹竿横斜地挑了出来。那旗边的弄堂门墙上，也贴了一张某某团团本部的大纸条。志坚走向那里，将来意通知了卫兵。卫兵报告进去，驻在这里的刘团长，正是志坚的老朋友，他竟是亲自迎接了出来，刘团长也是由前方调防到这里来的，三个月的苦战，面孔磨炼得粗而且黑，他走出屋来，志坚立正向他行着军礼，他立刻有一个感想，工兵虽然是一种艰巨的任务，但他们不像步兵日夜受着风吹雨打与日晒，不想这孙营长还是个白面书生。他回过礼，向志坚握了手道："不想在这里遇到老朋友，我这担子减轻不少。"说着，引他进了屋子。

这屋子的主人翁，和其他离开南京的人一样，丢下了满屋子的家具，办公室里除了写字台上一架军用电话机，墙上几张军用地图而外，还是一所摩登客厅。刘团长让志坚坐在写字台对面的沙发上，他坐在写字椅上，先笑道："我到这里，是一则以喜，一则以忧。喜的是前方回来的人，感觉到这里太舒服了。忧的是守这个城门，我责任太重。师长在今天上午来过，我陪着登城，看过了这里的地形。他对这里的防御工事，虽相当满意，但认为这环城的国防公路，必须城外的守军能控住。否则专靠城墙，不易对付敌人的大炮与飞机。"志坚道："我是来听团长命令的。那里的工事还有修补的必要的话，自是尽力去做。"刘团长道："好！我们上城去看看。"于是他携带了望远镜，着两个弟兄跟随，和志坚一路出门向光华门城墙上来。经过那辆卡车时，那带来的八九名弟兄，随着班长尚斌，都肃立在路边。刘团长道："孙营长你带来的弟兄太少了吧？"志坚苦笑道："我只有两连人，这几天各处都要调用，真忙不开来。当然，这里若有重要任务的话，两连人都可以调来。"说着，两人一同登城。城上这已布了步哨，已不同往常。志坚随在刘团长之后，看了几处工事，他在他的品级上，虽只能说分内的话，可是他是学军事多年的人，缄默中自有一番更深的观察。这段城墙，陡峭高耸有六七丈高，下面的城壕，又挖得四五丈深，而且还不曾估计到水底。壕面的宽度，也有七八丈。由城墙下看，觉得是相当地险要。但壕那面不远，在层层不断的水田中，拱起一道堤形的公路，与城垣平行着，空荡荡不见一人，往常那里也奔驰着我们的坦克。西南角上，小山岗子，隐隐的青色的冬林上，迤逦一条乌影，下面是飞机场，往常日子，那里是经常飞着我们自己的飞机。我们是个工业落后的国家，我们不能自造飞机与坦克，四个月的东线鏖战，已把我们所买来的那些武器，都相当地消耗了，我们将恃着血肉之躯，与极少数的重兵器，来守这大南京，虽然这是个龙盘虎踞的所在，在立体战争下，这是一个精神与物质对比的断拼了。他这样想着，看了这城外一片平原，被淡淡的青霭笼罩了。远远的冈峦重叠，犹如无数狮虎，披上了龙茸的毛，向南京朝拜。天上的晚霞，映照了半天的苍茫晚色，越是看到这城外寂无人迹。

刘团长陪他走了一遍，见他很是缄默，这时又见他向城外看了出神，因问道："孙营长你有什么意见没有？"志坚道："报告团长，若是我们有充足的重武器，这形势就很好。只是我想到城里一片敞地，一点掩蔽没有，万一我们作守城战的话，似乎更要增加两条交通壕，由马路边通到城墙脚下。"刘团长道："对的，我也有此感想。"二人说着话，再回到团本部，还不曾计划挖交通壕的话，师长来了电话找志坚说话。志坚接过了电话，因道："团长，我就要离开这里，师长叫我到虎踞关那边去。"刘团长道："那怎么办呢？我这里许多工事，也少不了人。"志坚道："这样好了，我留了尚班长和弟兄们在这里，我一个人去见师长。假如那边有重要的工事，我调另一连弟兄去。"刘团长道："很好，就这样办。"志坚告辞出了团本部，找着尚斌，把话告诉了他。尚斌举手行了个礼道："报告营长，尚斌愿跟随营长一处工作。"志坚笑道："在哪里工作，也是为国家服务，何必一定要跟着我？这里当然我还要来的，你听着刘团长的命令就是了。"说着，坐上了卡车，直奔清凉山防地。

当晚见了师长，知道敌人已攻陷了安徽宣城，芜湖吃紧，这南京西角的城墙，也十分重要，当晚和师长计议了一番，就住在清凉山扫叶楼上，师长拨了一匹马给他骑，教他明日早上，骑着马绕城看看。志坚次日天亮起来，便骑了那匹马，顺着清凉山后，向虎踞关的人行大路，向西北角走去。这里是人家稀少的所在,鹅卵石的人行路,在竹林菜园间,向北伸长着。路边有时现出一沟流水,越是带了乡村意味,早上的薄雾,似有如无地罩了无叶的路旁树林,浓霜像撒的碎盐,铺在路旁草上,和菜圃的木槿花篱笆上,坐在马鞍上颇觉霜寒压背,这样也就颇觉缺乏战时意味。就在这时,天空里一阵飞机的轰轰轧轧声,回头看去,有一群飞机,在城南上空盘旋。同时高射炮的炮弹,放出几朵黑烟,在那边空中爆炸。他觉得距离头顶还远,镇定策马继续北走。走进了一个小山口,在一丛古树林中,有一座小庙,在树影子下,显出了一堵红墙,隐隐地有一阵木鱼声。一个中年和尚,提了一只带绳子的水桶,走到树林下一个井圈边,向井里从容地放下桶去。南城的炸弹声与高射炮声,并没有纷扰他的镇定。他心想,不料南京城里,还有这种悠闲的人。此心一动,不免掉转马头,向庙门口走来。和尚已汲起了一桶水,合掌向他打了个问讯。志坚跳下马来,手里牵了缰绳,走到井边,向他笑道:“大师傅,你好自在。”和尚道:“官长,我们出家人,守着这个穷庙,很惭愧不能为国出力,可也不必惊慌。请到小庙里喝杯热茶吧。”志坚牵了马到庙门口,将缰绳拴在小石狮子腿上,和尚放下那桶水,引着他进庙门。

志坚走进庙来,迎面一座弥勒佛龛,佛还是笑嘻嘻地坐着。转进龛后,有一口大天井,有两棵老柏树,映着这屋檐下,阴暗暗的。天井过去,三层石阶,是三宝大殿了。殿宇虽不伟大,却扫除得没有一点灰尘。走上殿来,一列三尊佛像,坐在高龛上。龛外半垂着古旧的帐幔,成了酱紫色,可想其穷。长佛案上很少几样锡制供器,倒是有一只瓷瓶子插了一束蜡梅花和天竹子。另一瓷缸,盛了净水。一只尺来宽口径的铜炉,里面微浮着一缕檀烟起来。因殿宇里面,不十分光亮,还看到佛案右角上,一盏玻璃罩子的佛灯,亮着豆大的灯光。左角一个方几子,布垫架了斗大的木鱼,一个年老穿着布袍的和尚,瘦长的脸上,布满了皱纹,盘腿坐在蒲团上,一下一下地举了木槌,敲着。引进来的壮年和尚近前一步,低声笑道:“长官,对不起。我们这老师傅是个残疾人。”志坚看了那和尚,闭着双眼,动也不动,继续他的早课,因笑道:“不要紧。舍下三代念佛,直至现在,家母还不断看佛经呢。你请自便,我在这庙里看看。我奉了长官命令,要在这一带看看的。”说着,绕过正殿,到了后殿。

后殿在一个小山坡上,却有十几层台阶。殿中只有一座观音佛像,很简单。因见佛龛后,有梯脚露出,便走上梯去,那和尚也随后跟着。上得梯来,是一个小木阁,中间也供有一尊小佛龛,三面玻璃窗户都闭着。因隔了玻璃,看到一曲城垣垛子,便推开了窗户,向外看去。见那城墙露出来的所在,是一列小山的缺口子,便问道:“这城墙外面是平原吗?”和尚道:“外面有一片芦苇洲,洲外是长江。”志坚道:“这样说来,你这里也不算安全地带。敌人的兵舰,开到长江里,可以炮轰到这里。”和尚笑道:“他果在兵船上用炮轰,南京城里,那里也不安全的。长官,你有所不知,在二百年前,这里还是世外桃源呢。明朝末年,清兵进南京城的时候,许多遗老就在这一带住了半辈子没有出去。”志坚笑道:“时代不同了,于今敌人是要灭我们的种,不是要亡我们的国而已。你就是为了这一点,很坦然地在这里出家吗?”和尚摇摇头道:“那倒不是。我这庙里,统共只有三个和尚。殿上那个老和尚,长官看见的,他双目不明。还有个老和尚,病在床上,你想,我们怎样走得开?阿弥陀佛,我们望菩萨保佑南京城。”说着,他看了志坚,笑上一笑,因道:“还是全仗各位长官带了弟兄们保卫南京城。”志坚笑了一笑,没有说什么。看看这庙,是一座冷淡了香火的古刹。这和尚也很率真,倒也不碍了什么军事,便依了原路走向前殿。殿旁有几间僧房,也没有去再看。老和尚已完了早课,垂了袖子,默然地坐在蒲团上,志坚也不去惊动他,见壮年和尚直送到殿外,便向他点点头道:“打搅,打搅。”和尚道:“长官茶也不曾喝一杯,说什么打搅?”志坚走出庙来,解了缰绳,骑上马去,见和尚再去提那桶水,又向他行了个礼,兜了缰绳自走,顺了尺来宽的鹅卵石小路走出那丛荒的树林,隐隐中还嗅得到一种沉檀香气。心想,怪不得我家三代好佛。这佛家的布置,影响着人的心理很大。在马上默想了一阵,猛抬头看到薄雾全散,冬日黄黄的太阳,已高升数丈,自己是个巡查工事的人,哪有工夫去参禅?一拢缰绳,让马放开四蹄,向大路上跑去。

## 第十四回　炮火连天千军作死战　肝脑涂地只手挽危城

这天上午，志坚回到清凉山，见着师长，就把西北城角看来的情形，作了一个简单的报告，供给他作参考。但这个时候，东南角的军情，比西北角紧张得多。西北城区防务，已另交给一个师长负责，孙志坚所属的这一师，全部调到南城。他的工兵营，也尽数调到城南。他的营部，在城南某一处民房内。这个地方，本来去六朝金粉地不远，原来是繁华场所。但因战事逐日迫近首都，每一条街巷的人家，都紧紧闭了门户。多数的市民，本已疏散走了，还有那不曾疏散的市民，也都迁居到新住宅区去，那里是国际人士所指定的难民区。南城这一带，也未能例外，整个白天，也看不到路上有人行走，看到行走的，也总是现役军人。营本部邻近几幢洋楼，都住着自前方转来的同志。志坚虽没有工夫去仔细观察，其中有两位长官，似乎在前方见过的，相见之下，不免行个礼。这一日上午，他由白鹭洲防地回来，已经隐隐地听到了炮声，迎头看到一位高级军官，由那空屋子里出来，便站住脚行了个礼。他望了志坚道："你不是孙营长？"志坚道："是。"他便在衣袋里掏出一张名片交给志坚，因道："我在今天晚上，就要到另一个地方去布置防务。我要告诉你一件事，就是这屋里，我们还有一部分东西，暂时不能移走，尤其是四只橡皮船。我知道你是个军事技术人才，你也会照料它。你拿我这名片交给贵师长，把这事告诉他。这事相当重要，你不可以忘了。"志坚答应是，行了军礼告别。他想着，在这水上交通感到困难的时候，有四只橡皮船可用，这自是一个好消息。下午见了师长，把名片呈上，将话告诉了一遍,师长点点头道:“你可以顺便去看看,还有其他可用的东西没有。战事移到了内地,任何军用品,都不容易再得着,应当尽量保存。”他说这话已毕,电话已来,志坚也来不及详细请示。而自这时起,炮声由远而近,也由稀而密,担任城南防务的军队,已是加倍警戒。志坚这连工兵,都驻在营本部里,听候命令。

到了晚间,全城在没有电灯的情形之下,又加上是个斜风细雨天,四周漆黑而寂静。却是那远处的炮声,因着气压的关系,反是更听得清楚。上半夜还偶听到笨重的卡车,由附近马路上响过,下半夜仅仅只听到一次皮鞋的步伐声,由巷子里过去,遥远地听到步哨喝问过两次口令,其余是一点声音没有。这种沉寂,倒令人想到暴风雨即刻将到。志坚没有安床铺,就把行李摊开在人家楼板上睡着。墙角落里,楼板上点了一支洋烛,为的是掩了灯光外露。在人家留下的一张桌子上,放着电话机。他睡在地铺上,睁了眼静候电话。在前方炮火里生活了几个月,疲劳之后,吃得饱,睡得着。但在这寂寞的首都之夜里,却反是不能安睡。心里也自念着,大概保卫大南京这个念头,容易教人兴奋吧!这一晚并没有电话前来,还是平安地过去。自己是刚刚迷糊一阵,却被轰咚的巨声惊醒。睁眼看时,勤务兵站在房门口,大声叫道:“报告营长,有空袭,弹就落在屋子外不远。”志坚坐了起来,喝道:“大惊小怪做什么?弹落在外面,已经过去了。”他说着这话,也站了起来。这时天已大亮,看那窗子外面,烟焰迷成一团,果是弹落不远。也就在这个时间,炸弹声继续地爆发着。而接着这个爆炸声,便是大炮轰击声的继起。昨晚的岑寂,到了这个时候,已告一段落,炮声由东南角蔓延到西南角,轰轰的响声,彼起此落。约莫两小时,炮声由近处猛烈地响出,证明敌人已迫近了我们的射程,我们的炮也在还击。志坚这营工兵,所担任的虽不是冲锋陷阵,可是到了这两军炮火交轰,随时有建筑工事的可能,自己已吩咐全营,赶快做好了一顿饭吃过。电话机已由弟兄们临时移到楼下,自己守坐电话机边,等候命令。有几次炮弹呜啧啧地发着怪声,由头上穿过,益发觉得两方的炮火已互相迫近。他坐守在电话机边,未敢离开,但也没有命令传来。

到了大半下午,炮声忽然停止,紧张的空气,略微松弛。电话却来了,电话是师长的命令,光华门里,有几个未爆炸的炸弹,拦阻交通,快带全营弟兄们来移去。志坚接了命令,先带了尚斌一班弟兄,跳上门外停的卡车,自己当司机,开了车子,奔上光华门。着其余弟兄,徒步前去。这时,南京城里,已不放警报,敌机来空袭,预先不能知道。汽车刚跑上马路,便有三架敌机的影子,在头上掠过。他听了空中轧轧轧刺激空气声,知道敌机已投下弹来。坐在司机座上,已看不到投弹的角度。但看到面前不远,有一幢四五层高楼,料着敌机是把这里当目标,在几秒钟间,他的观感、判断和他两手的动作,很敏捷地联合一致,将扶机一转,车子很快冲入街边南端一条巷子里,刚刚钻进巷子,身后一声大响,立刻烟雾猛升起来。卡车一点也不理会,继续向巷子里冲。冲出巷口,是另一条马路,车头转向东方,还是开向光华门。一路之上,又听到几下巨响,随了几丛弹烟向空中倒喷,笼罩了马路,硫黄气扑人。街边有几幢房屋倒坍着,还在陆续地滚着墙砖与屋瓦,想是刚刚被炸的。这一辆卡车,就在弹烟中钻过,顺了路直奔光华门。车子将到光华门那片敞地上,远远看到一个弹坑,车闸猛地关着,嘎的一声停住。路边正有一个士兵,举手招呼停住。车子停后,才听到他喊:“路中心有颗没有爆炸的炸弹,车子不能向前走了。”

车子停了,志坚跳下车来,尚斌也带了弟兄跳下,看时,车子距离那没有爆炸的小弹坑,不到一丈路。尚斌笑道:“营长坐在司机座上,看不见。我们在后面,抬头看到头上三架飞机,简直是跟了我们炸。”志坚笑道:“我何尝不知道,我们停下来,也许他炸个正着。你们先在这里,把这个炸弹搬走,我去见师长。”说毕,他自向前走去。尚斌望了弟兄们道:“你们看看,我们营长,不但是十分勇敢，而且十二分的机警。这车子再开过去几尺路，就是很大的危险。我们在阵地上，处处都应该学他。”各位弟兄，也是目击刚才这一惊人表演的，都在严肃的脸上，泛出了一阵微笑。大家也就受了志坚的感动，一分钟也不敢耽误，就各个在车上，取下了工具，挖掘马路中心的炸弹。志坚由师长指挥所在地走了回来，马路上已恢复了交通，徒步的弟兄们也来了，两连的兵士，都站在马路边待命。冬日天短，天色不觉已经昏黑了，志坚便自带了弟兄们在马路边人家屋檐下休息。但是这个夜幕，却给予敌人一种作恶的掩护，连续的大炮，又开始轰击起来。敌人的目标，似乎就是这光华门的城垣，在轰轰唰唰、隆隆啪啪各种巨响之下，那炮弹，带着通红的血光，一个跟着一个，向这一带城墙碰砸，随着火花四溅，犹如在黑暗中伸出无数道魔爪与魔网。炮弹间或地越过了城墙，落在门里空地上，成团的火焰，在地面上涌起，火网里看到地面上的碎土与乱石，向空中飞跃起来。这样的紧张场面，约莫有半小时，这里守军，却未曾加以理会。忽然这附近的钢炮，发出一声巨吼，向半空里回答出去一个火球。而附近的迫击炮与各种口径的炮，也一齐应声而起，向对面喷射了怒火出去。又是一小时上下，这城墙上的机关枪，却笃笃笃地左起右落，不断地响着。志坚和他的弟兄们虽是休息在马路上，自炮弹纷纷射落以来，大家也都找了掩蔽地方伏着，心血是随了那各种爆炸与碰撞声，刻刻因之紧张。自机枪声发动以后，这暗示了敌人在黑暗中借了炮火掩护已在向城墙进犯。机关枪的子弹，已经可以制止住他们。这样的情形，又是一小时，机关枪声便停止了。想象着，敌人是被击退了。但机关枪声停止，炮声却已复起。

志坚站起来，拿起身上挂的水壶，嘴对嘴地，喝了两口水。师部的传令兵，却来叫他去见师长。他走到城墙脚下，向那构筑的战壕走来。壕口上站着卫兵，问明了来意，进去报告过，然后才请他进去。壕是丈来见方的地窖，师长靠了一张矮桌子,坐在地上,桌子上点了两支烛,照着四五个电话机与一沓军事地图。他一手握了电话机,一手拿了地图,在烛光下看着,见志坚进来,便道:“城墙上有几处工事,被炮弹轰坏了,限你两小时修好,快去!刘团长在某处等着你。”志坚接了命令,立刻带了一连弟兄们上城。这时,星月无光,长空里飞着往来的火球,与无数抛物线的光芒,遥远地看到城外地平上,喷出成片的火花,火药气弥漫了周围。我们炮兵阵地,在左右前后,发着怒吼。不时地有一阵土层,在火光下撒上人身。这一连登城的工兵,借了城垛交通壕的掩护,半弯了身体,奔向师长所指示的地点。炮弹带着闪烁的火焰,看到刘团长静坐在掩蔽所在,他让志坚到了面前,握住他的手道:“你自己来了,好极。这里两挺重机关枪,刚才发生很大的威力,将攻城的敌人击毙不少。不幸是这两个掩蔽机关枪的工事,都被毁了,敌人二次再来,我们必须恢复这两处机枪的威力。”志坚道:“师长给了我两小时的限期,那很够。我带了水泥和酒精上城来,很快就可以把工事坚固起来。我立刻就去。”说着,他已不顾对方射来的炮火,挺立起来,督率了全连弟兄直奔被毁的工事所在。

他在城垛缺口里,向城外探望,见地面上的火焰喷吐的地带,似乎又迫近了一些。不容再考虑了,他奔走在两处被毁的工事,指挥了弟兄们搬运砖块土石,一面将酒精拌和了水泥,在工事上堆砌。那头上的炮弹,却又一个跟着一个,在长空呜溜溜作声,飞个不断。其中也有几次,恰好就落在城墙上。志坚全不理会,只是来往地指挥。在一颗炮弹落在附近之后,他也溅了一身的土。班长尚斌,跑到面前敬礼道:“报告营长,连长阵亡,还有三位弟兄阵亡,五名挂彩。”志坚道:“知道了,他们很光荣。明天找了好棺木,给他们收殓就是了。现在任务完成了再说。”他说着这话,自己便亲自上前,代替了那阵亡连长的职务,挤在弟兄队里,建筑着工事。他一面做工,一面不住地看着表。把工事做完了,还只有一小时又三十分钟,比限期要早半小时。于是教弟兄们先把挂彩的几个弟兄,找了担架抬了,先抬下城去。自己还在阵亡弟兄面前,敬了一个礼,才下城去向师长报告。

他到了这时,才发现了这半晚的作战,在城上的守军,伤亡很重。由城下上城来的援军,在火光与炮声中,虽络绎不断,可是想到在东战场一个长期消耗战之后,再又接上一个南京消耗战,这趋势是很严重的。但是他看到师长在城下,团长在城上,都已亲临火线,却又令人兴奋得很。师长已接了团长的电话,知道志坚任务完成,见面之后,很嘉奖了几句,命他退下休息,其实在光华门附近驻守着的兵士,也谈不上休息。敌人在这晚上,用了大炮掩护步兵进犯,前后共有五次之多,枪炮的响声,如崩堤放水一般,彻夜不停。城里有几处着了炮弹,已燃烧起来,几个火头,涌起了通红的火焰,在半个城南,都弥漫了紫黄色的云雾。火光被烟焰罩住,反映了这阵地上的草木房屋,在血光里露出了很显明的影子。光华门一区如此,其余各城门的攻守情势,也可想象。志坚是个留学回来的少年军人,又曾亲受着"领袖"的熏陶,对这个可爱的"首都",有着充分的热恋与尊敬,看到这紧张的局面,真恨不得拿了一支枪跳上城去射击几个敌人。然而他自有他更重要的责任,不能如此。虽在严冬的晚上,他周身血管沸腾,汗湿透了衣服。他忘了炮火向身边射击的危险,不时在休息的民房里走出,抬头四望。每听到自己炮兵阵地里发出一声巨响,心里头暗叫一声好。一夜鏖战,他没有片刻的静止。到了天色将亮,除了敌人的炮火,向这里加紧射击之外,敌机又三三五五临空投弹。这时已不能分出哪里有弹坑,烟雾浓浓地笼罩了一切。炮弹连续地落到附近,地皮常似发生地震。这时志坚所知道的,只是我军坚守了城墙,几次连绵的机关枪声,都把敌人击退,详细情形,未曾到战壕里去,却不甚清楚。

这紧张的战事,到了下午两三点钟,却是震天震地的一声大响,在那种倒瀑布似的声浪里,他料着这是城墙崩坍的象征,心里颇感到一种惶急。约在一小时后,大炮虽或偶然地轰两三声,而敌机已不在头上投弹,志坚得着弟兄们的报告在城门左角,城墙被大炮和飞机轰击,已崩坍出来一个丈来宽的缺口。志坚听说,奔出掩蔽所在,恰好师长带了几位官长和士兵来到了面前。志坚刚行过礼,他立刻正色道:"孙营长,你带所有的弟兄,赶快把这缺口堵上。否则敌人就利用这个缺口,可以冲进来的。南京的存亡,就关系这个缺口是否能堵塞得住。我先前所在的那个指挥地方,已受着缺口的威胁。敌人已有一小股蹿到城壕这边,城墙上的机关枪,正控制着他们。若到了晚上,控制就不容易。你必定拿出大无畏的精神,在五点钟天黑以前,把这个缺口完全塞好。"志坚道:"关系这样重要,孙志坚愿带全营弟兄的血肉把这缺口堵上。"师长道:"好!你努力!"志坚转过身来立刻召集两连弟兄排队站在民房的屋檐下,因挺立了身躯向他们训话道:"城墙被敌人轰出了一个缺口,敌人有由那里冲进来的可能,南京城守得住守不住,就在于能不能立刻填上这个口子。师长把这个伟大的任务交给了我和全营弟兄,这是我们军人的光荣。弟兄们,我们接受这个光荣的任务,我们必须成功,我们就是成仁也要成功。大家随我来。"说着,便叫两个弟兄,向前面去侦察一下,自己带了全连弟兄先藏在一丛竹林中深壕里等候他们的报告。那侦察兵回来了一个,很仓促地行了个礼,面上带了忧郁的样子。他道:"报告营长,那缺口里,已发现了敌人,他利用崩坍的城砖,做了机关枪掩体,有一架机关枪架着向里面射击。"志坚听了这报告,立刻跳了起来。这竹林外有一条浅浅的交通壕,通到城根,就是班长尚斌带弟兄们挖的。因叫着尚斌和三名弟兄,带了步枪与手榴弹,滚下这壕沟,蛇行着向前去探望,在这壕沟里弯曲着,斜斜地经过那城墙缺口。

五个人在壕里爬着,还不曾抬起头来看,不知那缺口的敌人,发现了什么,突突突的,就向空地上射了一阵子弹。志坚微微看了一看,那缺口的机关枪,居高临下,控制了这整个城门里面的空场,漫说两连人,就是两只耗子也休想上去。不把这挺机关枪消灭,就不能堵上缺口。不能堵上缺口,在今晚上,敌人就可以继续增援,冲入南京城。因悄悄地退回了竹林,对弟兄们道:“敌人很厉害,他们爬进那缺口,至多三个人,他们立刻构成工事,威胁了这整个光华门。难道我们这些人,就不如他们?我们现在可以在前面佯攻,吸住他们的注意,另派一个人带了手榴弹,迂回由左角斜坡上过去。就在那乱土堆里,逼近机关枪掩体,向里面塞进一颗手榴弹,不怕他们不消灭。”他坐在竹林下说话,弟兄们蹲伏了围绕着他听训。尚斌移近一步,脸色一正道:“营长,我去!”志坚道:“你是勇敢的军人。但这个任务,非完成不可!因为第二次再去,就不灵了。”尚斌道:“报告营长,我愿肝脑涂地,报效国家,不消灭那挺机关枪,我也不回来。”志坚连连点头,握着他的手说好。他身上挂着三颗手榴弹,手里又拿了一颗手榴弹,两次就滚下交通壕。

志坚伏在林根下的工事里,向外窥探着,不到十分钟,见他已爬出交通壕,在左角菜地沟里,顺了沟向左爬。自己便命令全部弟兄,蛇行出了竹林,故意向城缺口所在露出一些形影。自己却带了一名弟兄,由交通壕里前进。果然,那里的机关枪,却向竹林右角,不住发射,向左看时,尚斌已由菜地沟里,迂回到城墙脚下。在不平的地面上,看到一片灰色衣服在移动,那里正是崩坍的城土乱堆着。见尚斌已钻进那堆里,二十码,十五码,十码,五码,一块灰色衣服的影子,逐渐移近了那机关枪掩体。到了五码,他不蛇行了,只见他突然向前一跳,全身暴露出来,人向前一栽,右手伸着,把那个手榴弹塞进掩体里面去,那机枪突突地吐着火舌,还在向这右角射击。响声突然停止,只见一把刺刀挑起,在逼近掩体的尚斌身上，接着一阵响、一阵烟，由机关枪掩体里喷出，手榴弹爆炸了。志坚从交通壕里向外一跳，高举了右手，叫道："尚班长成功了，弟兄们，上！"于是竹林右角拥出一阵人浪，一阵风似的奔向城墙。大家到了那里一看，三个敌人，都炸死了。尚斌成了功，也成了仁。原来这手榴弹在拔开引线和塞进掩蔽部的中间，有几秒钟的时候，才能爆炸。尚斌要一定消灭这挺机关枪，他连手都伸进掩蔽工事里去，给予敌人挑上刺刀的一个机会。可是他这一只手，挽回了光华门的危局，以军人的武德言，已是至高至上的了。

## 第十五回　易服结僧缘佛门小遁　凭栏哀劫火圣地遥瞻

尚斌的一颗手榴弹，消灭这光华门的危机，立刻将许多将校都感动了。弟兄争先恐后地，随在这两连工兵之后，一小时内，把那城墙缺口，抢堵成功。等到这缺口填塞完了的时候，城外的敌兵，竟有一小股蹿到城根。这时，他们既爬不上城，敌我迫近，敌人的大炮，也不能掩护，城墙上一阵步枪与手榴弹，就把他们消灭干净。自这以后，城内外又鏖战了两日。但敌人的后续部队，随了飞机大炮增加。而我们守城军，却没有重武器与飞机，光华门虽是屹立不动，而全城的严重性，却已时时增加。

到了十二月十三日，留守的最高长官，已下令作战略的撤退。志坚在光华门附近，原可以先退，但是他们的弟兄们，已在一日前，被调上城垣，加入了步兵火线作战。他仅仅带了两个勤务兵在营本部里候令，他不忍走开。后来师长下令，刘团长在城上掩护退却，其余部队开始向城北转进。一面叫孙志坚去取出那四只橡皮船，送到某处支起来使用。志坚见大势已定，除此不能更有为国杀贼的机会，只好带了两名勤务兵奔向原来作营本部的西式楼房来。可是，这时候的南京城，已踏上了浩劫的途径。接连四五日的敌机轰炸，南城原来有七八个火头，始终在燃烧着。这日又有几处破家的百姓，自己放着火，实行焦土政策。由光华门顺了马路向西北走，就经过了三处火场。烈焰飞上天空，与其他一处的烈焰会合着，半空里成了火海。人家的浓烟，由门里窗户里，带了火焰，向街心里流着热浪，半空里的火星，像雨点落着。匆忙中绕了许多小巷，才奔向目的地,然而那几幢楼房,也正成了一丛火焰。所藏橡皮船的那所楼房,只有四周的秃墙,带了门洞与窗洞兀立在烟雾中。墙里一堆焦土,还有几丛矮小的火光在燃烧着。志坚望着怔了一怔,不免叹口气。回头看两个勤务时,又走失了一个。便在身上一摸,掏出一小卷钞票交给他道:"现在我们已没有了渡江的工具,你拿了这钱去做川资,自己找出路吧。"勤务道:"我愿跟了营长一路走。"志坚道:"你跟了我做什么?我还要到光华门去给师长回信。难道你还跟我到光华门去吗?"勤务道:"营长,光华门你也不必去吧。一来是路难走,二来是师长未必还在那里。"志坚道:"你不必管我,你自去。"说着,把钞票塞在他手上。勤务流着泪道:"我跟营长这么多年,就是在前方火线上,也没有分离过。"志坚道:"不必做这种没出息的样子,我们将来还可以会面,一同杀回南京。你快走!"那勤务只好并脚立着正,举手行个礼。志坚也来不及再管他,再由原路向东南奔走。

不想这一两小时的情形,大为不同。转上了马路,不断逢着友军,向北走动。一路问着消息,说是我们掩护的部队,已离开了城墙。这就想着,勤务说的话不错,师长未必在光华门。心想站了定一定神,在两三分钟内,把计划决定。记得那天在西北城角经过那座荒庵时,和尚说了,附近城墙外面,便是长江,那么,由那里越过城墙去,或者就是出路。这样想定了,立刻转过了身体,顺着小街小巷,就向城北的西北角上走。所走的街巷,由空洞现着生疏,全是关门闭户的人家,大地都像死了过去。有时见几个由东南向西北角走的人,穿了破烂不合身材的衣服,面带了死色,大家匆匆忙忙地走着,各看一眼,也没有言语。回头看南城的天空,烟雾遮掩了半边城,炮声听不见了,继续的枪声,却四处响着。由于天空的火焰太多遮蔽了云霄,在南方斜照来的太阳,已不可见了。这便分不出来天晴或天阴,只觉眼前凄凄惨惨的,没有一些生气。那噼一下啪一下的枪声，在这行人绝迹的路途上，增加了一份凄楚。

志坚越过两条马路，也曾遇到两队向北急走的军队，而除此以外，那整条的柏油马路，像一匹灰布展开在两旁店户的中间，没有一些点缀。这些景象，令他不便停留，加紧地向那荒庵一条路上走。出乎意料的，到了那庙门口，却见三三五五的百姓，背了包裹走，也有些人纷纷跑向庙里去。自己走到树林外那口井圈边，站着凝了一凝神。一个穿破蓝布短袄子的人，穿一条白色单裤，赤了双脚，由树林跑出来。他看到志坚武装整齐，站定了望着他道："朋友，你还不改便装吗？"志坚道："我是刚由火线上下来。"他道："你打算向哪里去？"志坚手一指树林外道："我打算由这里跳了城墙，想在这里找一根水桶上的绳子。"他摇摇头道："我们都是打这个主意的。这外面长江里现在有了敌人的兵舰，你听，这不是机关枪响？敌人看见了岸上有人，不问男女老少，他就扫射一阵。要走得了的话，我不向回跑了，朋友，快打主意吧。听说中华门敌人已进了城。"说毕，他又跑了。志坚听时，果然在西北角上有机枪扫射声，便坐在井栏上想了一想。他将手去扶着井栏时，触到腰上挂的佩剑，不觉笑了一笑，自言自语地道："要什么紧？有这柄佩剑，我足以自己了结了。"同时，却听庙里有一种纷乱的声音，便慢慢踱着步子，走进去看看。转过那弥勒佛龛，却看到一群衣衫不整齐的老百姓，在大殿上纷纷进出。有的将碗捧了一碗水喝。有的拿了一块饭锅巴，靠了柱子咀嚼。有的将破衣服包了一包米向外走，满地撒着米。有的抓了一把萝卜干，坐在台阶上吃。有的将瓦罐子盛了米扛在肩上。还有几个人围了那壮年和尚商量着要钱与食物。志坚站着看了些时，想起自昨日下午到现在，还只吃一个干馒头，看着人家吃东西，引起自己肠胃的欲火了。

三天三晚的火线生活，现在由南到北，又跑了半日，兴奋既已过去，疲劳也就充分地感到。于是取了殿上一个蒲团放在墙角，就靠了墙坐着。这样有半小时,那些纷乱着的老百姓,各拿了一些东西走了,自己还坐在那里不动。那个壮年和尚,看到他这个样子,倒出乎意料,因近前问道:“长官,你和我要什么东西吗?”志坚站起来道:“假如有什么吃点,送一点给我充饥,那是最好。否则给我一口热水喝,也是好的。”和尚皱了眉道:“刚才这群人来,把我们庙里都搜刮空了。不过你这位长官,进得我们庙来,并没有和我们要什么,我们很感谢。柴堆里我们还藏着一大罐粥,分两碗给你吃吧。”志坚道:“那太好了。”和尚也无二话,立刻用大碗盛了两碗粥来,放在香桌上。碗上只放有一双筷子,却没有一些菜。志坚也来不及客气了,先端起一碗来,站着就吃。虽没有菜,却喜有点温热,稀里呼噜,一口气吃完。两碗粥吃过,向和尚道了一声谢谢。那和尚站在一边,对志坚望着,因道:“你这位长官,好像很面熟。”志坚道:“你忘了吗?前几天我骑马来过这里的。”和尚道:“阿弥陀佛,我记起来了。几天的情形,南京大变了。长官穿了这一身军衣,打算向哪里去?听说敌人已经进城了。迟早这个地方,敌人也是会来的。”志坚道:“我不能连累你们,我现在吃饱了,有了几分力气,我再去拿佩刀拼几个敌人就了结了。”和尚道:“那太不值得吧?”志坚道:“那我有什么法子呢?大和尚,你这两碗粥,帮助我不少。我这里有两块钱送你结个缘吧。”说着,掏出两元钞票,伸了过去。和尚打着问讯连说不必不必,向后退了两步。这时,上次所见的那个敲木鱼老和尚摸索着走到大殿上,问道:“这里还有人吗?”和尚道:“就是我刚才说的那位坐了不动的军官。”老和尚道:“南京情形很严重了,长官,你一个人穿一身军装?”志坚近前一步,向他行了个礼。这回看清了,他果然是个瞎子,但他很灵敏,知道有人和他行礼,合了一合掌,问道:“长官,你是什么阶级?”志坚道:“我是工兵营长。”老和尚道:“那么,是学校出身了。”志坚道:“说来惭愧,我还是个西洋留学生呢。”老和尚道:“啊!那是国家一个人才了。南京怕是失陷了,长官打算怎么办呢?”小和尚插嘴道:

“他打算去拼几个日本人。”正说到这里，遥远地有一阵枪声送来。老和尚道：“你听，你走得出去吗？你是国家的人，你不当为国家爱惜羽毛吗？”志坚道：“呀！老师傅，你出家人有这种见解。”老和尚笑了一笑，接着道：“我也不是一个无知识的和尚。”志坚道：“老师傅，请你现在指示我一条路。”老和尚退后两步，盘了两腿坐在高蒲团上，头微微地垂下，默然地没有作声。志坚看他这样子，心里一动，也就肃立着。看他这样约有十分钟之久，老和尚道：“长官，你肯暂时解除武装吗？你听着，是暂时。”志坚依然肃立着，因道：“可以的，我只暗留下一柄佩剑也可以……”老和尚向他摇摇手。志坚道：“那也好，我可以脱了武装，请老师傅暂时收留我一下。”老和尚道：“我留你一下，与你无用。我要救你，就救个彻底。我刚才想了一下，觉得与你有缘。你答应我做几天和尚，我成全你的前途。”小和尚在旁插嘴道：“阿弥陀佛，这是老师傅大发慈悲心。你不听那枪声又密起来了吗？”志坚抬头看看那佛龛里的佛像，肃静地坐着，似乎有些微笑，便将帽子猛地一取，在老和尚面前跪了下去，因道：“愿拜老和尚为师。”老和尚伸手抚摸了他的头道：“佛门不说假话，老僧觉得与你有缘。我释名沙河，我有个师弟病着，叫沙明。这个小和尚是我徒弟，叫佛林，替你取字叫佛峰吧。你头上还有头发，叫佛林和你去剃光了。因为剃不得，万一日内有敌人进庙来，看到你这样子，他会疑心的。”志坚拜了两拜，站了起来。又和佛林合手一揖，叫了一声师兄。佛林道：“你快随我来，事情迟不得。”说着，他带了志坚到后殿披屋里，去取一套僧衣僧鞋，教给他彻底地换了。将他的军衣皮鞋佩剑卷了一捆，匆忙地拿了出去。志坚料着他是拿去毁灭了，既是做了和尚，也就不能管了。过了一会，佛林拿了一把剪刀进来，向他笑着点头道：“来，我来和你剪去这一头烦恼丝。”说着，端了一张方凳子，放在门边，让志坚坐下。于是扶了他的头，把那满头西式分发，用剪子齐头皮给他剪掉。剪了之后，找了扫帚、粪箕来,将满地的短发都打扫得干净,送了出去倒掉。然后回转身来,向他道:“师弟,我带你去见见师叔吧。”说着,又引他走进了隔壁一间屋子里去。

这里横直有三张床铺,正面一张床铺上,睡了一个和僧衣躺下的老和尚,胡桩子长满了脸腮,睁了两只大眼睛,向窗子外面望着。佛林抢前两步,向那老和尚说了一遍,然后招手将志坚叫了进去。志坚拜了两拜。老和尚沙明道:“师兄是有慧眼的人,既然他说和你有缘,一定借佛力保护你的。”志坚见这个老和尚,也是很慈祥的,心里自是安帖了许多。因已换过了僧衣了,就完全是个和尚,由着佛林的引导,重到大殿上,点了三根信香,参拜佛像。沙河坐在佛案边,招招手把他叫过来,低声道:“佛峰,你听听这外面的枪声,从今天起,南京要遭浩劫。你在这里虽有佛光照护,凡事你还得加倍慎重。不是我叫你,你不必出来。你可以在师叔房里伺候着他的病,跟他学习些佛门规矩。万一敌人来到这里,你要镇定,不必惊慌。”志坚一一答应,因道:“我所有的东西,都请师兄毁灭了。只是带的一百多元钞票,还藏在身上,怎样处置?”沙河道:“今天庙里洗劫一空了,你这钱很有用,交给你师叔就是,将来也许你用得着它。天色晚了吧?佛林去关上山门,我要做晚课。关了山门以后,佛峰可以在庙里自由行动。你初入佛门,我不拘束你。”佛林听说,自去掩庙门。这老和尚却盘膝坐在蒲团上,两手做个半环形,手托了手,垂在怀里,渐渐地低下头去。志坚觉得不便打搅他,自退到后殿来。一个人站在殿檐下,抬头向天空看看,只见红光布满了长空。那红光反压下来,见墙壁庭树,都映着发红光,这也可知道天色已入晚了。那零碎的枪声,却比下午更密切,远远近近地响,不会停一分钟。自己静静地听去,仿佛有些号哭声在空气里传递着。心想,不知道今晚上的南京成了什么世界。低头看看,自己穿了僧衣僧鞋。又想,不料我今日会在这里做了和尚。呆站了许久,佛林走了来,约他到庙后茶园里去,就在火光下,摘了两篮子菜回来。

又和他到斋厨里，煮了半锅粥，做了两碗素菜，都用瓦罐装了，藏在柴堆里，因道："老和尚说了，从明天起，这两天，我们最好静坐不动。师弟，你明天就坐在师叔屋子里，不必出来了。"志坚总觉虽是成了和尚，这个身子已在危城里面，不能凭了自己的血气之勇，连累这三个和尚。当时在天井下呆站了半小时，同和尚共同又吃过了一顿粥，也就回到沙明的禅房里来。

沙明是个病人，也不能和他多说话。志坚穿了僧袍，也不曾脱下，就和衣躺在小铺上。佛林曾分了一被一褥给他，他就将被子一卷，高高地撑了身子，歪斜地仰面坐卧着。为了外面的劫火漫天，枪声不断，老和尚早是叫大家熄了灯火。志坚坐在暗屋子里，看了窗纸上被火光照得通明，自己只想着整个南京城的人民，不知已陷在什么境地里。虽然在光华门有两三晚不曾睡觉，但是自己的神经比在火线上受着刺激要增加十倍。每每迷糊一阵，却又自己惊醒过来。到了下半夜，枪声已不大听到了，似乎多迷糊了一些时候。

醒来时，天已大亮了，只见佛林站在面前向他合掌低声道："阿弥陀佛，师弟，你与佛有缘。你昨晚若不在这庙里，你免不了在劫里。"志坚一仰身，站下了地，问道："敌人已经进城了？"佛林道："不但是进了城，恐怕在屠城，今天天不亮，我和师叔悄悄地溜出庙去，想在附近种菜园子的人家，去分一点米。不想就在这庙外树林子外，人行路上，就有几个人死在地上。有两个人衣服剥得精光，还没有头。我们走了没有半里路，已看到三十多具死尸，我们不敢走了，只好回来。这个地方，向来是很僻静的，一夜晚都死了这些人。大街小巷里，那情形是不必说了。师傅叫我大开着庙门，只管等魔鬼前来，他和师叔，会在大殿上，对付他们。叫你就在屋里，少出去。"志坚听了这些话，只管呆站着。佛林又向他望了道："老师傅的话，你是要听的。"志坚点头答应了两声"是"。

自此，他没有敢多出房门。有时闷不过，走出来站到屋檐下向天空望望，见东南城角的天空上,浓密的烟,比昨天还要占领的空间大,便是这天井里的空气,也带了焦煳味。虽然枪声已听不到了,却更感到情形的凄惨。这天在屋子里闷了一天,只觉心绪如焚,坐卧不是。所幸这一天庙里没有来敌人,也就平安过去。到了晚上,天空里像晚霞一样红亮,便是殿前殿后不点灯火,也照着每个角落里都是亮的。沙河是双目失明的人,他不曾看到,沙明和佛林却是不断地念着佛。志坚心里头,是怒,是恨,是惭愧,满腔全是说不出来的一种情绪,他倒不言语了。这样又忍耐了一晚,天色将明,他实在忍不住了,便悄悄地起身,走向后殿小阁子上去,这一登楼,首先让他失惊一下,南城的天空,那火头已分不出几个,只是高低大小联结着,像一座火山。生平游踪所至,也看过两处火山,那火山口上喷出来的烈焰,也没有这凶猛。这南城的火头,下半截是红色的,有时也带了一阵绿焰,涌起几十个尖,形如蛇舌,在空中扇动的一层是零碎的火星,涌成百丈巨浪;上一层是紫色带黄色的烟,像云团一般卷着,倒了向上滚。照着方向判断,必是夫子庙以北,新街口以南。也就是南京市的精华所在,这全完了。回看城北,也不平安,有两座火头,远近大小相照。再向东看,紫金山却是像平常一般,挺立在天脚。东方渐渐地放出了白色,在山后面托着,衬出了山峰大三角形。山的东端,渐渐向下倾斜,伸出了几个苍翠色的支峰,由北向南伸展。天色更白一点,忽然一丛白色的建筑物小影出现在眼前。啊!这不是中山陵?他心里一阵惊讶,不免推开玻璃窗子,伏在窗栏上注视着。

天越发地亮了,那陵墓正殿,白色的立体形,依然是个有亭翼然的姿势,俯瞰着南向的丘陵地带。白石的台阶,在赭色与苍绿色中间,在高峦上,划了两道宽的白影。钟山带了树木,披了青绿色的厚甲,高高的,长长的,屏围在陵殿之后。他忘了身穿僧衣,立着正,举手行了个敬礼,敬肃地低声道:“愿总理在天之灵,宽恕我们这不肖的后辈。我们不保守南京,我们使腥膻玷污了圣地,我们使魔鬼屠杀了同胞,我们使魔火烧了这首都。但我向总理起誓,我们不会忘了这仇恨，我们一息尚存，必以热血溅洗这耻辱。”他口里念着，举了那手不放下来，只管向圣地注视着。很久很久，在东郊有几阵浓烟，卷了云头向上升，又必是哪里被敌人所烧杀，他一腔愤怒与悲哀，万分遏止不住，脸上两行热泪，直流下来。

## 第十六回　半段心经余生逃虎口　一篇血账暴骨遍衢头

在这种情形下,孙志坚当然不是个安心做和尚的人,便是老和尚沙河,他也知道志坚不是一个做和尚的人。他总怕志坚的英气外露,老让他在禅房里住着。但是到了第二日下午,进了城的敌兵,已钻进南京任何一个角落。他们第一个目的是找女人,第二个目的是杀壮丁,第三个目的是掳财物。在这三种目的之下,他们想这些目标物,也会藏在僻静地方的,所以城西北这些竹林菜园的丘陵区,他们也找来了。在上午的时候,已有几批敌兵闯进这座荒庵,沙明撑持了尚带三分病症的身体,在大门口弥勒佛面前微弯了腰站着,看到敌兵来,他不但不躲闪,首先迎上去,就举起右手掌平胸,向他行礼,预备他问话。这些敌兵,横着身体,故意把地踏得嘚嘚发声,抢了进来,都是拿枪带刀的。沙明也就把生命拿在手上,预备随时交给他们。

他们进门来瞪眼问了第一句话,便是:“钱,有没有?”这也是他们到中国来学着唯一的一句汉话。接着便是将刺刀在地上画着字,问这样,问那样,他们尽管杀人不眨眼,可是自己却格外地怕死。在国内不曾出征的时候,他就在佛寺里许着愿,请神佛保佑他。所以他们进了佛庙,看到和尚,却不致立刻杀人。那意思还是怕得罪了保障他生命的佛爷。这一点,老和尚沙河,十分明白,他老早告诉了沙明。因之沙明恃了这点保障,也很镇定地向他们答复。他不敢接用敌兵的刺刀,只是将手指头在香案上写了字作答。香案上的浮尘,被手汗涂抹了,却也分明。那些敌兵在庙里来一次搜索一次,看到实在是个穷庙。两个老和尚，一病一瞎，绝无能为。两个年轻和尚，他们也照检查壮丁例，逐次检验。第一，他们头上没有戴军帽的印子。第二，他们大拇指与食指之间的肌肉，没有扳枪的肉茧，也就不疑心了。

志坚虽是个现役军人，因为他以往曾蓄过西式分发，发剪短了，头上没有那太阳晒照着与否的分界痕。其次他是工兵营长，他并不常常抱着步枪，因之这两个军人的特征，他全没有。他学过三年以上的日文，日本人说话，他是懂得的。敌兵来了，他装着不懂，只管把眼望了。而他们互相商量的话，他先知道了，等来问话，他更能迎合他的心理去答复。当第一次他遇见了敌兵的时候，共是五个人。他们各穿着沾遍了泥土的服装。手里夹着上了刺刀的步枪。脸上的灰尘和他们的杀气融化一处，各人的面皮，都是紫铜色的。而这五个人里，有三个人的眼睛都犯了充血的毛病，细血管变成了红丝，网罩了他们的眼球。他们在大殿上围住了沙河问话，沙明在屋子里，把他师兄弟两人叫出，悄悄告诉他，敌人要清点庙里人数。志坚走上大殿来，看到了他们，正是俗言所说，仇人见面，分外眼明，恨不得张开口来，一气把他吞了。可是他看到老和尚围在刺刀中间，他立刻把气忍下去，随着低了头，在老和尚身边站定。

沙明已有了答复敌人的经验，在佛案上预备下了纸笔。志坚走过来，有一个敌兵夹了枪威胁一下，近前先看了他的头，再夺过他的手，捏摸他拇指、食指间的肌肉。志坚不作声，由他检验。检验毕，那敌兵扶起笔来，在纸上写着："是自幼出家否？"志坚另拿了一支笔，在纸上写个"然"字。那敌兵又写："庙中藏有妇女否？"志坚答了"不敢"二字。他又问："附近有无妇女？"写毕，他鼓了嘴瞪着眼望人。志坚答："庙旁并无人家。"他又问："何处有妇女？"志坚答："出家人向来不曾注意此事，请向民间去问。"其余的敌兵，张开口来大声狂笑一阵。他们找不出什么破绽，在庙中逡巡一遍，也就走了。沙明眼见他们走远了，回头向志坚点了两点头，又惨笑了一笑，那意思是说，他居然忍受过来了。

自这次后，当日志坚曾遭过几次盘问，都平安过去了。到了城陷的第三天，曾有两个老百姓逃到庙里来。据他们报告，城里的老百姓，不能和日本兵见面，见了就休想活，因之满街都是死人。他们想躲一躲，后来听说日本兵也常上这里来，不敢停留又走了。这是三日来，首先所得的庙外一点消息。

志坚在这些满城火焰上去推测，也想了这消息不会夸张，但实际的情形，不曾看，也就不能加以想象。在第四日的早上，因为庙里一些劫余存粮，都快干净了，和佛林二人趁着天色微明，敌人还不曾出动，就各带了一只篮子出去，到菜园去掘摘些萝卜青菜吃。他们预备多储蓄些，随去菜地摘菜，渐渐走远，又迫近了那条人行路。

他们刚一伸直腰，却看到这路上死人，犹如掷下的铺路石板，左一具，右一具，不断地横倒在地上，估计着怕不在百人以上。佛林念了一声佛，向志坚摇头道："师弟，我们不能再向前了。"他手提起盛菜的篮子，扛了在肩上，就向庙里走。志坚一人也不敢落后，提了菜筐走回庙去，刚进得庙门，却看到树林子里奔出两个老百姓来。他们上身穿了两件破棉袄，下面却各穿了一条青布裤子，是警察制服。后面有两个敌兵，各端了一支上着刺刀的枪，追了上来。前面这两人还不曾踏上庙门台阶，两个敌兵已经追上。这两个人回头看着刺刀尖伸过来，不隔三尺，料是跑不了，索性回转身来去夺他们的枪。不幸第一个人的手，先碰上了刺刀，啊哟一声，向旁一闪。敌兵再一刺刀，向他胸膛直扎穿过去。那第二个人，倒是握住了敌兵的枪，正在用刀拉扯，这第一个敌兵，却回过枪来在他背脊上扎了一刀。他随了这一刀，倒在台阶上，两个敌兵便倒提了步枪，在他身上乱扎了几十下。扎过一阵之后，又将刺刀，在头上拉锯也似的，横割了几下，把人头割下，然后伸脚一踢，踢球一般，把人头踢进庙门，砰的一声落在弥勒佛面前的香案上。志坚看到这情形,直觉有一股热血,要由嗓子眼里喷出来。自己只是看着,垂了两只大僧袍袖子站定,怔了一怔,未曾走动,这两个魔鬼皮鞋乱响已闯进庙门来了。志坚觉得惊慌不得,只好笑着打了个问讯。这两个敌兵进门来,见弥勒佛嘻嘻地向他笑,他们也笑了。一个敌兵放了枪,在佛案上斜支着,向佛鞠了个躬,操着日语,说声抱歉得很。另一个寇兵却站在旁边,哈哈大笑。这寇兵道:"人头踢到佛案上,这是大不敬的,我们找和尚写一张符,求求神佛保护吧。"志坚听懂了他的话,便料着不会逞凶,便站在菜篮子后面静候着。那鞠躬的寇兵拿了枪上前,将刺刀划着地,写了五个字:"会画神符否?"志坚缓步向前,便在香炉里拔了一根信香棒子,在地面上画了答道:"当画符奉赠。"他便点点头,招手和志坚走上大殿。志坚在佛案下面,找出一张黄表纸,裁了两条,就把佛案上的笔提起,站着在佛案角上,写了两张符。他知道日本军人怕死,有带符出征的习惯,在字条中间,写了一个"佛"字,在旁边左右各注了四个小字:"永葆清吉,幸福长生。"写毕放在香炉上,跪在蒲团上,放出十分敬诚的样子,和它祷告了一番。然后站起来向他们弯腰各一合掌,把两张符交给了他们。这两个寇兵,竟在凶恶的脸上,放出了一线笑容。照了他们倭国的规矩,每人掏出一个辅币,交给志坚算香钱,然后笑着走了。出门时他们把佛案上那个人头也带了走,但那两具尸体却不管了。

佛林由后殿大了步子,轻轻地走出来,先张一张嘴念着佛道:"师弟,我替你捏着一把汗。"志坚道:"到了现在,我也只有逆来顺受,也不必担心许多了。"他这样说着,把这事也就坦然处之。可是这两道神符,却引出了许多意外的事。这两个寇兵的驻在地,就在附近民房内。他们回去把神符给同伙看了,大家都来找和尚写神符,又过了两日,有两个倭军下级军官,突然冲进庙里来。他们挂着手枪和佩刀,进门来四周乱看。佛林以为这又是来求神符的,直将他们引到志坚禅房里来。其中一个年老的军官,细长个子,是副三角眼,嘴上有一撮人丹胡子,满脸杀气。进得门来,看到志坚,便用日语向一个年轻的军官道:“这个和尚怕是假的。”这年轻的是矮胖子,倭瓜脸,翻嘴唇,露出一排扁牙,瞪了红眼看人。志坚只装不懂,静静地站在一张小桌子边。桌上有现成的纸笔,正是他预备写神符的。那年轻的听了这话,猛地拔出他带的佩刀,白光灿灿地射人眼睛,就放在志坚颈脖子上,另一只手却夺了志坚的手来检验。他在志坚大二两手指之间,极力捏着。志坚不动神色,随他去检查。这年轻的向年老的发出干燥的声音道:“他不是军人。”那老贼横了三角眼,向志坚头上望着,便在桌上纸面,写了一句“为何用剪剪发”,那年轻的已把刀缩回去了,志坚便笔答道:“二月未剃头。”那年老的特别狡猾,他竟不信这个答复。他又拔出刀来,放在志坚肩上,刀口对了颈脖。另一只手在纸上写着:“有行李否?”志坚点了点头。他又写:“在何处?”志坚就胡乱向面前一张床上一指。其实那床上的行李,并不是他所睡卧的。年老的倭军官,便向年轻的军官道:“搜查一下。”那年轻的果然将刀尖挑着那被褥翻弄了一阵。这被褥下面,并无奇异东西,只有一本缘簿,和一把剪刀。年轻的将剪刀取出来举了一举,向桌上一扔,提起笔来,写着字问:“是用此剪剪发否?”志坚肩上虽扛了那面刀,但坦然地点了点头。年轻的向年老的用日语笑道:“可以放了,他是和尚。”那年老的抽回刀来,在纸上写道:“能诵经否?”志坚心里想着,这个年老的倭寇,实在可恶,自己何尝会念经?这回算是完了。但没有到最后关头,自己也不和他翻脸。他两个人虽有武器,自己桌上一块大砚池,也可以拼他一个人,于是大着胆子弯身下去,提起笔很快地在纸上写了一个“能”字。他写是写了,却是打着诳语。小的时候,随在念佛的祖母身边,看过几本佛经,只有最短的那篇心经,曾熟念过。而心经的后半段,是梵语译成汉字的咒语,佶屈聱牙,很难上口,现在丢了十几年,已记不得了。那老寇军官，在纸上写了一句“试诵之，不能则杀尔”。说着又把刀猛地一伸，放在志坚颈上。他的颈肉，虽触到锋口上一阵凉气。但他毫不惊慌，便自心经头一句“观自在菩萨”念起，自己一面想着，念到咒说，便给他含混过去。那老寇瞪了眼睛，侧着耳听他念经。他把经文念了大半段，刚刚要到咒语揭谛揭谛那段，老寇把刀收了回去，人丹胡子在嘴唇上掀动了一下，一摆手，告诉他不必念了，却向那年轻倭寇笑道：“几乎错杀了他，他是和尚。”那倭寇也就昂起头来哈哈大笑，在纸上写了一句道：“僧人，尔颇有道行。”于是两人将刀插入挂着的皮鞘内，转身走出房去。他走远了，还有笑声，他似乎以畏吓和尚当为有趣。

直等笑声听不到了，志坚还呆站着，很久很久，自言自语地道：“怪不得老和尚说我与佛有缘，生平只听得半段心经，不想就是这半段心经救了我出险。”当晚把这话告诉了沙河，老而瞎的和尚盘腿坐着，只微微一笑。到了第二日，已是南京失陷的第六天，南城的火焰，大半已熄了下去，也不大听到枪声。寇兵屠城的工作，也告了倦意，因之庙里虽有敌兵来到，只是求神符的，却不再搜检。写符的事，老和尚都交给志坚办，他也写好了许多符，放在佛案上预备着。而这送符的事既传了开去，寇兵怕死求福的人多，竟是纷纷地来要。有一次来了几个寇中的知识分子，写着字问志坚道：“尔能写诗句否？”志坚因这是个阴天，庙外树林子上飞着烟一般的细雨，远处都被云罩了，便写了一首杜牧的七绝给他。诗句是：“千里莺啼绿映红，水村山郭酒旗风。南朝四百八十寺，多少楼台烟雨中。”一个穿西装的贼人，看了字条摇头晃脑，叽咕了一阵，脸上露出了笑容。点点头，竟掏出五元法币，送志坚作香火钱。志坚先合掌谢谢，然后写一张字给他看：“香资谢谢，不敢领。小庙僧人四名，七日未尝粒米，只以野园菜蔬度命，阁下能护送僧人出门购米否？”那几个倭寇商量了一阵，答应可以，香资也没有取回。志坚便将这事告诉了在旁打坐的沙河，沙河低头想了一想，因道：“你既要去,凡事小心,务必请他们派一个人送你回来。”志坚答应着是,到斋厨里去取出一只小米袋,便随着这群倭人走出庙门。

他们离庙向东走,不久就踏上了中山路。第一个给他深刻的印象,便是四五十具尸体倒顺交加成堆叠在马路旁边,地下的血水,淋了几丈面积,冻结成了紫膏。他随在倭寇后面,已不敢看。其中有个人,是敌军的宣抚班人员。却反是回转身来,伸了一个食指,指给他看,而且举起两手卷了筒形,一前一后。头弯下去,眼睛由手向外看,身子转动,做个机关枪扫射的姿势,口里舌尖撞动,嗒嗒嗒地学着响声。志坚没有敢表示,只略点了两点头。

顺了路向北走,尸体是不出十丈路,必有几具。死的不但是中国的壮丁,老人也有,女人也有,小孩也有。有的直躺在枯的深草里,有的倒在枯树根下,有的半截在水沟里。而唯一的特征,女人必定是被剥得赤条条的,直躺在地上,那女人的脸上,不是被血糊了,便是披发咬牙,露出极惨苦的样子,有的人没有头,有的人也没有了下半截。有几根电线柱上,有小孩反手被绑着,连衣服带胸膛被挖开了,脏腑变了紫黑色,兀自流露在外面。有的女尸仰面卧着,身上光得像剥皮羊一般。而她的生殖器或肛门里,却插一枝两尺长的芦苇。最后走到一个十字路口,黄色的枯草上涂遍了黑色的血。尸体也不知有多少在广场中间堆叠起来,竟达丈来高,寒风吹了死人的乱发和衣角,自己翻动。那不曾堆上去的尸体,脚斜伸在路上,敌人的卡车到来了,就在上面碾了车轮过去。志坚不忍看,又不愿不看,心里头那份难过,犹如开水烫着,几乎昏晕了过去,身子晃了两晃。两个倭寇看到,商量着道:“和尚胆小,不必再引他看到更多的尸体了。就在附近给他找点米吧。”这里正有几家未遭火劫的店铺,门窗都劈开了。有家油盐杂货店门户洞开,其中有几个寇兵驻守着,店里也还陈列了一些杂货。他们在门口站住,用日语和那寇兵说:“这和尚会写神符,我们都在他庙里求得了。他庙里七天断炊,和尚都要饿死,给他找点米吧。”志坚站在他身后,只装不知道。随话出来一个寇兵,操着八成熟的中国话道:“喂! 和尚这里来。”随着招了两招手。志坚走向前,向他打了个问讯。他道:“你能给我一张神符吗?”志坚道:“身边不曾带着,请到我庙里去拿。”他道:“好,我这里送你一点米。”他接过袋子去,就在店里面,给他装了半袋米出来,又拿碗在盐桶里舀了一碗盐给他。那原来几个倭寇向他道:“你能说中国话,那好极了,我们答应他护送他回庙去的,你送他去,顺便去求一张符。”这寇兵答应了,便翻译给志坚听道:“和尚!你造化,他们让我护送你回去。那么,我们走吧。”于是取了枪支在手,向肩上一扛,又道:“你引路。”志坚弯腰谢了一谢那些倭寇,手里捧着碗,肩上扛了袋,便在前面走。但是他要多看看城里的惨状,却不取原路,另找了一条马路向庙里走。

城北的人家,本来稀少,树在空地中间立着,没有枝叶,光秃秃地堆了死尸,添上一种凄凉意味。有人家的地方,大门都劈开了,有的在门口就倒两具尸体。路上的尸体虽比中山路上少些,但不出二十丈路,至少有一具。后来经过一口水塘,却打了个冷战。原来那水面上浮有七八具裸体女尸,被一根粗铁丝将乳峰穿着,成串地穿在一处。女尸由水里漂浮起来,身体浮肿了像许多牛皮囊。那倭兵看到,问道:“和尚,你害怕吗?”他走着路,念了一声佛。倭兵道:“我在你中国多年,我知道你们中国人的。”他回头看了看,赶上一步,低声向志坚道:“我替你中国人可怜。”志坚道:“老总,我们出家人慈悲为本。”倭兵道:“你为什么不叫我‘皇军’?”志坚道:“老总,这样称呼,是中国人尊敬军人啦。”他笑了一笑,因道:“我告诉你一件新闻,你不能不害怕。我们进城的第二天,两个军曹比赛杀中国人。十二小时内,一只手杀了一百八十六人,一只手杀了三百一十三人。这个比赛胜利的人,还写了报告寄回国去呢。”他说毕,也摇了两摇头。志坚念了那一声佛,因问道:“老总,你看南京遭劫的有多少人?”他笑道:“谁知道？我是由挹江门进来的。死尸填平了门路有两千米远，这就不少了，但你不要害怕，现在我们不会再那样杀人了。”志坚正要再说话，顶头遇到两个倭宪兵，他们将那倭兵着实盘问了一阵，又在和尚身上搜查了一遍，方才放行。志坚因路上去了死尸，已没有中国人，也怕再会引出什么意外，暗中告别了满地的死人，就径直地走回庙去，而师叔沙明和尚已在山门口盼望多时了。

## 第十七回　悲喜交加脱笼还落泪　是非难定破镜又驰书

自这次起，他们这庙里没有了恐慌，也没有了饥饿。志坚在老和尚指示之下就忍耐地过着。在两个月后，他已经知道，我敌战线相持在芜湖上游的鲁港。我们在武汉已重新建立了军事政治的新阵容。也曾悄悄地和沙河老和尚商量，要逃出南京。沙河说："我不留你在佛门，但现时还没有到逃出虎口的时候，你还要忍耐着。你若冒险出去，万一有事，岂不把几个月的忍耐工夫都牺牲了吗？"志坚对于这事，也没有十分把握，只好又忍受下来。在这个时候，逃出南京虎口，只有到上海去的一条路，而这一条路，我们还在和敌人展开游击战。火车逐站要被敌人检查，敌人杀人，也极随便。志坚纵有冒险的精神，觉着也犯不上去冒这个险。这样一延搁下来，不觉在庙里住下来七个多月。寇兵除了那求神符的，却也不来骚扰。

是一个正热的夏天，敌人的宪兵司令，带了一批随从，由庙门口经过，却拥进庙来参观。遇到这种场合，两个年轻和尚，照例是闪开的。沙明听到门外一阵马蹄枪托声，便赶快迎到大门口来。见那寇司令马靴军服，鼻子上架了眼镜，手上拿了个带皮梢的短马鞭子，大步抢上大殿。沙明站在一旁，躬身合掌，他只在眼镜里扫了一眼。沙河也站在殿口，合掌道："残废僧人，双目不明，招待不周，请原谅。"沙明被贼官一群护从隔断了，不能向前，只好站在天井里树下。忽有一个穿西装的人，走下殿来，向沙明招了两招手。沙月见他满脸浮滑的样子，眼珠左右转动，想到又是困难问题来了。近前一躬，做个笑容。他低声道：

"不要害怕,我也是中国人,我在司令面前当翻译。"沙明道:"你先生有什么吩咐?"那人道:"那位拿马鞭子的,是南京宪兵司令,今天到你这庙里来,是你们的光荣。"沙明躬身连说是是,又道:"小庙太穷,连茶点都来不及预备,怎么办呢?"那人笑道:"那倒用不着,司令看到佛案上那个铜香炉和净水瓷瓶,是两个古物,他觉得放在这僻静地方不大妥当。他愿买两样新的来和你们调一调,你们要多少钱?"沙明道:"这事我不能做主,要问那个瞎子当家和尚。"于是引了那人走到沙河面前来说。他听了这消息,脸上放出一种不可遏止的笑容。他虽看不到,但也将面孔对了那当翻译的人,两手齐胸合掌道:"我们求司令保护着的事多着呢!司令见爱,把那两样东西拿去就是,我们哪敢要钱?不过也算不得什么古物。我们有一部《唐人写经》,是唐朝人写的,相当名贵,愿敬献给司令。"那翻译对《唐人写经》,也不大理解。但是他又解释了一句,是唐人写的,倒知道是真古董了,便走向那寇司令面前,叙述了一番。这贼他偏知道《唐人写经》还是宝物,他忘了他平常作威作福的身份,自迎向沙河来问话。他将鞭子指了老和尚,教翻译问那《唐人写经》在哪里,快拿出来。翻译问了,沙河深深地向那寇司令一躬,因道:"这东西太名贵了,放在这里,太没有把握,在战前已送到上海去了。若是宪兵司令给我们一张出境证,我叫我师弟到上海去取了回来。"寇司令听说,将鞭子指了沙明道:"就是让这个有病的老和尚到上海去拿?他如在路上病倒了呢?"翻译问了沙河。他道:"若是司令许可的话,庙里还有两个小和尚,我着小和尚随了他来去。这东西太名贵,小僧也是不放心。"这话又翻译过了。这个寇司令,他没有想到他的诈取得到意外的成功,他遏止不住贪婪的得意,扛了两扛肩膀,眼珠在眼镜里一转,他那上唇一字式的小胡子闪了一闪,闪出嘴里一粒金牙。两手握了鞭子,点了两点头,对翻译咕咕了一阵。那人翻译了道:"司令说,可以的,回头让那个络腮胡子和尚到司令部去拿出境证。这是一件宝物,叫你们不要声张。你们既有这番好意,这个净水瓶和铜香炉,就不拿去了。”沙河把脸上的高兴,全变了感谢的笑容,深深地几个鞠躬。那翻译指着沙明道:“你就随我们一路去拿出境证。”那寇司令对庙子四周看看,点点头。他意思说,这个古庙,果然是有古物的。他未曾想到这是中国俗语,端猪头找庙门,成功是人家的事了。

两小时后,沙明取得了出境证回来。这日晚上,沙河做过了晚课,回到自己僧房里,盘腿坐在禅床上,将志坚叫到面前来,笑道:“佛峰,恭喜你,你明天脱离虎口了。你师叔已经取得出境证来,明天带你到上海去。”志坚道:“老师傅处处和我设想周到,我感谢不尽。”沙河道:“我说你与我有缘,这不是随便说的。你记得你来的时候,我低头想了很久吗?”志坚肃立着说是。沙河微笑了一笑,因道:“四十年前,我和你一样,有这样一个境遇。外国兵追着我们的军队,我走进一个古庙当了和尚,直到于今。论我的官阶,比你大得多呢。不想四十年之间,我又再遇到了这样一件凄惨的事。这八个月以来,其他的事多了,你想着,这不是一个缘法,一重因果?”志坚不想老和尚和自己一样,也是执干戈卫社稷的人,他大受感动,在老和尚禅床前跪了下去,因道:“愿求老师指示迷途。”沙河微笑了一笑,一手按了他的肩膀,因道:“时代不同,没有再叫你永做和尚下去的道理。我当年一度逃禅之后,我也是应当还俗的,但我看到清朝政府绝无能为,还俗又有什么用呢?我再告诉你,我是长江下游帮会上一个大佬,我手下至少有十万弟兄,我若还俗,就很烦的。所以隐姓埋名,不再出面了。”志坚道:“八个月来,弟子早已知道师傅是个不凡的和尚,想不到是这样一个过来人。但是师傅把庙里《唐人写经》送给贼人,为了弟子,牺牲太多了。”沙河笑道:“这又是一点缘。庙里有一部真《唐人写经》,两部假抄本,但也是清初的东西了。第一部假的,我师傅告诉我,已经救过这庙里一个和尚。第二部和那部真的,我保守了三十多年,今天用得着它了。这两部经现存在庙里,并不在上海。说是到上海去取,你可以知道我是什么意思了。你有慧根,前途是很光明的,家庭也许有点小麻烦,那可不必管了。不必很久远,你可以回到南京来的。但你见不着我,也见不着师叔,你师兄是可以见到的。我们的坟,就会在这庙后,回来之后,你可以在我们坟前再念那半段心经了。”志坚觉得老和尚和颜悦色地说上这一段话,每一个字都打击在自己心坎上,他的情感奔放,理智不能克服,觉得现在别了这相依为命的三个和尚,倒恋恋不舍,不觉流下泪来。老和尚见他默然,已感到他在流泪,将手摸了他的头道:“现在你是和尚,过了几天,你是军人,这眼泪是用不着的,好好地去奔前程吧。”志坚真说不出一句话,跪在地上,竟不能起来。

他这点至诚的感动,生平是少可比拟的,除非是三十六小时以后,他又在一个地方跪下了,那与这情景相仿佛。那时,他还穿的是一身僧衣,跪的不是禅房,是上海洋房的楼上。那受跪的人,不是和尚,是他母亲了。他离开南京,和见着老母同是一样的悲喜交加,所以情感的奔放,还是让他洒了几点英雄的儿女泪。老太太更是有不可忍耐的泪在流,将手抚了他的肩膀道:“你起来,有话慢慢地长谈,我们母子居然还可以见面,那就应当满足,这一次战事,家破身亡的就多了。”志芳站在一边,便来搀着他起来,小姑娘依然是心直口快的,她忍不住心里那个疑团,问道:“大哥,你何以灰心到这样子,出了家呢?”志坚低着头看了一看身上,穿着僧衣,这又笑了,因道:“你说的是这衣服吗?这不过是我住在南京城里的一种保护色罢了。”志芳道:“那就很好。隔壁张先生家里,有个洗澡间,我商量一下,让你先去洗个澡,你的旧衣服,这里还有一箱子,我和你清理出一两套来,先换上,不要弄个和尚老在屋子里坐着。”志坚笑道:“这不忙,我得先明白了家里的事情,才可安心洗澡换衣服。母亲和妹妹总平安了,东西的损失，那可不必管它，只要人在，总可以找了回来。现在所要问的，就是冰如怎么样了。”老太太刚刚擦干了欢喜着流出来的眼泪，坐在对面床上，只是向这变成了和尚的儿子，周身打量了。听到这句问话，很快地向旁边的女儿看了一看。孙志芳对着这死里逃生的兄长，实在不知怎样安慰他才好，匆忙中只有将桌上热水瓶里的热水，倒了一杯，双手递了过去。志坚笑道：“妹妹也是高兴得过分了，原先已经倒一杯茶给我喝了，怎么又斟一杯茶给我？”但他虽是这样说着，两手依然把茶杯接着，放在面前，向志芳望了道：“你嫂嫂的消息如何呢？”志芳已是见母亲被他一问，对自己用目示意过了，便笑道：“她很好。”只说了这三个字，在肋下纽扣上，抽下掖住的手巾，拂擦了额角上两下，退两步，坐在对面方凳子上。志坚见母亲和妹妹的态度，都相当地踌躇，心里便很有点疑惑，因放出很诚恳的样子，向老太太道：“她还住在汉口吗？她是个喜欢热闹的人，单身作客，恐怕耐不了这份寂寞。”老太太道：“她上个月曾来上海，已回天津娘家去了。她老得不着你的信，我这里房子又挤窄，我也不留她。”志坚道：“她到娘家去了，那也好。只是天津租界上的环境，不比上海租界，打个电报去把她找来吧。”老太太道：“她也很平安，你可以放心了，洗澡换了衣服再说。善后的事多着呢，慢慢地来办吧。上海人更杂了，一幢房子住七八家，你这样装束，也让人家注意。”志坚看到母亲的答复，却不怎样彻底，而妹妹把手绢角咬着，两手拿了巾角的另一端，只管搓着。志坚觉得话外还有一段缘故，匆忙既问不出来个所以然，只得照了他母亲的话，洗澡换衣，还了一个俗家的样子。

二次坐在母亲房里时，见母亲和妹妹的脸色就安定些，仿佛已经有过一次商量了。志芳先笑道：“你看，哥哥换了这身绸子小褂裤，身上洗干净了，不还是很年富力强的一个军人？有什么……”说到这里，突然把话停住了。志坚洗澡换衣服的时候也想了许多办法要套出母亲的话来。看到妹妹又给了一个问话的机会,便道:“关于冰如的事,我也知道一点。我想,向江洪去一封信,也许可以得一点结果。”志芳将嘴一撇道:“你还打算问他呢?”志坚道:“他是我的好朋友呀,难道他还能做出对不起我的事?”志芳又冷笑了一声。这样一来,志坚就十分明白了,经了三五回反问,志芳就再也不能忍耐,竟是一连串地把冰如到上海来的情形叙述了一遍。志坚当她说话的时候,只是斜靠了茶几,手上玩弄一只茶杯静静地听了,直等她把话完全说完了,才点点头笑道:“那也好,我减少了一份挂虑。”老太太很从容地道:“志芳的脾气,你是知道的,她就喜欢打抱不平。其实冰如也不能说她有什么大坏处,不过看到你半年多没有消息,以为你不回来了,不免要做一番自己的打算。时代不同了,这也是人情中事,不必怪她。”志坚低头沉思了一会,因道:“想着,这里面多少还有些外在的原因,让我也到附近旅馆里去开一间房间,好好地休息一会,躺在床上把这事前前后后地仔细考虑一下。”老太太道:“那也好,家里也闷热得很,没有地方给你容身,晚上我和志芳到旅馆里去和你长谈吧。”志坚约好了旅馆,提着他的一只旧箱子,向母妹告别着去了。老太太就埋怨着志芳,不该这样性急。志芳道:“这些话迟早不总是要告诉他的吗?与其闷在肚子里,让他过几日再来着急,倒不如立刻就告诉他,也好早早地做个打算。反正是不能瞒着他的。”老太太只叹了一口气,也没的话说。到了晚上,志芳和老太太到旅馆去,却见志坚睡在床上,床前地板上撕有十来块纸片,是把冰如的相片撕成的。两面夹相片的镜子,也打成七八块,放在茶几底下。志坚被她们推门惊醒来,志芳便把碎纸片完全捡了起来笑道:“大哥也孩子气,这也值不得做出这个样子来。”说着,把碎纸片拾拿起来,全放到桌子抽屉里去。志坚跳了起来,笑道:“我不想这件事情了,我不想这件事情了,我们出去吃馆子看电影。上海总是上海,暂时找点麻醉。也许,晚上我到跳舞场去跳舞几小时。”老太太上前一步,抓了他的衣袖,对他脸上偏着头看了一看,因道:“志坚,你这是何必呢?你这大半天的工夫,比见面的时候,难看得多了。”志坚穿上了长褂子,向老太太笑道:“你老人家以为我想不开吗?只要抗战胜利,我们的前途,那就远大得多了,岂但是一个女人而已,只要我不死,我总可以看到她薛冰如会有一个什么结果。”志芳笑道:“大哥,你说不介意,怎么你嘴里只管说起来了呢?”志坚打了一个哈哈,便挽着老太太一只手道:“母亲,我们走吧,得乐且乐!”说毕了,又哈哈一笑。志芳自然知道兄长十分难过,可是他既勉强地要把这事忘了,也就勉强顺了他的意思到马路上去混着。上海这个地方,要找麻醉,是极其容易的,夏日夜短,直混到深夜两点钟,方才分散。次日早上七点钟,志芳便起来上旅馆去,打算问问志坚想吃点什么,到了他房间门口,却见房门是虚掩的,他简直还起得早。先敲了两下门,然后叫声大哥。志坚应道:“你进来吧,我一晚都不曾睡呢。”志芳进房来时,满屋子雾气腾腾的,一种很浓烈的纸烟味。志坚坐在写字台边,亮了桌灯。灯光下堆了一沓信纸,又是一听纸烟,因道:“什么要紧的信呢?你不睡觉来写着。”志坚笑道:“我仔细想想,君子绝交,不出恶声。对于冰如,我不能不做一个最后的试探。”志芳道:“是的,理是宁可输在人家那一边,气是宁可输在自己这一边。我也要劝劝大哥写封信给她的。”说着话走近桌案边时,见昨日撕碎的那些相片,今天又已拼拢起来,放在桌上玻璃板下。这在自己心里头,立刻便有好几个不然,可是看到哥哥昨日大半天的工夫,已经消瘦了半个人,他心理上既有点安逸了,就不必再去刺激他了,于是坐在桌子对面椅子上道:“我起个早来,想问大哥要吃些什么,好上小菜场去和你预备。”志坚两手叠理着桌上写好了的七八张信纸,然后叹口气道:“还是自己的骨肉好,我倒不想吃什么。做了七八个月的和尚,倒觉得素食是很好的了。”说着,把手中叠的信纸,隔桌伸了过来交给志芳道:“你看看,我这信上的话,措辞是否妥当?”志芳接着,依然放到桌上去,笑道:“我不用看,大哥是个有良心的人,我是知道的。不是有良心的人,怎能做一个爱国军人呢?”志坚笑道:“妹妹不看,自然是怕我涉着闺房之内的话,其实没有。我的态度是很干脆,我说,我已到了上海,也知道了她的行为,在这大时代的男女生离死别,那毫不足介意。不过我想传言总有不尽不实之处,希望她赶到上海来我们当面谈一谈。”志芳红着脸道:“大哥可不要错怪了,我报告给你的,只有真话十分之六七,不尽或者不实可是没有。”志坚道:“妹妹多心了,假如她果然是很好的,你还故意要破坏我们的感情不成?实在说的一句话,我总想给她一个自新的机会。”志芳看看他手边,还有一沓不曾写的信纸,看这样子,大概还有很多的话不曾写着,因起身道:“我先回去了,这大热天,和你做几样清爽的菜就是。家里等着你吃饭,我上小菜场去了。”说毕,也不待志坚回话就走开了。志坚虽知道她很是不满意,赶着要写信,也来不及去叫住她了。写完了信,自己从头至尾念过了一遍,其间有几个不妥的字句,又把来修正了。本待把信交给茶房去交邮局,既怕他交迟了,又怕有遗失,便粘贴好了,自向邮局去投递。回来的时候,路上遇到一位西装朋友,迎面叫道:“志坚!你到上海来了。可喜可贺!”志坚看时,是熟友包爽哉,正也是个军人。于是上前一步,彼此热烈地握着手。志坚笑道:“太巧太巧,马路上不是谈话之所,到我旅馆里去谈。”包爽哉道:“老伯母在上海呀,你为什么住旅馆?”志坚叹口气道:“可怜,母女二人只住一间客堂楼,哪里还能再容下我一个?”包爽哉道:“唉!这个大时代,不想我们躬逢其盛,实在是变动得太大了。”说着话,他是一路地叹气。到了旅馆里,爽哉是首先看到桌上玻璃板下,压了两张撕碎而拼拢的相片,因点头道:“老孙,你有福气,你夫妇感情很好。”志坚微笑着,拿了纸烟起来抽。爽哉坐在沙发上,两手轻轻拍了椅扶靠道:“我最不幸了,我说给你听,你不会信,我那位夫人,竟丢下了七年情感和我离了婚。离婚之后,有什么前程也罢,不过是流落江湖做戏子。前半个月，我在上海遇到你太太，她告诉了我许多消息，我那夫人现在是王玉小姐了。她讨厌我是个老粗，跳进了艺术之宫，那算高凡人一等了，可是她还是喜欢军人，竟在汉口，追求你那位好友江洪。”志坚不觉哦了一声道：“是她追求江洪？”爽哉道：“可不是。你也听到有人追求江洪？”志坚点点头道：“你遇到我夫人，她说了些什么？”爽哉道：“我们只见一面，谈话时间不长，她除了打听你的消息之外，便是说王玉不对。她以为做个抗战军人的太太，是个极荣誉的事情。便是要离婚，也不当在这个日子离婚。”志坚将桌子连拍了几下道：“对对对！我想着你夫妇离婚的时候，若是她在当面，或者可以和你们挽回一点希望，也未可知呢。”爽哉也极以他这话为然。

在两人谈话之间，都是说冰如见识很好，志坚也就感到这情形与母妹所报告的大为不同。自此以后，志芳和他说到冰如的话，他只是听着，并不加以评论。志芳看到这个样子，自然不肯多说，而老太太根本不愿提，自不能将冰如的言行说出。志坚便专心一意地在上海等天津的回信。在等候期中，又去了两封信，三通电报。他受着包爽哉言语的影响，是有了一个金石为开的诚心了。

## 第十八回　一语惊传红绳牵席上　三章约法白水覆窗前

上海的时光，最容易消磨，几个消遣的场合一打转身，便是一日过去。孙志坚很不在意的，在上海住了半个月，并没有接到冰如的回信。可是在上海的好友，却遇到了好多，都说中央当局很是惦念，希望他早日回武汉去报到。志坚就想着，无论在哪一方面说，当天津、上海间交通还是很畅利的时候，不能半个月之久拍去三个电报都没有接到，尤其是自己曾写两封信给天津朋友，也就在前五天接到回信了。在一个证明中，已可以判断冰如毫无旧情。自己在付过了旅馆里又一次结账之后，却在心里自定一招退步，还在上海等三天吧。若是这三天内还没回信，那可以宣告绝望。有了这个意念，当走到老太太寄寓的楼居来吃饭时，也就有意无意地，露出要向中央去报到的意思。老太太听了，便正色道："志坚，你这个念头是对的。我虽只有你这个独子，但我既让你做了军人，我就要你有点成就，绝不能让你流落在上海当个废人。而况上海这个地方，你也不宜长久住下去。这环境险恶到什么程度，你是应该知道的。"志芳坐在桌上吃饭，她是忍不住要说的，因道："母亲怕你在上海要等什么，不然，早就催你走了。"志坚笑道："我等什么？不过朋友的应酬纠缠着罢了。"老太太正色道："当军人的现在应当以国家为前提，得罪朋友，那是小事，你也不应当让朋友纠缠住了。"志坚听了母亲这话，不管是不是暗指了冰如的纠缠，但她的话是绝对有理的。自己是受过高等军事教育的人，还要老母这样来教训着吗？他当时未曾作声，心里便又加上了一层必回武汉的意念。

他那再等三天的犹豫期间，转眼又过去了，恰好第二日便有邮船去香港，再也不作什么考虑就买了船票。临离开上海前的半小时，预备好了的简单行李在房门口，自己手上拿了帽子，半弯了腰静静地站在母亲面前。他看到母亲瘦削的脸上，添了许多皱纹。他又看到母亲的鬓发，有一半是白的，他不知是何缘故，想到了这一层，他已经不能抬起头来观看，只有默然地站住。然而孙老太并没有什么异样的感觉，她道："你由前线负伤退回了南京，在南京困守半年多，你还能绕到大后方去，这是老天给了你一个建功立业的机会，也是老天给你一个报仇的机会。这样的机会，绝不可以再失掉了。我手上还有几个钱，可以过活。志芳也像个男孩子一样，她一切都可以照料我，你用不着挂念。我希望我母子下次在南京见面，你勉力做到我的希望，就是好儿子。你是个军人，军人对于光荣，胜于生命，我望你向光荣的路上走，去吧。"老太太说到"去吧"两个字，声音有些颤动。然而她脸色很自然，并不带一些忧愁的样子。她见志坚始终站着没有动，也没有作声，便道："你不必挂念我。你要明白，我的儿子既是军人，我就要他做个荣誉军人。你的荣誉，就是我的荣誉。我不能留你在上海不走，那样增加你的耻辱，也就是增加我的耻辱。你听我话，你就孝顺了我。"志坚没的说了，答应了一个"是"字，深深地鞠了两个躬然后走了。

他记住母亲的话："我的儿子既是军人，我就要他做个荣誉军人。"母亲是太贤明了，非一般妇人所可比，自己纵然取不到荣誉，至少也不可取得了不荣誉。他怀了这个意念，奔上了海天长途，因为武汉许多消息必须要在香港与关系方面接洽，方可证实，到了香港以后，还不能立刻就奔上粤汉路，便在香港旅馆里住下了，分别去拜访朋友。

朋友之中的罗维明，是多年的好友，来往又更显得亲热些。是这日中午一点钟，罗维明夫妇单独地约了他在家里午餐。罗家是颇为欧化的人家，楼下的客厅与餐堂相连，双合拉门的门框上，垂了纱帘，隔开了内外。志坚按时到了，维明夫妇，双双地在客厅里陪着。罗太太笑道："孙先生到了香港，餐餐吃馆子，餐餐吃广东菜，也许你会觉得烦腻，所以特意请孙先生到家里来吃顿便饭。一来可以随便谈谈，二来替孙先生换换口味。说你未必相信，我家里竟有一个道地的天津厨子，很能做一点面食。"志坚笑道："贤伉俪虽是组织的摩登家庭，而对于故乡风味，却也不能尽忘。你看，这屋梁下垂下来的电灯，是北平的宫灯纱罩子罩着。墙上不挂镜框子，而挂着京裱的中国画。桌上是中国瓷瓶，养着鲜花。"他说时坐在沙发上，两手撑住大腿，在屋子四周打量着。罗维明道："不是我们偏见，北方人也和我说得来，我觉得北方人直爽些。"志坚道："唯其如此，所以你和北方女子结婚了。"罗太太笑道："说到北方女子，大概受旧道德的渲染是深些的，可是也就唯其如此，未免有个封建思想的脑筋。"志坚淡笑道："北方人也不一样。如其是真正的北方人，那就和嫂子所说一样，不是男子自私，他倒喜欢女人有前进的思想，可又有封建的贞操。但并非北方人原籍的女子，而寄居北方的人，那就差多了。唉！"说着，叹了一口气。罗太太笑道："你这是有感而发呀。你对于冰如之为人始终心里放不下，那又何必呢？男子汉大丈夫，何必把这件事放在心上？大时代来了，你自有你的干。"志坚笑道："我倒没什么放不下。不过像她这种人，何以变得这样快？在心理学上说，这也是一个可以研究的心理变态。"罗太太道："这个大时代，人事变化就太多了。稍微有点反常的事，孙先生就以为是值得研究的事，那可以研究的事就太多了。"正说着，女仆由隔壁房子里走过来，说是饭已预备好了。罗氏夫妇，将志坚让到餐堂正中桌子上坐了。

第一样菜便是大盘盛着鸡丝黄瓜拌粉皮，因笑道："果然是北方菜，不必尝口味，只看这样子就很好了。"罗维明笑道："既是很好，你我多喝两杯酒。"说着,提起壶,就为志坚斟酒。而这时第二样也来了,便是软炸肫肝。这个样顺了下去,菜是碗碗中意,志坚也就吃喝得很有味。酒兴方酣,隔壁屋子里丁零零电话响。女仆在隔壁屋子里接过了电话,便来请罗太太去接电话。志坚知道他夫妇在香港的交际很广,这也无须去介意。罗太太接过电话回席,脸色似乎有点惊慌。但她也还强自镇定,坐下来笑着向罗维明说了一串的法语。他听到之后,也是脸色紧张了两三次。志坚虽不懂法语,但看他两人的神气,这电话显然与自己有关,因道:“莫非有人打电话找我?”维明笑道:“让我考虑两分钟,这话是否立刻就告诉你。”于是手扶了酒杯,偏着头想了一想,因点点头道,“我就告诉你吧。刚才是冰如打来的电话,她由天津搭直达轮船来到香港了。”志坚叹了一声,身子一颤动,却把面前放的一双象牙筷子,碰落在地板上。维明立刻叫在旁边的女仆,换了一双筷子来,因向志坚笑道:“这也不是青梅煮酒,为什么你听了这句话,就吓成这个样子?”志坚道:“并不是吓成这个样子,我惊奇着她为什么又到香港来。”罗太太道:“本来呢,我以为她到香港来,或者是回心转意了。我便在电话里探了一探她的口风,问她知道孙先生的消息吗。她倒肯实说,说是孙先生已由南京逃出来了,大概还在上海。这样,她的目的显然不是到香港来追孙先生了,因此我在电话里没有告诉她实话,只说等一会儿,派车子去接她。孙先生你的意思如何?可以接她来当面谈上一谈吗?”志坚在落了筷子以后,脸色也就变了好几次。虽然屋下有着风扇转动,但他额角上的汗珠子,却忽然增多,他抽出了一条手绢,只管擦着汗,然后淡淡地向罗太太笑道:“我现在简直不能揣测女人的心理,根本我们是很好的夫妻,她虽变了心,而我在上海还等了她一个礼拜,直等她函电均无,我才来香港的。假使她允许我见面,我自是求之不得。可是她若拒绝和我见面时,你这主人翁到了那时,可成了一个僵局。我和维明是好朋友,我不能为了自己的婚姻,给予维明一种麻烦。这事应如何处置,倒是请贤伉俪和我出个主意。”罗太太望了维明道:“孙先生的话自然是四平八稳,各方面都顾到的。可是我们做朋友的,遇到他们需要人从中拉拢的时候,我们也就义不容辞。”维明点了头,将筷子轻轻地敲了桌沿道:“对对对!他们两人之离与合,正在我们手上度着一个关键。我们若是怕麻烦,将这个机会放了过去,那不但对不住朋友,可也太没有做人的气味。来,就派车子到旅馆去接她。”说着站起身来,要去按墙上电铃。志坚站起来,将他拉了坐下,因笑道:“少安毋躁,你等我解说一下。你这番见义勇为的行为,那是可以佩服的。可是你不曾探实了冰如态度以前,你派了汽车把她接来,见面之后,她给我一个难堪,我无所谓,你做主人翁的,却进退两难。我以为不如在电话里先和她说明为是。”罗太太笑道:“我已经说过了,我们遇到这个机会,根本就有和两人牵一牵红绳的责任。既是目的在牵红绳,当然要设法让你两个见面。但愿能见面,我们做朋友的,就是担一点干系,也不要紧。”她一连串地说着,眼珠可向志坚身上不住地打量,忽然微笑道,“是是是,这也是挂一漏万的,没有想通。你们若是在我这里会面,坐在我客厅里,冠冕堂皇地能说些什么?本来是着妙棋,我们这红丝一牵,倒成了僵局了。”志坚插嘴道:“怎么会是一着妙棋呢?”罗太太道:“你看,你到了香港,本来是要走的,我们留着你玩两天,你才没走。恰好是我们今日请你便饭,并没有第四个人在席,她竟自来电话,凑成我们两个调解的局面。一切情形,都像是做好了的圈套似的,这岂不是一着妙棋吗?”维明笑道:“唯其是如此,我们这红丝非牵不可了。”说着,笑向罗太太道,“我们虽明知道志坚太委屈了,可是做男子的总应当吃亏点。我想,还是让志坚最后委屈一下吧,吃过饭,我们一路到冰如旅馆里去,就算我们是引志坚去负荆请罪的。有道是伸手不打笑脸人,只要志坚肯和我们去,他们究竟是夫妻,无论如何,冰如不能说我们带去失礼。只要她接受了见面这个行为,我们牵红绳的目的,就算达到,事后如何,就是他两人的事了。”志坚笑道:“我兄可说前后想个周到,但是我并无丝毫得罪她之处,这负荆请罪的说法,岂不太无根据?”罗维明道:“所以我说要你委屈一点了。为了终身的幸福,为你们过去多年的情感,更为了你是一个以国家为前提的军人,对于这一个遭受到分离之痛的年轻女人你就受一点委屈,又算得了什么?”说着,放下了杯,伸手拍拍志坚的肩膀。志坚低着头,将手把放在桌面上的象牙筷,慢慢地将它摆齐整了。罗维明道:“你不用考虑了,就是这样办。她若是看到你这样低首下心,也许被你感化了,那你不过受一时之屈,可成就了百年之好。”志坚笑道:“你不用多做解释,我跟着你们去就是了。”罗太太听说,十分高兴,这倒不耐烦去劝酒,赶着把饭吃过,她向志坚笑道:“请你在客厅里等十分钟。”说着,上楼去了。

维明向他笑道:“她平常出门,化起妆来,总要一小时左右。她现在急于要出门,竟缩成了五分之一的时间了。”志坚点头道:“你贤伉俪对于我们的事,实在太热心了,为了这一点,而我也只有尽量地委屈下去。”正说着,见罗太太脸上扑了一些干粉,换了一件衣服就下楼来了。维明笑道:“太快太快。我说十分钟未必能完事,不想你五分钟就来了。”罗太太笑道:“化妆事小,做月老事大。”罗维明看到太太如此热衷,自无他事可犹豫,立刻邀着志坚出门,同上汽车,向冰如住的旅馆来。志坚坐在汽车上的时候,虽然感到心房有些蹦跳,可是他也存着几分希望,或者在见了面之后,冰如也不能不念点旧情。既是有了这点希望,也就随着发生了几分高兴。在他这样几番转念之间,就到了旅馆门口。下得车来,也只有跟着罗氏夫妇两人,上电梯,转走廊,身不由主地走。维明问明了茶房,薛小姐住在哪号房间,就双双地站在房门口,让茶房进去通报。他两人已是小心了,志坚不知何故,胆子格外小些,却退了两步,站在他夫妇后面。罗维明回头看了一看,本待伸手去扯志坚,却听到冰如在屋子里笑嘻嘻地叫道:

“请请请。”维明夫妇随了这一声请，走进屋子去了，却把志坚留在门外。罗太太却又立刻笑着走了出来，她点了头道：“这位来宾怎么不进去呢？我来介绍吧。”她退到志坚后面，微微推了一把。冰如不知道是哪一位来宾，口里还是不住地请请。志坚进了屋子，她猛地向后退了两步。志坚见她已是烫着这时最摩登的飞机头，脸上脂粉擦得浓浓的，穿了一件黑拷绸长衣，露着两臂，越显得白皙丰润，她是很康健的了，便取下草帽在手，点头微微笑道：“好吧，冰如？”她手扶了身边的茶几，淡淡地笑着答应了两个字：“还好。”但那声音是极低，几乎对面听不出来。维明夫妇还不曾坐下呢，就笑道：“志坚，你们二位谈一下子，我们到下层楼去看个朋友。”罗太太笑道：“是的，走的时候，我们再来通知。”说着，他们也不问冰如是否同意，双双地走出房门去。维明走在后，反手还把房门带上了。

冰如手扶了那茶几，倒是呆住了。志坚在靠墙的沙发上坐下，随手将帽子放在矮几上，看她怔怔的样子，就没有作声。这茶几上有只茶杯子，冰如搭讪着向里移了一移。她挨身在茶几旁椅子上坐了，脸上没有一点笑容，只沉沉地垂下了眼皮，去牵着自己的衣襟。屋子里什么声音没有，彼此默然地坐着，总有十分钟之久。志坚两手撑了膝盖，轻轻咳了两声，然后正着脸色道：“这回维明引了我来，是我的意思，不能怪维明夫妇多事。因为你打电话去，我恰好在那里。我想着，既然彼此都在香港，有一谈之必要，所以我就冒昧地来了。”冰如听了这话，没有作声，却把纽扣上悬的一排茉莉花摘下来，送到鼻子尖，低头嗅了两嗅。志坚在衣袋里取出纸烟盒和打火机来，一面打火吸烟，一面说道：“你过去的事，我已经知道得很清楚了。在这种非常时期，男女离合，根本算不得一回什么事。你有什么意志，我也决不来拦阻你。只是我多少还有一点意见，可供你参考一下。”这时，冰如心事算定了一点，将茶几上的茶壶，提起来斟了一杯茶，待要自喝,却又放下,另斟了一杯,送到志坚沙发边矮几上,低声道:“请喝茶。”志坚起身点着头,道了一声谢谢。冰如仍旧坐到原来的椅子上,因道:“果然有什么好意见,也不妨提出来谈谈。”志坚喷了一口烟,将纸烟放到矮几烟灰缸上,敲了两敲烟灰,因道:“我有三个办法贡献。”冰如望了他道:“三个办法?”志坚点点头道:“是的,三个办法,那也不算多。”说着吸了一口烟,接着道,“我已说了,大时代,男女离合,算不了什么。我以为我们根本不曾发生什么冲突,在南京最后一次分别,感情还极好。所以弄成今日这个局面,完全为了消息隔断。你青春年少,要去找你适当的伴侣,若不向封建思想这方面去说,你的行为也没有什么错。”冰如听到一个“错”字,轻轻地冷笑一声。志坚也不管她,接着道:“现在我既是恢复自由了,你之所以要另找对象的原因,已不存在,那么,过去的事,自今日以前,一概可以不问。自今日以后,我们还回复到原来的地位去,依然是很好的夫妻。”他说话时,手指上夹的纸烟,已经烧了三分之二,他就不再吸了,丢在烟灰缸里,端起杯子泼了一点水进去,把烟熄了,在这个犹豫的时候,很有几分钟,可是冰如只静静地坐着听下去,并没有给一个答复。志坚接着道:“第二个办法呢,我觉得比较妥当一些的。我以为暂时不必离婚,可也不必同居。我是个军人,到了武汉,我自然是去干我的。这是什么意思呢?因为我和江洪都是军人,军人的生命是太没有把握的。这时,你和我离了婚,也许江洪是个不幸的人,岂不是两方面都失掉了?假如不幸的是我,那更好,你无须和我离婚,而江洪也易于接受。”说完了,他又点支纸烟吸。冰如问道:“还有第三个办法呢?”志坚将点着的纸烟深深地吸了一口,将烟喷出来,因笑道:“那很简单,就是离婚了。这三个办法,你不妨仔细地考量一下。我在香港也许还要住两三天,你可以考量一两天,再答复我。”冰如将手上玩弄的茶杯放在茶几上,放得很沉着,表示她意志很肯定,微偏了头答道:“用不着考量,现在我就可以答复你。你说的那第一个办法，我觉得办不到。第二个办法，那简直不是办法。”志坚道：“你简直是认定了第三个办法，要离婚了。江洪自然是对你很好，但我对于你，也没有什么很不好。何以你的态度这样坚决，非离婚不可？”冰如道：“我不能说你对我有什么不好，但是我到了现在……”她说到这里，突然站起来，却把茶几上的玻璃杯子拿在手，走到墙边洗脸盆架前，拧开自来水，放了大半杯白水，高高举起，再走到窗户边，就对窗房外泼了出去，回头来向志坚微笑道：“谁还能把这水收回到杯子里来吗？”志坚看了她这个动作，不免脸色一变，倒有好几分钟说不出话来。过后他微微一笑道：“覆水难收这个故事，却被你这样借用了。这可是你自己比着那出山泉水。”冰如鼻子里哼着，点了两点头道：“事实本来是如此，我也无须不承认。唯其是我觉得这覆水难收，根本不做另一个打算。”志坚又静静地换了一支烟吸着，有三五分钟的沉默，他将胸脯一挺，点了头道：“好！一切都依了你就是。这手续怎样办呢？你需要在汉口登报，还是需要在香港登报？”冰如道：“那倒用不着。只要你亲笔写一张凭据给我就可以了。自然我也会写一张凭据给你的。”志坚道：“那很好，本来彼此情愿如此，离婚以后，谁也不会纠缠谁。不会打官司，更不会有什么物质上的争执，登报与请律师都透着无聊。这离婚契约，我在这里就可以写，不过图章没有带来。”冰如笑道：“我很放心你。你说了的话，是不会变卦的。我大概还有两天才离开香港，明天送来就是了。当然，我应当写的那一份，今天我也预备好了的。”志坚站立起来，抖了两抖西服的衣领，挺着胸脯，似乎吐了一口气，因道：“好的，我明天将契约送来。几点钟呢？”冰如道：“自然是上午十二点以前好。因为到了下午，我就要出去玩玩了。”志坚道：“约好了，我就不会误事。”他站在屋子中时，犹豫了一下，仿佛还有什么事情未曾办，不曾移开脚步来走。可是冰如把他进门来不曾挂在衣架上的草帽拿了过来，笑道：“哦，帽子在这里。”她右手将帽子交到志坚手上，左手便去拉着房门，让它大大地开着，又点点头道："再会了。"到了这时，志坚觉得有任何一句话，也没有机会向她进言，接过帽子，说了一句再会，也只好点着头走出了。冰如站在房门里头，已是把门掩上了。

志坚走出了旅馆，他固然觉得没有以先来时那样高兴，但也没有像来时那样心房乱跳，倒好像月余以来压在心上的一样东西，已经拿去了。

## 第十九回　下嫁拟飞仙言讶异趣　论交重老友谜破同心

当孙志坚离开那家旅馆的时候，他自己觉得世界上的女人，没有比薛冰如这样心肠硬的。站在街上，回头对五层高楼望了一望，他心想漫说是薛冰如本人，便是这家旅馆，给予自己的刺激，也太深，实在是此生此世，不必再见一面了。他这样想着，便悄悄地走去，他看到这街上来往的人，谁都比他快乐，灰心之余，他什么也不愿干了。

可是在六小时以后，他在旅馆的床上，躺着静想了许久，他忽然跳下床来，开窗向外看着。这是个月的下弦，月亮不曾出来，那深蓝色的天空，密布着的星点，平均不会有三寸的间隔。香港全岛的高低楼房消失了，只有和天上星点一般攒三聚五的灯光，在暗空里一层层向上分布着。那雨声随了海风吹来，颇像隔了重重的帘幕，听到暴雨下降，心里想着，几十年前，这不过是个荒岛，人力的开发，变成了东方的黄金宝库。这样大的事业，也不过是人力经营得来，自己的婚姻问题，根据自己就可以操着一半聚散之权的，其余的一半虽操在人家手上，但能够挽回一分希望，照着过半数便是胜利的习惯说起来，那是不至于成为过去数小时那种僵局的。香港的灯火与雨声，给予了他一种莫大的兴奋。在三十分钟之后，他又站在那旅馆冰如所住的房门外，敲了两下门。冰如说一声请进，志坚进去了，她倒也不怎样惊讶，让着他在东壁沙发上坐下之后，冷冷地道：“孙先生，我们现在不过是朋友罢了，有何见教而来?”志坚听她这话，一来就已把说话的门先封上，便觉得她立意不善。但自己是立下了很大的志愿来的，决不能含糊地回去，先把神定了一定，然后道："这个我还明白，我正是以朋友的资格前来的。"冰如坐在房间的西壁下椅子上，正与他有一个房间面积的距离，点点头道："那就很好。你的字据带来了吗？"志坚见她脸上没一点笑容，便道："昨晚上就写好了。"说着，在西服口袋里取出一张纸来。冰如道："请你放在桌上。"他笑了一笑，展开了那纸，放在桌上。冰如走过来，将字条拿起，捧了念道："立离婚契约人孙志坚，兹愿与薛冰如女士脱离夫妇关系。以后男婚女嫁，各听自便。此据。×年×月×日孙志坚写于香港。"她点头道，"很干脆，够了。我的一张也给你。"她在床头边，取过手提包，拿出一张字纸，也放到桌上，点个头道，"请看。"说着，把孙志坚的那张，就收进皮包了。她抱了皮包坐下，如获至宝。他取过桌上那张字据略微一看，塞在衣袋里，依然在沙发椅子上坐下，问道："我可以问你几句话吗？"她道："请便。"志坚道："你自然是回汉口了。坐飞机走呢，还是由粤汉路乘火车走呢？"冰如道："那还没有决定。"志坚道："广州被轰炸得厉害，尤其是铁路交通。"冰如笑道："那怕什么？我也就是在轰炸下由汉口到香港来的，多谢你为我操心。"志坚道："这样说，你决定了坐火车走了。我以朋友的资格说话，我愿和你尽一点力，因为沿路很可能随时遇到空袭。你如是和我同车走的话，沿路提个行李箱子，买点零食，应该比你临时找人便利些。可不可以和我同车走呢？"冰如虽没有明白地拒绝，猛听到时，脸色先变了一变，然后沉默了约三分钟才微笑着答道："谢谢你的好意，不过我的行迹，现在还难确定，也许我还要在香港再住个把星期。"志坚哼了一声，觉得话就不好怎样追着向下说，因站起身来道："我大概后天到广州去。在广州如交通畅利的话，也许当天就要坐通车北上。"冰如道："那么，我们汉口见吧。"她这句话相当沉着。志坚听在耳里，觉得她显然有在香港不再见面的决心，原来持着那份人定可以胜天的观念，这时却又完全消失。而且觉得自己拿一番好意来感动她，始终得不着她一点好意的回答,便也笑道:“在汉口再见吗?人事是难说的。也许在汉口见不着呢。再……”他顺口想说句再会的别辞,可是他想到与上面语气不接,立刻改口道,“对不起,打搅了。”说着,他开了房门,挺着腰杆子出来。这次冰如却又客气了一点,送到房门外来站定。

志坚算是伤心到了极点了,走过夹道,到了电梯口上,始终也不曾回一次头。这也增加了他快回祖国怀抱的决心,后天一定是走。当次日早上在旅馆里起来的时候,又让他心里有点变动了。那时,茶房送进来一封信,正是罗维明写来的。信上这样说:

坚兄:

君事弟已尽知,殊不想决裂到如此地步。但弟仔细思量,君与冰如实无决裂到如此地步之理由。今日午间,请来舍下午餐。事先,当由内子单独向冰如详询一切。果有可能解释之处,不妨当面谈破。君始终站在妥协地位,谅不反对吾人此举也。

即候早安!

弟维明　上

志坚把信笺捧在手,看看想想,觉着他说事已尽知,自己是昨日分手后,不曾和他夫妇见面,这事又没有第三个人得知,必然是冰如把在旅馆开谈判的话告诉他夫妇了。那么,罗太太单独约她谈话,却也有可能。今天这个约会,倒是不能不去的了。他这样转念一想,就如约地到罗家去午餐。

在客厅里会见的时候,维明夫妇,双双地都坐这里,并没有看到冰如。心里头这就有点狐疑,他夫妻又弄什么玄虚吗?维明和他握过手,让他在旁边椅子上坐着，先笑道："志坚兄，我于说话之先，要劝你两句。便是你还是个年富身壮的军人，前途无量，大有可为，你还怕找不着女人吗？"志坚笑道："我并没有什么感觉，今天来是践我兄之约。"罗太太见志坚的脸色还相当自然，便笑道："既然孙先生这样说了，那好，回到汉口的时候，你可以赶快去寻点工作，男子汉有了事业，那就可以把女人的事忘了。"志坚道："不过这又算辜负了二位一番好意，但不知冰如对嫂子说了些什么？"罗太太摇摇头道："这女人有些变态。我今日是特意到旅馆里去看她，哪晓得她留下一张字条，说是坐飞机走了。昨天都没有听到她说要走，怎么会临时就买到了飞机票子呢？恐怕是推诿之词，躲开了我的。"志坚道："她坐飞机走了，那是可能的。因为她知道我明天要坐火车走，所以她抢我一个先，好把离婚这个消息去告诉对方。因为对方是我的好朋友，若是我和冰如同到汉口，他或者还会有所顾忌的。她既先到，抢着布置了一切，便是对方也会无可反悔了。"罗太太笑道："若是照你这样说，那错处就完全在冰如一方面了。"志坚耸着肩膀笑道："若是还要把错处看在我这方面，我也没有什么办法。"说完，他又叹了口气。罗维明站起来，拍了他的肩膀，笑道："老哥，不要灰心，将来我太太和你再物色一位贤良的。那时，抗战胜利了，你一个胜利军人，是有不少的女子崇拜的，找冰如这样一个女人，绝无问题。来来来，下酒的菜已经做好了，我们先来喝几杯。"说着，挽了志坚的手就向隔壁餐厅里拖了去。而志坚所认第二个挽回的希望，也就此了结。

餐桌上本来预备着四个座位，两位主人，两位客人。罗家的仆人依了主人的嘱咐，这样安排着。另一位客人未来，他以为是迟到，还在那座位前设了杯箸。志坚坐在席上，在衣袋里掏出手表来看看，然后指了那位子道："还虚席以待呢，大概这位客人已经在汉口大餐馆吃午饭了。交通便利，便利到这种人，却已失掉了物质文明的原意。"罗维明听了这话，哈哈大笑，举起面前的杯子来道："喝酒喝酒。"志坚自也不愿跟着向下说去，也只微微一笑。他说的话，好像是发牢骚，但所猜的，倒是一个正着，就在这同一时间，冰如在汉口的一家餐馆里，独自地坐在面向大门的一副座头上，手举了玻璃杯子在喝汽水。她不时地举着手表看看，又用右手按着左手的指头，默默地测算着一种什么。最后，她又把手皮包里的粉镜拿出来，左手拿镜，右手撮了粉扑，在鼻子两旁，不停地扑粉。把粉扑完，将手托托颈脖子后面的头发。她心里有那一种感觉，这正是极力修饰的一个机会了。她修饰完了，还不曾把粉镜收到手皮包里去呢！那玻璃门一推，江洪穿了青哔叽西服，笑嘻嘻地迎上前来，鞠着躬道："嫂子回来了。"冰如看到他于这两个月小别中，长得更丰润，心里倒是一喜，立刻站起身来。可是听到他所称呼的这两个字，却老大地不高兴。然而在这一刹那，江洪已是更走近了一步，便伸手和他握了一握，笑道："武汉天气这样热，你倒是长得更健康了。"说着，拉开案头的椅子，让江洪坐下。江洪笑道："今天早上接着电报，我很是惊讶。"冰如道："你惊讶什么？我在天津、上海全都有信给你，你不知道我已经动身了吗？"江洪道："我想不到你突然坐飞机来。"冰如笑道："这是我也没有打算到的，在香港动身前的十几小时，我还没有打算坐飞机呢。后来，我有了这个意思，向航空公司的两个熟人一通电话，居然有办法，我就毫不考虑，立刻去买票子了，这原因言之甚长，回头再谈。你吃过了午饭没有？就在这里吃一顿不怎好的西餐，好吗？"江洪笑道："谈到这里，我真佩服你。你在电报里，把会面的时间和地址都已约好，可说细心之至。但是汉口的大小中西餐馆很多，你为什么就约了这样一个地方？"冰如笑道："谁像你这样把以往的事不放在心里呢？从前我们总是于江岸散步之后，在这小西餐馆里喝点咖啡，吃些西点。这是你容易记得的一个所在。第二呢，你过江来之后，这是你最先到的一条街。"江洪点点头道："原来如此，多谢你为我设想。"冰如道："到今天，你才知道我为你设想了。我这样南北奔走，时而天空，时而海洋，那也无非全为的是你。”江洪听着，低头举起冰如代斟的一杯汽水，送到嘴边慢慢呷着。冰如将脚在桌子下面伸过来，敲两敲他的腿笑道：“出什么神？我知道你还要赶过江去办公，就在这里吃一客西餐。”江洪道：“我下午没事，可不必忙着回去。”冰如道：“那好极了，你先在这里吃饱了，我们再找个地方长谈一下。”江洪对她这话，也没表示可否，冰如就叫茶房开两客西餐来，笑道：“我在香港就预订了，这顿午饭要等着你来同吃呢，你能拒绝我这番好意吗？”江洪微笑着，默然地和她进餐。冰如倒不肯寂寞，说着天津市面怎么样，上海的市面怎么样，倒很是兴奋。吃过了三个菜，江洪也是随声附和，并没有特意提出话来问她。冰如见他手扶在桌沿上，便将手握的刀子轻轻地敲着他的手背，微笑道：“你怎么也不问问我几句话？”江洪将眉头子耸起，轻轻叹了一口气道：“我看你始终没有提到志坚一个字，大概他是不在人间了？”冰如顿了一顿，对江洪面色注意一番，因道：“这件事我当然要告诉你，回头我们细说。”江洪见她脸上没有了笑容，益发料着志坚不在人间，因道：“我倒急于要知道他是怎么一个下场。”冰如道：“既然如此，吃完了饭，我立刻带你到个地方去，把这事详谈一番。这些话，恐怕我说出来的时候，我自己有些支持不住我的常态。让我找个好地方，静下心来谈吧。”江洪点点头道：“当军人的下场，那是容易给予人家一种刺激的。也要这样，才不愧为一个军人。”冰如微笑了一笑，把这段话收束。

吃完了饭，江洪并不拒绝她的邀约，随着她走。到了目的地时，却是她落脚的旅馆里。江洪急于要知道志坚是怎么一个下场，同时，也应当立刻另取一个对付冰如的态度，就不避嫌走到她房间里去。但虽如此，究竟还受到一种拘束似的，手里拿了帽子，站在屋子中间桌角旁，手扶了椅靠，踌躇不坐下。冰如笑嘻嘻地把他帽子接过来，放在衣架上，扯着他的衣襟，向旁边沙发上拉着，因道：

“坐下吧。你又这样书呆子似的呆头呆脑。”江洪看她眉飞色舞十分高兴，自是有话向下说，就依了她在沙发上坐着。冰如坐在他并排的一张椅子上，因笑道：“我的第一句话告诉你，就是你要向我道喜，我的身子已经自由了。”她扭了身子向江洪这边椅子靠着。江洪道：“你这话我倒不明白，以前难道你不是一个自由的身子吗？”冰如道：“以前我怎么会是自由的身子呢？我若是自由的身子，我早就嫁了你了。我这趟算没有白跑，现在我一点阻碍没有，要怎么主张都可以，只等着你的回话了。”说着向江洪瞟了一眼。江洪道：“这样说，你证实志坚不在人间了？”说到这里，他正了颜色，似乎有一点为老友黯然。

冰如呆了脸子，把话顿了一顿，因道：“他生存与否，也不能碍到我的自由。”江洪道：“你这话越说越糊涂，我实在不能明白。”冰如看着江洪脸上疑团密布的样子，于是把腰杆子一挺，扬着眉道：“我实对你说，志坚没有死，我们而且会了面了。”江洪道：“哦！你们还会了面了？这……”冰如摇摇手道：“你不用忙，等我把话说完。我们的事，他完全知道了，而且他以为在这个大时代里，男女问题，当然要发生变化，毫不足怪。这话又说回来了，他也知道我的脾气，事已至此，也无可挽回，不去作那无益的企图。所以他倒是很干脆地和我离了婚。”江洪听这话突然站立起来，向冰如脸上望着道：“什么？你和他会面之后，反倒是离了婚了？”冰如笑道：“你坐着，这也用不着这样惊慌。我把过去的事，细细同你一说，你就明白了。”江洪不肯坐着，还是站了望她，摇摇头道：“这可让我不解。你会到了他，你们正好团圆，你们怎么反而离婚了呢？你说，我们的事，他完全知道了，知道了就不该离婚。”冰如道：“有什么不解？你是装傻罢了。我和他离婚，不就是为着你吗？这样一来，我就好毫无挂虑地来嫁你了。你艳福不浅，遇到小孩所听的故事，有仙子飞来嫁你。”她说到“嫁你”两个字，虽比较地声音低一点，可是她仅仅在嘴角上透了一点笑容，并不觉得怎样难为情。江洪听到这两个字,却多少觉得有些刺耳,闪开两步,坐到对面桌旁椅子上去。

冰如又瞅了他一眼微笑道:“事到于今你大概不能有什么推诿了吧?”江洪且不答她的话,站起身来要去按墙壁上的电铃的机钮。冰如抢上前把他手拦着,因道:“我们的谈话还没有开始,你又去找茶房来打岔干什么?”江洪道:“我想喝一点凉的。”冰如笑道:“你觉得你心里热得很吗?”江洪道:“我心里倒不热,我口里有点淡而无味。”冰如道:“那么,我来吩咐茶房好了。”她说着,出房门去了一会,江洪这倒不怎么要走动,撑头斜靠了椅子坐着。冰如进来了,也在桌椅子边坐了,只和他隔一只桌子角,因道:“我正说到要紧的地方,你偏偏来打岔。你要知道,我漂洋过海,飞来飞去,我们的婚姻问题,到了现在,我这方面问题已经解决了,你以前认为不妥之处,总算没有了。这在我,自然是解除了锁链,你也没有了什么阻挡,应该听了我的话之后,欢喜一番。可是你对于我的报告,却是丝毫不动心。”江洪道:“我动什么心呢?不错,我以前说过,我们根本谈不到什么男女恋爱问题上去,因为志坚的存亡未卜,你是我一个朋友之妻。”冰如道:“是呀,这话我记得。现在志坚活着,我和他离了婚,不是你朋友之妻了。你所谓根本谈不到的,于今可以谈到了。”江洪两手按了桌沿,胸脯挺着,望了她,很干脆地答道:“更是根本谈不到。在南京的时候,志坚托我照应他的太太。于今他出面了,我正好把他的太太送给他,不负他所托,这才是做朋友患难相处的道理。怎么,人家在前方出生入死,不得到后方来,我可对他所托的妻子讲恋爱,这已经不合人情。若是他回到后方来了,我还要你和他离婚,由我来替代他那个位子,这成个朋友吗?”冰如见他脸涨得通红,便道:“你起急做什么?和志坚离婚是我的意思,与你无干。”江洪道:“你若另找对方,当然与我无干。你若牵涉到我,我怎能无干?不是我引诱你,人家也说我引诱你。不是我欺骗志坚，人家也说是我欺骗志坚。天下人都像我一样，朋友还敢付妻托子吗？就退一步说，离婚是你的意思，志坚与社会都谅解了，你也不应该。丈夫为国效力回来，你对他没有一点安慰，给予他的是和他离婚，增加他一种人心不可问的创痛，未免大拂人情。若是他原来和你感情不怎么好，犹可说焉。然而他在南京和你离别的前夜，我是看到的，对你十分地情厚，你也未尝不望他生还。怎么到了他今天回来了，在彼此毫无什么冲突之下离婚起来，这事情不是太奇怪吗？”

冰如望了他的脸，静等他把话说下去，等他说完之后，却站起来微瞪了眼道：“这是你说的话？你有点装傻吧。我之有今日，还不完全是为了你？你虽然不说破，我知道你是和我同心的。你说我是个有夫之妇，所以不能和我结婚，也不能和我谈到爱情。那是事实所限，你心里何尝不爱我呢？我就为了你这句话和他离婚的，你有什么不明白？”江洪道：“我和你同一条心？那是你糊涂心思。在平常的时候，教朋友的夫人离了婚去娶她，已经是有所不可。在你我的情形之下，有了这种举动，岂但对不起朋友，那也为社会所不齿。再就我的家庭说，是相当崇尚旧礼教的，我若做出这种事来，父母当不以我为子，哥哥当不以我为弟，我有我的前途……”冰如不等他说完，抢着道：“你有你的前途你就不顾我了？我现在为你和志坚离了婚，而且和双方家庭发生了裂痕，你若拒绝了我，我的前途怎么样呢？”江洪胸脯一挺，正待说着：“那是你自作的。”可是这话还不曾说出来，房门敲着，有人叫道：“酸梅汤送来了。”冰如道：“拿进来吧。”茶房进来，放了两只玻璃瓶子在桌上，自退了出去。冰如将茶杯先斟了一杯尝过了，然后斟了一杯，两手放到桌沿上，向江洪点头笑道：“抬杠尽管抬杠，交情还是交情。你不是口渴了吗？先喝这杯。甜酸甜酸的，甜一甜你的心，管你止渴。”江洪也没作声，端过杯子去，坐在椅子上慢慢地喝着。冰如站着，身子靠在椅子背上,望了他道:“我买酸梅汤给你喝的这个意思,你可知道?”江洪道:“喝碗酸梅汤有什么意思?”冰如道:“梅子的梅和媒人的媒同音,喝了梅汤就算是经过媒人的说合了。”江洪扑哧笑道:“乱扯!”冰如见他笑了,很高兴,拿起瓶子又代他斟满了一杯,笑道:“甜里头带了一点酸味,这滋味有点像你我之间的情形。我是甜,你是酸。其实……”说到这里,向江洪瞟了一眼,笑道,“我想,过久了,你也会爱甜的。正像北平蜜饯店里的酸梅汤一样,时间越久,质味就越好了。”江洪淡淡一笑道:“不敢当。我受不了你这种夸奖。我的质味永久是这样,恐怕不会变好。”冰如两手扶了椅子背,有点发呆了,望了他道:“你为什么坚持到底,一点转弯的意思也没有?”江洪点点头道:“你肯问这个缘故就很好。那么,我也问你一句话。为什么我喝这酸梅汤是甜里带些酸味?”冰如道:“你这问得奇怪了,哪个喝又不是甜里带些酸味?我也没有两样。”江洪道:“为什么大家喝着,都是这一个滋味呢?”冰如道:“你扯淡做什么?说正经话,人的舌头味神经相同,当然分辨东西的滋味,总是一样的了。”江洪道:“哦!你也知道人的舌头一样,感触一样。人的七情相同,感触哪会两样?这个时候,譬如你是志坚,我是薛冰如,我把你对付姓孙的态度,转以对付你,你觉得怎么样?”冰如笑道:“说了半天,你是和我打哑谜。那我告诉你,我主张婚姻绝对自由,我若是个男人,女人不爱我了,我绝对让她离开。嫁我的朋友也好,嫁我的仇人也好,我一概不管。”江洪道:“你的态度不能这样解放吧?”说着摇了两摇头,淡淡地笑着。冰如道:“为什么不能?你举一个例。”江洪道:“好,我就举个例,例倒是现成。你可记得在九江遇到王玉的时候,你对她攻击得体无完肤吗?你说她不该和丈夫离婚,尤其是她丈夫是个抗敌军人,她不该在这日子对为国尽忠的丈夫离异。到了你这里,你自己责备人的话,就不适用了吗?”冰如道:“那……那……那各人环境不同。”说毕,一扭身子,到床上坐着,将床上放的枕头,拖到怀里来盘弄。

江洪道:“说大家的舌头相同是你,说各人的环境不同也是你。你用得着哪一方面的理,你就用哪一方面的理。”冰如将枕头一推道:“我晓得,你还在追求王玉。”江洪道:“无论哪种无情无义的女人,我不屑于追求。就算我追求她,我和她丈夫既不是朋友,而且她的丈夫也没有把妻子托于我。充其量不过是我不识人,我不会色令智昏卖了朋友,也不会是个社会上的罪人。”江洪说到更着实的所在,把茶杯子重重地向桌上一放,碰着啪地一响,眼睛瞪起,脸也红了。冰如坐在床上,怔怔地听着,等他把话说下去。最后,她脸色由红紫变成灰白,全身都有些抖颤。两行泪珠,在眼角里转动,因道:“你……你说……说这些话,不是让我太伤心吗?我费尽心血,倒受你这样的白眼。”江洪道:“你受我的白眼?你这事要公开了,要受社会上的白眼呢。”冰如道:“江……江……江先生怎么办?我千里迢迢捧了一盆火来,你兜给我一盆冷水,我活不了了,你救我一救。”说着,伸了两手,便迎将上来。江洪将桌子一拍道:“你自作自受。”说着,在衣架上取了帽子,便开门走去。门掩上了,冰如哇的一声哭了,倒在地上。

## 第二十回　故剑说浮沉掉头不顾　大江流浩荡把臂同行

这一回薛冰如倒在地上，她绝不是做作，心理上所受的打击，教她支持不住身体。房门已经关上了，并无第二个人看见，自不会求得什么人的怜惜。她坐在地板上哭泣了很久，直等自己哭着有些倦意了，这才扶了椅子慢慢地站了起来。先对梳妆台上那面穿衣镜看了看，只见自己面皮黄黄的，满脸泪痕，眼圈儿全都红晕了。头上的长短卷发，除了蓬在后脑勺之外，又挂着败穗子似的，披了满脸。便是大襟上的纽扣，也绷断了两个。看看房门还是虚掩上的，这就赶快抢着插上了暗闩，然后在洗脸盆架上放了水，着实地洗漱了一番。这又不算，更朝着镜子敷抹了二三十分钟的脂粉。这才打开了房门上的暗闩，一面想着心事，一面朝了镜子梳理头发。她之所以打开门上暗闩，她以为江洪究不能那样忍心害理，看到自己哭得那样凄惨就这么一怒而去。根据以往的情形说，每遇到这种事态，他一定会转念过来慢慢加以安慰的。料着在今天这一番重大谈判之后，不能这样简单地决定，他必定还会回来加以解释的，若是关了门，很会引起他的误会，以为自己出去了或生气了。这样想着，她索性将房门半开着，好让江洪到了房门口，便看见了，那样，他就无退回的余地。她这样设想了，她是自己替自己解围，可是直候到晚间十二点钟，也不见到江洪转回来，幻觉中设想的一段事迹，终于还是一个幻觉。自下飞机以后，便是一团高兴地预备给江洪报喜信，闹得那顿午餐也不曾好好地吃。接着在旅馆里和江洪开谈判，几乎把心都气碎了，直到现在，还是下午喝的两杯酸梅汤。这时已死了等候江洪重来的心，便走出旅馆，就在附近街上找了个广东消夜馆去吃点心。她因为是一个人，便走上楼在火车间座位上，找了一个对墙的单座。有一天不曾正式吃饭，自也很想吃饭，便叫着茶房来，要了一个和菜吃饭。卖晚报的来了，她买一份晚报，将身子移着向外一点，就了灯光看报。没有看到几行，忽然有人笑着叫道："孙太太，好久不见，什么时候回来的？"冰如抬头看时，却是老房东陈太太，便起身相迎，笑道："遇得正好，我正要找你呢。你那间房子租掉了吗？我现在还住在旅馆里呢。"陈太太笑道："法租界的房子，那怎样空得下来？不过你要住，我总和你想法子，你就在我屋里挤挤也没有关系。"冰如道："那倒不必，随便哪里，请你和我找间房子就是。我住在大江饭店三百零八号，你明天给我一个电话，好吗？"陈太太道："可以，我总替你想法子就是了。我等着要回家去，明天再谈。"说着，她向楼下走。冰如忽然想起一件事，追到楼梯口上低声笑道："陈太太，你是老同学，我告诉你一句实话，我和孙志坚在香港离婚了，你还是叫我薛冰如吧。"陈太太怔了一怔，问道："孙先生回来了？你又和他离了婚？"冰如鼻子哼着，说了一声是。陈太太因为这是楼梯口上不便多问，补一声再见，到底是走了。冰如对于这件事，并不怎么介意，在这里吃过饭后，自回旅馆去安歇。

不料到了次日早上还未曾起床，就听到老用人王妈叫着太太。冰如开了门让她进来，因道："你还在汉口，没有走吗？"王妈道："我听说上海向内地不好走。我若是奔到上海，还是停留在那里，那我就不如在汉口漂流着了。"冰如道："哦！你现在有工作吗？"王妈顿了一顿才道："工作倒是有的。我特意来看太太的。"冰如脸色变了一变，因苦笑了道："我和孙先生离婚了，你不要叫我太太了。"王妈也笑着答应了一声是，因问道："孙先生到了香港，一定会到汉口来的了。"冰如随便答道："明后天也许会坐火车来的，你还找他？"王妈道："我们一个当用人的，自然愿意多有几个做主人的帮帮忙。"冰如将眉毛皱了两皱道：

“我不愿意你提他，你以后不要向我说到他了。你怎么知道我住在这里的？大概是陈太太告诉你的了？”王妈道：“是的，我的新主人家就离陈太太那里不远。”冰如见了她，倒有些手足无所措的样子，在椅子上坐坐，又站了起来，斟了一杯茶待要喝，将杯子在嘴唇上碰了碰，又放下来。王妈站在一边，见她神情恍惚，只得告辞，冰如倒还送了她两步，站在房门口道：“等过几天我事情定妥了一点，你还是到我家里来吧。”王妈听了，倒站定了脚，回转头来笑道：“你还肯用我吗？还是旧人好啊。”她说时，还向她点点头。冰如虽觉她这言语里面，颇有点讥讽的意味，也不便怎样追问，由她去了。

但是王妈去了之后，她后悔没有留下她来谈谈，因为自己坐飞机到汉口来，本来是投江洪的，料着他这样年轻的男人，过去又还存着相当的友谊，一个年轻而又貌美的女人去向他提婚，是不会有问题的。所以自在香港和志坚离婚之后，根本就没有顾虑到回汉口以后的行止怎样。现在江洪闪避得干干净净，这却把自己弄得成了一位毫无依靠的妇人，早上起来之后，除急急地买两份日报看过而外，却不知道怎么是好。在旅馆里坐着是无聊，出去呢，又无目的地。而陈太太约着打电话来的，也没有了消息。闷不过，倒闷出来个主意，买了美丽的信笺信封和许多新出的杂志回来。在旅馆房间里掩上了门，便用着玫瑰色的墨水，将钢笔来写信给江洪。这信还怕别人交邮不妥，亲自到邮局里挂号寄出，方才回旅馆来。回来之后，便是看那些杂志。她心里自想着，只要江洪稍微有转圜之意，总在旅馆里候着，不要失去这机会。第一日如此，第二日如此，第三日还是如此。每次出去，总要告诉茶房：“有人来找我，说我马上就回来的。”这样，她不能好好在街上吃一顿饭，或买一件东西。甚至便是到邮局里寄信给江洪，也是忙着来去。可是她实在是神经过敏，三日以来，除了王妈，并没有第二个人来过。她后来出门，已不好意思交代茶房假如有人来找的那种话了。可是第四日早上，终于有了一个意外的消息刺激了她一下，却是报上发现了一则给孙志坚的小广告。那广告这样说："志坚先生：知你已脱险来汉，有要事奉告。请到志成里八号王寓一谈。女仆王妈启。"将这小广告看了两遍，心想，她有什么要事和志坚谈呢？这广告当然是有人代拟，她背后还有什么人出主意吗？照说，她无非是叙述困难，向姓孙的要几个钱，大概是不会提到我薛冰如头上来的。那么，这件事也就不值得注意了。她将报看完了，照例是写一封长信，来消磨这上午的时间。却在这时，茶房敲了两下门，接着道："薛小姐，客来了。"茶房对于薛小姐之来客，好像是一回很堪惊异的事，所以特地敲着门，代为报告一声。冰如本人，自是格外惊异。但她脑筋里立刻联想到，不会有几个人知道自己住在这旅馆里。而同时皮鞋上的马刺，碰了楼板响，分明来的是一位军人，这绝不有第二人，绝对是江洪了。口里哦了一声，便来开着房门，但门开了，却让她又喊出了第二个"哦"字。第一个"哦"字短促，表示了高兴与所想不错。第二个"哦"字，声音拖长，表示了奇怪而所想太错。

原来面前站的不是江洪，却是在香港离了婚的丈夫孙志坚，他穿了一身草绿色的制服，手上提了一只旅行袋。他笑道："请恕我冒昧，我可以进来吗？"冰如手扶了房门，正站着出神，便笑着点了两点头道："那当然可以。"志坚走进房来，把旅行袋放在桌子上，周围看了看，觉得手脚无所措的样子。冰如将椅子移了一移笑道："请坐。"志坚这才有所省悟，慢慢坐了下来。冰如将桌上摆的信纸信封移了开去，问道："哪天到的？一来就有什么见教吗？"志坚先看了一看她的脸色，然后笑道："我不会耽误你写信，有十分钟的谈话就可以了。我是前天由粤汉路到的。昨天见过了几位上司，对我都很好，朋友都不曾去看。"冰如笑道："我并不问你这些事。"志坚将手移着桌子上的茶杯，搭讪着望了桌面，想了两三分钟，点头道："我知道你不问我这个，但是我的话必须这样说了来。这样，表示我也没有看到江洪。今天在报上看到王妈登的小广告，说是有事和我商量，我就按着地点去了。真猜不着，她在王玉那里帮工。王玉似乎还不曾嫁人，而且还在追求江洪……"冰如听到这话，不觉脸红了，瞪了眼问道："你……你……你怎么知道？"说着，又摇了两摇头道，"这话不对。王玉那样乱来的人，江洪早已知道了，他难道还会去接近她？"志坚道："据王妈说，本来江洪是不大理会她的。但是自前两天起，他们倒是天天在一起。而且江洪在她面前说，他决不会爱你，王玉对于这种情形，很是得意，我便想到你的难堪，也没有和她多说什么，只问王妈有什么事找我。哪……"说着，志坚将桌上放的旅行袋一指道："这里面有我许多相片和一柄佩剑，是我和你留下在南京作纪念的。据王妈说，你离开南京的时候，已经上了船了，忘了这东西没带来，二次又进城去，以至于赶脱了船，坐火车到芜湖才赶上船。只这一点，你那情深故剑的行为，使我冷成死灰的心，又热起来。王妈把这袋子交给我，让我留下作纪念，说是你离汉口时，丢在那所租的房子里的。我倒起了一点疑心，这东西丢弃了几次，还是在我手上，也许我们也可以分而复合吧？"冰如听到这里，冷笑了一声，将脸微偏着，望了窗子外面。

志坚既说了，倒不中止，又把桌上的茶杯子向里移了一移，因道："现在这情形，你不是闹得很僵吗？依我的意思，以前的事，可以一齐忘记掉了，你还是回到我这里来。"冰如呵呵地重声冷笑了一阵，接着道："那不是件笑话吗？婚姻大事，也不能像儿戏吧？"说着，不但把脸偏过去了，而且将身体由椅子上转了过去，左腿架在右腿上，两手抱了膝盖，脸子一板，表示毫无可以转圜的余地。志坚站起来，手提了那旅行袋，笑道："薛冰如小姐，对不起，我打扰你了。"说着，点了两点头。冰如还是那样朝外望着，并不回过脸来。志坚也不再说什么，带了笑容，悄悄地走了。

冰如坐着,一点也不动身子,只是呆想。忽然听到身后有人叫道:"薛小姐,你好哇!"冰如回转头来看时,又是一个意外的来宾,王玉却笑嘻嘻地站在房门口。志坚走时,不曾带拢得房门,这时,人家很客气地打招呼,倒不好意思拒绝她进来,便笑着点了两点头道:"哦!王小姐,请进来坐吧。"王玉进来了,笑道:"薛小姐,请你原谅我多事,我是代人送信来的。要不然,我也不敢来打搅。"冰如道:"我在这旅馆里,并没有什么工作。请坐请坐。"王玉就坐在志坚刚才所坐的椅子上,因笑道:"刚才孙先生来过了啊!我们在电梯口上遇到的。"冰如不免将脸红了,因强笑道:"我们都是遭遇着一样的命运。"王玉笑了一笑,却没有答复。冰如搭讪着给她斟了一杯茶,又站在梳妆台前的镜子面前,摸了两摸头发。王玉端着杯子喝了一口茶,笑道:"我告诉你一点消息,就是我和江洪的友谊,现在倒很好,你寄给他的信,也都收到了。他说,他和孙志坚的友谊很好,他决不能让你爱他而和孙先生离了婚,而且根本上他不曾在你身上想到一个"爱"字。他若肯爱一个离婚的妇人,那他的心早就有所属了。"说着,两道眉毛一扬,也将手抚摸了两下头发,接着笑道,"薛小姐,你绝不会疑心我是来报复的,要在你面前表示什么胜利。我完全是一片忠厚之心,来劝你两句,还是回到孙先生怀抱里去的好。"冰如听了她第一句话,眼泪已经流到了眼角里来了。只是自己有了一个感觉,无论如何,也不能够在王玉面前示弱,所以极力地把眼泪忍住了,反故意做出了一番笑容,把她的话听了下去。等她说完了,索性向她点了个头道:"多谢你的好意。我们都是同样命运的人,还用得着王小姐来劝吗?"王玉笑着摇两摇头道:"虽然说命运相同,也不完全相同吧?我虽不必回到姓包的那里去,但我始终就在人家追求之中,倒也不见得前途怎样悲观。薛小姐现时住在旅馆里,这就很感到寂寞了。"冰如脸越发地红了,由桌子对面椅子上移坐到较远床沿上去,身子有些抖颤,含住了眼泪,向王玉望了望:"你这还不算在我面前夸耀着胜利吗？可是人的境遇是难说的，你知道将来会怎样，也许更不如我。”王玉还是很从容的，笑着站了起来，打开了手提包，取出四个扁纸包封放在桌上，笑道：“这是江洪托我送给你的，大概是你给他的信吧？他全数退回了。可是我声明，这是江洪包好了才交给我的，我并没有看到信。”冰如想不到有这一着棋，周身只是发抖，不能动，也说不出话。王玉笑道：“我告辞了，最后我告诉你一句话，我也不一定要爱江洪。但在这一段过程中，我要将他把握住，你不会有什么希望的。志坚既是还来要你回去，你正好借了这一步台阶下台。这是实情，你若以为我有意挖苦你呢，那只是你自已牺牲这个绝好的机会而已。”她一面说着，一面走了出去。走出去之后，却又推了门，伸进半截身子来，她又笑道：“薛小姐，不要灰心，努力吧。”说着，她把门一带，方才走了。

冰如就这样呆坐在床上，丝毫不晓得移动。这样总有二十分钟之久，她忽然想着省悟过来，又哇的一声哭着，倒在床上了。这么一来，王玉不表示着胜利，实际上是大大的胜利。她出了旅社，坐了辆车子，直奔了一家广东馆子，在楼上一间小雅座里，遇到了江洪。他笑着站起来道：“对不起，要你做了一趟邮差。我静坐在这里喝茶，并没有吃东西，意思就是要等着你来同吃。”王玉坐下笑道：“虽然我不辞和你当一次邮差，可是我也有我的作用。以往，我很受过她的奚落，好像一个女人和丈夫离了婚，就不是人了。现在呢?”江洪向她连连地摇了手道：“不要提这个了，不要提这个人了，我们点菜吃饭吧。”说着，把桌上的菜单子，交给了王玉。王玉将菜单子放在怀里，望了他笑道：“我的意思你知道，你的意思我也知道。你是故意做着和我要好，让薛冰如死了追求你的那番心。你之所以如此，又无非是要她和孙志坚言归于好。可是，她不会回到孙志坚那里去的，她不好意思回去，她也不甘心回去。”江洪将肩膀抬了两抬，笑道：

“你已报复得够了，何必还要损她？”王玉道：“我告诉你，我是按照你预定的计划做的。果然十点钟的时候，志坚就来了。他没有想到王妈是在我那里，先有些惊奇。我又告诉他，我们的友谊很好，我还要把冰如给你的信退回去，他又是一番兴奋。可是这位先生，是太不受他离婚夫人的欢迎，我到旅馆门口，他已经饱受冰如的白眼，退了出来了。”江洪道：“这是我顾虑得错了，我免得冰如疑心是我们做成的圈套，所以让志坚先去。假使让你先去刺激她一下子，也许志坚后去，比较让她容易回心转意。”王玉道：“他又不飞了，假如她可以回心转意，孙志坚此后还可以去找她。不过我看孙志坚的态度，也不会再去找她的了。”江洪叹了一口气，又摇摇头。王玉道：“你这是什么意思？”江洪道：“我本来是一番好意，维护她由南京到汉口来，不想把我这番好意埋没了，倒让他夫妻拆散了。我与志坚十几年的老友，我简直无脸见他。”王玉笑道：“你有这番志气，那就很好，现在所缺少的是一番决心。有了决心，她自然就不会纠缠你了，这决心你应当知道是什么。”江洪笑道：“我有什么不明白？宣布我和你结婚。”王玉听着，点头微微一笑。她这样一笑，双眉飞舞，却给予了江洪一种更大的印象。

陪着王玉吃过午饭以后，他已知道志坚住在哪里，单独地便到旅馆里去找他，到了旅馆里时，茶房笑着说：“这位孙先生，很少在旅馆里。不过你要会他，也不怎样难，他成日的是在江边散步的，我在江边，遇到过他好几回了。”江洪想着，只有法租界附近一段江边，比较幽静，自己是个老在江边散步的人，当然还是到那种地方去寻找他了。他如此想着，故走向江边去试试看。这自然是不能发急的事，他到了江边先站着定了一定神，向周围张望了一番。这已是仲秋的天气，江岸马路的梧桐树，已有十分之二三的焦黄叶子，柳树的叶子，都长着每叶二三寸长，变了苍绿的颜色，西风刮过树梢，叶子吹得沙沙有声。天空成了“碧、空、净”三个字所形容的情形，透着这武汉三镇在天气中，颇觉得伟大雄壮。顺了江流望去，极东天水相接的尽头，隐隐约约地，浮起了几片白云，有几片鸟羽一般的东西，在水面上浮着，那正是东去的船帆，看长江的水，起着微微的白花浪头向那鸟羽的地方滚滚而去，令人起了一种故都在望的感想。这样看着，不免顺了江岸向前走着。

这里正有一列高大的柳树，有七八株，它们凌空摇曳着波浪似的枝条，苍老的柳叶，在日光里拨动了阳光。树下是一条水泥人行路，略略撒布了几片树叶。有一个戎装挂剑的人，单独地挺立在路的外沿，正对了江心出神。虽然那柳条不时地在他军帽上拂摆过去，他也没有加以注意。江洪心里也就想着，这正是一位怆怀祖国的同志。慢慢向那人走近，看那后影，倒有些像志坚。心里也就想着，这必是自己心理作用。因为自己正想着他，所以也就看到这人影像他。但不管他是谁，究竟是一位同志，倒值得和他一谈。心里这样想着，脚步是越靠近了那人。脚跟上的铜马刺，碰了水泥地，那格外是铿锵有声。那人受了这声音刺激，终于是回转身来了，彼此四目相射之下，各各地咦了一声。江洪抢上前两步，握了那人的手，叫道："志坚兄，我们到底是见面了。"志坚笑道："你很好，身体还是这样康健。"他说话时，向江洪周身上下望着。江洪脸色怔了一怔，因道："志坚兄，我很惭愧，我对于你所托付的事，不但没有做好，而且还坏了你的事，这简直不成为朋友了。但你一定能原谅我，尊夫人的行为，一切皆出于误会，她何以会有了这误会，我真是不解与遗憾。你能够原谅……"志坚不等他说完，连连摇摇手道："你所谓的尊夫人，早已不是我的夫人，我对于她仁至义尽，良心告诉我，不必理她了。你还提这个做什么？我今天上午遇到王玉与王妈之后，我对你不但十分谅解，而且十分钦佩。必须一个确守私德的人，才可以办好公事。必是一个对朋友守信义的人，才可以对国尽忠。疾风知劲草，到现在越是让我认识你更深一层。这也就让我知道自己没有错交了朋友。"江洪听了这话,说不出他心里那一份感动,只有握住了志坚的手,紧紧地摇撼了一阵。志坚倒是拍了他的肩膀,笑道:“老朋友,不要为了这件事为难,我们有我们的前途,把这不相干的小事,丢了开去吧。”江洪道:“虽然这样说,我良心上是很受着处罚的。我正在竭尽我最后的一份力量,要促使你两个团圆。你约会一个时间……”志坚笑着,连连摇了手道:“用不着,我明天就要离开汉口。”江洪道:“明天就要离开汉口!你到哪里去?”志坚将手指了长江的下流头,因道:“你看,这白云下面,江水上面,无穷尽的前途,都是我们的锦绣江山,我要到这白云底下的最前线处。”江洪道:“这话是真?”志坚笑道:“还有什么不真?我也用不着为这个撒谎。明天下午三点钟,有一只差船去九江,我要坐那只船走。”江洪道:“哦!是的,明天有一批人到南昌去,取道浙赣路,到广德宣城去,你是随了这批人走吗?”志坚挺起了胸脯子,扬着眉毛笑道:“若要打回南京,我该比你先到了。”江洪道:“你刚刚到武汉来,怎么也不休息两天,就要到前线去?多少受着薛小姐一点刺激吧?”志坚笑道:“哈哈!照你这样说,倒是她的伟大之处了。我之所以如此,倒也不是上司的命令,是我连日在江边散步,发生的作用。我每次在江边走着,看了这东去的江流,我就想到了东战场,我就想到了南京。因此,我见着几个老上司,表示我的志愿,我要即刻回到前方去。正好有了一批干部人才,要上江南去工作,上司就把我的名字写在名单内了。我们当军人的,在国家存亡关键中,这样才是正当的干法,女人的离合小事,算得了什么?”江洪听他这番言语,站在柳荫下面,望了大江滚滚东去,很久没有作声。志坚笑道:“你觉得怎么样?不赞成我的话吗?你究竟比我年轻两岁,老弟台!”江洪微微笑一笑,因道:“我不是想着这个。我想着,你既是初来,又快要走,我应当接风,又应当饯行,今天晚上,我们约两个朋友叙叙,好吗?”志坚道:“那无须,我们是精神道义之交,不在乎此。你想我明天下午走,今天也应当抽出一点工夫来,在汉口办些未了之事。”江洪笑道:“那么,我倒要驳你一句了。晚上你没有工夫赴朋友的约会,这个时候,你怎么又有工夫在江岸散步?”志坚点点头道:“你这话有理。但是这几天以来,不知是何缘故,无论有多少事,我必得到江岸上来散步一番,才可以解除胸中的烦闷。这个散步的瘾,今天已经过了,不是你来,我也该离开这里到武昌去了。”江洪道:“好,我也该过江去,我们一同走吧。”志坚毫无芥蒂,自是如约过江。

有许多老朋友,知道他们有点女人的三角关系的,倒很奇怪。以为他们不但不发生冲突,而且友谊如旧,这实在出乎常情。朋友们正这样惊异着,到了明日,更有可惊异的事。下午三点钟的时候,志坚将一挑简单的行李,运上了差轮。纷扰了一小时,把铺位弄好,把送行的朋友辞走,知道距轮船开行的时候,还在半小时以上,就站在小轮的天篷上,手扶了栏杆,对了江天望着出神。心里也正想着,下次再到武汉来,却不知是什么时候,也不知道武汉成了个什么局面。正如此出神,却有一只手搭在自己手臂上,笑道:“志坚兄,我来送行了。”志坚回头看时,却是江洪,他也穿了一身军服,精神抖擞地站定了。志坚握了他的手道:“你公事很忙,又何必如此?”江洪笑道:“在我们的交情上,不得不如此。”正说着,汽笛呜的一声响。志坚道:“船要开了,你快登岸吧。”江洪并不慌忙,在衣袋里取出一盒纸烟、一盒火柴来,抽出一支烟,递给了志坚,然后取一支自衔在口角,擦了火柴,彼此燃着烟。志坚道:“不必客气了,你请登岸吧。”江洪手夹了纸烟,指着江面道:“你看秋高气爽,正是军人勇往前进之时,秋江如练,和老朋友谈谈,看一程江景,多送你一程,又待何妨!”说时,船身有点摇荡,已是发动了鼓水轮子,离开码头了。志坚道:“呀!真的,你送我到哪里?顺风顺水,船行很快,你打算在哪里登回岸来?”江洪笑道:“我送你到宣城,也无所谓。”他说着,喷出一口烟来,态度很是悠闲,志坚这倒有些愕然,不免对他身上望了出神。就在这时,看到他胸前换了一方新的证章,番号是白布书着楷字,第一列××集团军总司令部,第二列上校参谋,第三列“江洪”两个大字,上面盖了鲜红的朱印。志坚哦了一声,握着他的手,紧紧摇撼了道:“好朋友,好朋友!”这时正是顺风顺水,船到了江心,便走得很快,回头来看汉口的江岸,原来泊船的码头,已隐约杂在白云秋树里,和武汉两百多万人都别了。

同时那江岸码头上,正有两个少年妇人,站在树下,对这开行的轮船呆望着。一个是薛冰如,一个是王玉。王玉道:“薛小姐,你怎样知道江洪走了?”冰如道:“我刚刚接到他一封信,说是三点半钟,在这里坐差轮到九江去,要转赴江南。不想来迟了十分钟,没有赶得及上船。”王玉道:“我倒是比你先到这里十分钟,见他在天篷上和孙先生握着手。他们为了祖国,不要女人了。”冰如呆呆地向江心那只轮船看着,但是那船越走越远,缩成一点影子,漂到水天一色的里面去,那一缕苍烟,却还在云里盘旋着。